# メガバンク無限戦争
## 頭取・二瓶正平

波多野　聖



幻冬舎文庫

# メガバンク無限戦争

頭取・二瓶正平

メガバンク無限戦争

# 頭取・二瓶正平　目次

## 東西帝都EFG銀行

**二瓶正平《にへいしょうへい》**

東西帝都EFG銀行の専務。役員で唯一の名京銀行出身。育休から復帰し、融資責任者として活躍。

**桂光義《かつらみつよし》**

東西帝都EFG銀行の元頭取。投資顧問会社を設立、相場師として活躍している。

## 二瓶を取り巻く人々

**二瓶舞衣子《にへいまいこ》**

正平の妻。患っていたパニック障害が快方にむかっていたが……。初めての子供が生まれる。

**塚本卓也《つかもとたくや》**

起業に成功し、香港を中心に活躍していたファンド・マネージャー。二瓶と珠季の同級生。

**湯川珠季《ゆかわたまき》**

銀座のクラブ『環』のママ。桂とは深い仲。二瓶の昔の恋人。

**宇治木多恵《うじきたえ》**

宇治木染織の社長。高校時代に、二瓶と同じ弦楽合奏部に所属していた。

## その他

**工藤勉《くどうつとむ》**

死刑囚。七〇年代過激派の元リーダー。

**荻野目裕司《おぎのめゆうじ》**

中央経済新聞の編集主幹。桂の知り合い。

# 第一章　無期限休職処分

「いらっしゃい！　いらっしゃい！」

威勢の良い声が響く。

「本日開店！　地域の皆さまのお店ッ！」

声をあげているのは中年の女性店員だ。

「待望のスーパーマーケット！　地域密着のお店！　本日開店記念セール！」

大勢の客が押し寄せるその店は大阪の市街地、地元の人間がチンチン電車と呼ぶ路面電車が通る地にある。その昔は市井の人々の日常の賑わいがそこら中にあった場所だ。

「なんやまるで子供の頃に戻ったみたいやなぁ」

六十を超えていると思える地元の主婦がその店のありようを見て嬉しそうに呟いた。

嘗《かつ》ての大阪、いや嘗ての日本が活気に満ちていた頃の商店街、それがまさに展開されていたからだ。

日本のいたるところにあったアーケード街、その殆《ほとん》どがシャッター街となって久しくなった今、大都会の東京や大阪でも似たような状況が見られる。

昭和五十年代から全国で大資本によるスーパー出店が次々と始まり個人商店が連なる商店街は閑古鳥が鳴く状態になる。その後バブル経済が始まって崩壊、二十一世紀に入ると長いデフレで『失われた三十年』とされる中で人口減少と少子高齢化は進んでいった。そうして今度はスーパーが撤退を始めたのだ。

「これまで努力を重ねて参りましたが売上減少はいかんともし難く……限られた人的資源をコンビニ事業に重点配分することでの決断です」

スーパーの経営陣は株主に対し異口同音に撤退理由をそう説明した。だが……利用して来た住民にとってはたまったものではない。『買い物難民』という言葉で括られた人々は途方に暮れた。

そんな『買い物難民』たちの暮らす典型的地域に新たなスーパーが出店して来たのだ。

だが……既存のスーパーとはどこかが違う。

店を切り盛りしている店員たちの様子がぎこちない。皆中年以上の男女で中には明らかに七十を超えていると思われる者もいる。

慢性的人手不足の日本のどこでも見られる光景ともいえるが……店員たちの雰囲気は明る

く潑剌《はつらつ》としているように感じられる。

「おっちゃん。『五個で二百円』って書いてるトマトあれへんけど？」

若い子供連れの女性がキャベツの品出しをしている五十がらみの男性店員に声を掛けた。

「あッ！　すいません。直ぐに持ってきます」

笑顔でそう答えると店員は奥のバックヤードに飛んで行った。そうして積んであるトマトの入った段ボールケースを抱えると、パソコンで在庫を管理している同年代の男に向かって言った。

「トマトが午前中で売り切れそうだ。補充を頼む」

言われた男はニヤリとした。

「やっぱりにらんだ通りや。トマトを目玉商品にしたのは大正解やったな！」

そう言う男にトマトの箱を抱えた男は納得したような顔で頷いた。

「さすがドラッグストアで日本一の売上店を作っただけのことはある。その販売センスは超一流だよ」

言われた男は笑った。

「せやけど……ここでこうしてトマトの発注してんのが元世界的ファンド・マネージャー―で、トマトを運んでるおっさんがスーパー・メガバンクの専務やとは誰も夢にも思わんやろなぁ……ヘイジ」

その言葉にヘイジは笑った。

「どんな人間が売ってるかなんて関係ないよ。良いものを安く便利に買える場所があればこれほど良いことはない。売ってる人間が年寄りでも若者でも外国人でも関係ない。だけど本当に気分が良いものだな。モノを扱ってお客に喜ばれるというのは……ビジネスの原点を見た気がするよ」

ヘイジの笑顔は爽やかだ。

ヘイジ、二瓶正平《にへいしょうへい》。瓶と平の二乗でヘイジ……中学校からのあだ名で日本最大の銀行、スーパー・メガバンクである東西帝都EFG銀行の専務、数ヶ月前までは第一線で仕事をしていたスーパーエリートだ。

「俺の原点なぁ。風邪薬の安売りも原点やし、数秒で何十億円を稼ぐのも原点……人間なんでもやれるもんやし、人生いたるところに青山あり、ちゅうことやろ」

そう言うのは塚本卓也《つかもとたくや》、ヘイジとは中学・高校の同級生で世界的ヘッジ・ファンドであるウルトラ・タイガー・ファンドの元ファンド・マネージャーだ。訳あって俗世を離れつい最近まで禅寺で修行をしていた身だ。

「塚本はやっぱり坊さんだな。禅僧の見かたでものを見ているよ」

そのヘイジに塚本は強い口調になった。

「お前こそ『只管打坐《しかんたざ》』を呟いて生きて来たんやないか。生きることを精一杯感じる。一生懸命生きるのに職業も場所も地位もないな。改めてええ修行させて貰《もろ》てるわ」

ヘイジはその塚本に笑ってからトマトの香りで気がついた。

「アッ！　お客さんが待っている！」

そうして直ぐに走っていった。

しかし……何故こんなことになったのか？　そして二人が笑えるまで何があったのか？

全ての原因は戦争だった。

それは半年前にさかのぼる。


丸の内に聳《そび》える東西帝都EFG銀行（TEFG）本店ビル。

三十五階建てビルの最上階に役員大会議室はある。

そこでは全役員を集めた全体役員会議が開催されていた。

議長は頭取の岩倉琢磨《いわくらたくま》、『ミスター帝都』と異名を取る人物で銀行内だけでなく帝都グループ企業のトップを始め、永田町や霞が関、そして金融業界からも絶大な信頼を集める人物だった。真の意味でのエリートという言葉が岩倉という人物を表している。

その岩倉の横に座っているのがその日の会議の主役であるヘイジ、二瓶正平だった。

メガバンク誕生の過程で淘汰されるように吸収された弱小銀行、その代表格のような名京銀行出身者でありながら持ち前の粘り強さと飄々《ひょうひょう》とした明るさ、そして周りへの気配りで最年少の取締役にまで昇って来ていた。岩倉のヘイジへの信頼は厚く最重要顧客である帝都グループ企業向け融資の担当役員にヘイジを抜擢《ばってき》していた。

その岩倉が会議の口火を切った。

「皆さんご存知のように当行は資本主義の革命ともいえるＲＦＨの導入を銀行経営に取り入れ、同時に帝都グループ全企業への導入推進をも担うことになりました」

ＲＦＨ【Return for Human】＝人間存在への還元。

それは東京商工大学経済学部教授の矢吹博文《やぶきひろふみ》によって提唱された資本概念の革命だ。

人間存在に対しマネー存在（資本）から生まれた利益を様々な経路（精神的・経済的）で還元するものでエコノミック・ネオ・ルネッサンス【経済新・人間復興】ともされた。

その必要性を矢吹は次のように説いた。
・ＲＦＨは人類を襲う負の諸問題……格差拡大・失業増加・社会分断・環境破壊・民主主義国と権威主義国の対立などの解決に向けた決定的概念である。
・人類を襲う負の諸問題の根本原因はＲＯＥ【Return on Equity・株主資本利益率】に基づ

く経済社会システムの急膨張（グローバリゼーション）に起因しており、その変革が急務である。

パンデミックから始まった世界的インフレ危機とそれを裏で操る闇の組織ＨｏＤ（Heart of Darkness）の活動に危機感を抱いた岩倉やヘイジ、そして日本を代表するファンド・マネージャーである桂光義《かつらみつよし》らが協力して日本政府を動かし世界的にもＲＦＨ導入への気運が高まっていた。

さらにそこへ意外な援軍が現れた。

日本政府の超法規的措置によって釈放された死刑囚・工藤勉《くどうつとむ》。世界中のテロリストたちにとってのレジェンドであるトム・クドーがあろうことかＲＦＨ支持とその導入を見守りたいとして自身のテロ活動の条件付き休止を表明したのだ。

ＴＥＦＧではＲＦＨの導入に向けてヘイジを中心としたチームが結成され、リーダーであるヘイジはこの全体役員会議の場で具体的な導入の工程表を発表することになっていた。

（よくここまで来たものだ）

ヘイジは満足げにそう思っていた。

岩倉のＲＦＨ導入への期待の言葉が終わり、いよいよヘイジのプレゼンテーションが始まろうとしたその時だった。

「会議中失礼します！」

秘書室長が尋常でない様子で会議室に飛び込んで来た。

皆は何事かと緊張した。岩倉は秘書室長から渡されたメモを読んで顔色を変えた。皆はじっとその岩倉を見詰めた。

岩倉は大きく息を吐いて自分を落ち着けるようにしてから口を開いた。

「今、帝都商事調査部から緊急機密情報が入って来ました」

全員がゴクリと唾を呑み込んだ。

「ロシアが二十四時間以内にウクライナに侵攻を開始するとのことです。ヨーロッパで戦争が始まります」

皆は唖然《あぜん》とした。

…………

これでRFH導入は頓挫《とんざ》した。

戦争が全ての空気を変えたのだ。

その後ウクライナでの戦争は収まりを見せず、さらに別の火薬庫ともいえる地域で戦争が始まった。中東のイスラエルとパレスチナの戦闘が激化し、イランをも巻き込む展開を見せて来たのだ。

戦争は全てを変えた。

ＲＦＨは支持されるものから無視されるものに変わった上に、その導入を推進しようとした者達はテロリストの擁護者であるかのような目で見られるようになった。それには大きな理由がある。

パレスチナの惨状に怒った工藤勉が現地に入り、対イスラエルテロ攻撃を指揮したのだ。

そして……その最中に工藤は殺害されてしまった。

テロリストに支持されていたＲＦＨ、それに関わっていた者達は静かに社会から要粛清リストに載せられた。

ヘイジはその筆頭格となった。

◇

「何もかも変わってしまったな」

桂光義はそう呟いた。

丸の内仲通りの一角にあるオフィスビルの五階、フェニックス・アセット・マネジメント

(Phoenix Asset Management Co.,Ltd.) 通称フェニアム、桂が運営する投資顧問会社の応接室だ。

「本当に……戦争というのは恐ろしいですね。最も野蛮な存在が世界の空気を圧倒し支配してしまう。暴力の究極が道徳も倫理も自由もそして進歩や進化の奥深い知恵をも消し去ってしまう。人類というのは結局何も学ばないということですね」

そう言ったのは中央経済新聞編集主幹の荻野目裕司《おぎのめゆうじ》だ。

ＲＦＨが絵に描いた餅となって、桂は日本と世界の経済や株式市場のあり方に以前より深く絶望するようになっていた。

「ペシミズムからは何も生まれないのは分かっているが……どうやったらこの状況から明るい未来を想像すれば良いんだ？　荻野目ッ、教えてくれよ」

荻野目も苦い顔をするしかない。

何十年と付き合って来た桂という男、最後の相場師と呼ばれる桂は荻野目にとってあらゆることへの指針となる存在だ。

（その桂さんが完全に思考停止状態だ。大海原で羅針盤が壊れたのと同じ……）

日本を代表する経済新聞の編集主幹、日本経済のオピニオンリーダーである荻野目も、戦争が始まってから大きな論説が書けず個別事例の上げ下ろしに終始していた。

荻野目は笑って言った。

「どうです？　こんな時こそ社会や世界、経済や金融を離れて哲学を考えてみるのは？」

はぁという表情を桂は見せる。

荻野目がそう言ったのは桂が思考停止していると思ったからだ。〝思考停止〟という言葉が荻野目に〝哲学〟を思い出させたのだ。

「ある意味で〝エポケー〟が今こそ必要かもしれないと思うんです」

今度は、ほうという顔を桂は見せた。

「現象学の概念だったな。〝エポケー〟つまり〝判断停止〟を行って、今の我々を取り巻いているものとは全く違う地平を拓かせようということか？」

その通りですと荻野目は続けた。

「それを俗化してのブンヤの裏読みと思って頂ければ良いんですが、戦争は確かに全てを支配してしまう。ですがその裏の裏まで見ようとすれば何か別の、隘路《あいろ》ではあっても解決の道が見つかるのではないでしょうか？」

「続けてくれ」

「戦争の裏の裏……誰が戦争を操り、その操る存在の裏に何があるか？　改めてそれを整理しながら考えてみませんか？」

桂は身を乗り出した。

「戦争で忘れていたが……ＨｏＤに買い占められた転換国債。奴らはそれで日本経済を支配しようとした。だがそれも戦争という究極のリスクが顕在化した今は、動かそうにも動かせない。株価の低迷で〝国株《くにかぶ》〟への転換は容易には出来なくなった。金融商品にとって戦争は最悪の存在だからな」

その桂の言葉に荻野目は考え込んだ。

「……とすると、ＨｏＤは一連の戦争には関わっていないことになりますよね？」

桂は頭を振った。

「あらゆる国の為政者や官僚組織に深く食い込んでいる奴らだ。関わっていないということはありえないと思うんだが……そこは不透明だな。奴らは極めて冷静で合理的だ。ロシアのウクライナ侵攻もパレスチナとイスラエルも民族や宗教、領土に絡んだ情意で始まった古典的戦争だ。そこには奴らの影は微塵も感じないというのが俺の……」

と言いかけて桂は厳しい顔つきになった。

「裏の裏は表……シンプルに考えてみよう。戦争で得をするのは誰だ？　戦争で利益を得られるのは誰だ？　そして戦争で傷つかないのは誰だ？」

その答えは一つだった。

「ＨｏＤの他にも存在する大きな闇だな。人類が生み出した最強最悪の闇」

桂の言葉に荻野目は頷いた。

「軍産複合体がこの戦争を動かしている。だが何故このタイミングで戦争をやらせる？　それも第三次世界大戦に発展する可能性がある戦争を？　自分たちも最終的には破滅する可能性がある最終戦争を……」

「桂さんはどう思われます？　ＨｏＤと軍産複合体の関係を？　彼らは手を組んでいるのでしょうか？」

その荻野目の言葉で、桂は良いものを見せてやるとあるファイルを取り出した。

背表紙には『闇の奥』とある。

「俺は世界中のファンド・マネージャーたちと意見交換を常に続けている。その中でＨｏＤに関する非常に重要な情報を手に入れている。これを見てみろ」

桂がファイルのある頁を開いて荻野目に見せた。

それを凝視して荻野目が声をあげた。

「コッ、これは……」

そこには米欧ロシアそして中国の軍需企業が受けた、世界各国からの個別の兵器受注額が極めて詳細に記されていた。

「軍産複合体にとっての機密情報だが蛇の道は蛇、スイスの軍事研究所が独自のルートで秘密裏に集めた情報が最も正確で詳細を極めている。我々はこういう情報から半導体や電子装置の需要を推計して銘柄の選択にあてている。この情報には……かなりの金額を支払っている、がな」

さすがは長く第一線のファンド・マネージャーを務めている桂だと荻野目は思った。

桂は続けた。

「その数字を分析していくと……金額が合わないことに気がついた」

「合わない？」

桂は頷く。

「各国の軍事費総額と兵器の受注総額とが合わない。それもイギリス一国レベルの金額が合わなくなっている。つい最近からそれが見られている」

荻野目は首をひねった。

「軍事費を胡麻化している国があるということですか？」

違うと桂は言う。

「軍事費の決済はスイスの銀行の数字で正確に分かっている。軍産複合体の軍事関連決済は常にスイス最大の銀行が一手に引き受けている。今もって最も安全な金庫だからな」

桂の言う通りだろうと荻野目は思った。

「すると？　国ではない誰かが大量に兵器を買っている……ま、まさかッ⁈」

桂は冷たい微笑みを浮かべてそのまさかだと目線を落とした。

「ＨｏＤだ。ニューカレンダルを買い取って作ったヘブンズ・ヘブン、世界各国のスーパーセレブの為に創設した国家。その安全保障で軍隊を組織しようとしている。俺の掴んだ情報では陸海空軍合わせて兵力数は一千人、最新鋭の空母が一隻、空母への艦載機が四十機、そして原子力潜水艦が二隻……」

荻野目は目を剝いた。

だが更に恐ろしいことにと桂は続ける。

「空母と戦闘機には戦術核ミサイル、原潜には戦略核ミサイルが搭載される」

さすがの荻野目も黙り込んだ。だがそこは百戦錬磨の新聞記者だった。直ぐ本題のポイントへ話を戻した。

「ヘブンズ・ヘブンがイギリス一国に匹敵するだけの軍事費を使って武装する。ということはＨｏＤは軍産複合体のお得意様ということになる。敵対することはないでしょうから……今回の戦争というのは……」

そこから荻野目はさらに考えた。荻野目は考えを口にしながら思考を深めていく。

「ＨｏＤと軍産複合体、昔から存在して来た金融財政の闇の組織と死の商人……互いが持ちつ持たれつの関係を維持して来ていたとすると……」

桂はそれを聞いてさすがは優れたブンヤだと思った。

「良いところまで来たな。俺もそこが一番大事だと思った。持ちつ持たれつ。互いのバランスを保ってこその利益の拡大。だがそのバランスをＨｏＤが破ったんだと思う」

エッという表情で荻野目は桂を見た。

「ヘブンズ・ヘブンでＨｏＤは軍産複合体の上得意となった。実はそれは軍産複合体にとって不都合なことだった。ＨｏＤが顧客になってはバランスが崩れる。ＨｏＤはニューカレンダルにヘブンズ・ヘブンというスーパーセレブの為の国家を創り出すことで彼らのカネを集め、支配するマネーの額を桁違いにした。それもまた軍産複合体のバランス感覚を刺激したとすると……」

そこで荻野目はあることを思い出した。

「桂さんは帝人事件をご存知ですか？」

桂は少し考えてから思い出した。

「確か戦前最大の疑獄事件だったたな。検察の暴走で事件をでっち上げた挙句、全員無罪。『検察ファッショ』という言葉がそこで生まれた」

その通りですと荻野目は続けた。

「あれは検察のバックにいた司法権力の焦りが仕掛けたものだったんです。無実の罪で逮捕された閣僚や官僚、財界人が計画していた『新しい資本主義国家』構想とその実現に対しての焦り、それが事件をでっち上げさせた」

桂はそれを聞いて頷いた。

「軍産複合体はHoDを抑え込もうと考えた。焦りを感じて各々の国家の裏で動き戦争を始めさせた。それによってHoDに自分たち死の商人の恐ろしさを思い知らせる……だがある意味、一か八かのところがある。第三次世界大戦となれば全てが……終わる」

そこまで言うと桂は深くため息をついた。

「闇と死は……何を考えている？」

◇

エドワード・モンタギュー卿はイギリス南東部バッキンガムシャー州にある自邸の居間で読書をしていた。

北向きの大きな窓の外には十八世紀に造園家のランスロット・ブラウンの手によって設計

された英国式庭園が広がっている。

柔らかなノースライトに包まれたその部屋の壁には膨大な書籍が天井に届くまで連なっている。暖炉には重厚なマホガニーのマントルピースが据えられ、その上の景徳鎮《けいとくちん》の花瓶には百合の花が活けられていた。

そして十七世紀から一族に伝わる巨大な黒檀の書斎机が玉座の様な佇《たたず》まいを保ち、猫足の曲線の美しいその机の上にモンタギュー卿が今読んでいる書物が置かれている。

今日のそれはただの読書ではなかった。モンタギュー卿が最も信頼する人物と対話をしながらの読書、いや読書会だった。

『ヨハネ黙示録』

キリスト教徒のみならず人類にとって謎の書、その読み解きをスマートフォンを介して行っていたのだ。

「ナンシー、私は今自分が改めて何者なのかを考えている」

『黙示録』は第六章が開かれている。

そう呟いた初老のモンタギュー卿は痩身《そうしん》、美しい銀髪を綺麗に整えその顔つきは白頭鷲《はくとうわし》のような深い威厳をたたえている。

自宅でも普段はダークグレーのスーツ姿でいるのはまさにモンタギュー卿の出自、貴族階級そのものを表している。全てが出自、生まれながらにして一族の歴史を背負う者、選ばれし者としての愉悦と苦悩を抱えた人間としてそこにいるのだ。

モンタギュー卿は続けた。

「我が一族は十五世紀フィレンツェで始めた馬具工房で財を成し、その身内の中から英国に渡った者が兵器工房へと家業を拡げた。当主は代々『ヨハネ黙示録』を座右の書として来た。〝最も重要な書物となせ〟と家訓にある。私はそれが一体何故なのだろうかと若い頃から疑問に思っていた」

ナンシーは少し含み笑いを忍ばせたような口調でそのモンタギュー卿に言った。

「自分がことを誤れば、『黙示録』の内容を成す者なのだという自覚を持ち自重しろということなのでしょう？」

モンタギュー卿は本当にそうなのだろうかと首を傾げた。

「それは綺麗な後付けのように思えるのだよ。時代の中での社会的な道徳や倫理、それに沿ったような後付け……」

スマートフォンの向こうのナンシーはモンタギュー卿の次の言葉を待った。

「ひとつ一緒に考えて欲しい。この第六章はこう始まっている『羔《こひつじ》その七つの封印の一つを解き給ひし時、われ見しに、四つの活物《いきもの》の一つが雷霆《いかづち》のごとき声して《来《きた》れ》と言ふを聞けり。また見しに、視《み》よ、白き馬あり、之に乗るもの弓を持ち、かつ冠を与えられ、勝ちて復《また》勝たんとて出でゆけり』とある。この中の四つの活物とは第四章に記述がある通り……一つは獅子のような、第二は牛のような、第三は人のような、第四は鷲のような……神から遣わされたものとされている。これらは非常に象徴的なものだね」

ナンシーはその通りですと同意して言った。

「一つずつ封印を解いていくと赤、黒、青の馬が現れて来ますね。さらに封印を解くと血の復讐と地震や嵐が現れ、最後の第七の封印を解くと暫く静かなる静寂が訪れます。有名な天使のラッパの前の束の間の静けさが……」

そのナンシーにモンタギュー卿は幼い日の記憶だが、として言った。

「祖父は聞いたのだ。お前はこの中の何になりたいと……四つの活物のうちの何に？　そしてどの馬に乗りたいと……白、赤、黒、青のどれに」

ナンシーは少し考えた。

「それはお祖父様の教育だったのですか？　情操教育として想像力を豊かにさせる為の？」

モンタギュー卿は祖父はそんな優しい人間ではなかったと答えた。

「ではその問いは何だったのでしょうか？」

「私の本性を知ろうとしたのだよ。祖父はフロイトやユングを勉強していたからね。心理学研究の一環であり……その心理テストの結果で私にどんな教育を施せば良いかを考えていたようだ」

「なるほど分かりました。で？　どうお答えになったのですか？」

モンタギュー卿は薄く微笑んで言った。

「四つの活物では鷲、馬は黒を選んだ」

そのようにして『黙示録』を巡る対話をしながら一時間ほどが経った時だった。

「旦那様、お約束のお客様がお見えになりました」

執事がそう告げにやって来た。

モンタギュー卿は客をここに通すように告げるとスマートフォンに向かって言った。

「ナンシー、また今度。今日は楽しかった」

「こちらこそモンタギュー卿、次回も楽しみにしています」

そうして、対話は終わった。

既に日は暮れ、窓からは薄い月が見えていた。

執事に案内されて居間にやって来たのは、アジア系の顔立ちの体格の良い男だった。

「わざわざこんな郊外までお出まし頂き申し訳ない。ロンドンの本社の方が貴公の御都合は宜しかったでしょうに……」

そのモンタギュー卿の言葉に、男は大人の風格で鷹揚《おうよう》に微笑んで応えた。

「こちらからの会談の申し出に応じて頂いたこと大変光栄に存じております。モンタギュー卿には心より感謝申し上げます。そして私邸への御招待、身に余る名誉を感じると共に御厚意に重ねて御礼申し上げます」

慇懃《いんぎん》な態度の男にモンタギュー卿は言った。

「直ぐに夕食となりますが、それまでここでおくつろぎ下さい。ミスター・タチバナ」

男の名はマイケル・タチバナ、日系三世の米国人としていた。

サビル・ローの老舗テイラーでオーダーメードしたであろう濃紺のシンプルな背広、これ以上ない仕立ての良いスーツを着こなし、靴もシンプルなモンクストラップだがジョン・ロブのビスポークであることが分かる。腕時計はパテック・フィリップのアニュアル…と全てに品良く隙のない出で立ちの男だった。

タチバナは言った。

「それにしても……この部屋の雰囲気はオスカー・ワイルドの一文を思い出させますね。

“With freedom, books, flowers and the moon, who could not be perfectly happy?”

自由と、書物と、花と、そして月があれば、誰とても完全な幸せに浸らずにはおれようか。

まさにモンタギュー卿そのものですな」

モンタギュー卿は男に訊ねた。

「ミスター・タチバナは本当に米国人ですかな？　佇まいの良さ、そしてその教養のあり方……成金で田舎者のヤンキーにはとても見えない。本当は日本の方なのでしょう？」

そう訊ねる目の奥が光っている。

タチバナはあっはと笑った。

「敵いませんな。何もかもご存知のようだ。どうぞお調べがついている通り仰って下さい」

モンタギュー卿は大きく頷いた。

「では、先ずはあなたの裏の名前から申し上げましょうか……マジシャン？」

タチバナはご名答と言った。

「そして……真の名はケンジ・ゴジ……」

とまで言ったところで、タチバナは両手の掌を大きく見せてギブアップを示した。

「そこらでご容赦を。どうぞマジシャンとお呼びください。モンタギュー卿」

そうしてダイニングルームでの夕食になった。極めて英国風の食事……ドーバーソールのムニエルにアンガス牛のローストビーフをマッシュポテトとヨークシャー・プディングで食べる最高の味わいにマジシャンは舌鼓を打ち、デザートのレモンポセットまで平らげた。

「なるほど。マジシャンは全て目の前にあるものを、この世から消し去るように豪快に召し上がりますな」

健啖なマジシャンにモンタギュー卿は半ば呆れて言った。

「馬鹿の大食いです。これもご容赦下さい」

そしてまたあっはと笑った。

夕食後は居間に戻って共に葉巻をくゆらせながらの話となった。

「さて、このあたりで本題に入りましょう」

マジシャンはそうですなと頷いた。モンタギュー卿がにじり寄るとマジシャンは笑いながら言った。

「今ここ、この場面。デジャヴのように私には感じられるのですよ。昔観たマフィア映画のワンシーン」

モンタギュー卿は不意を突かれたような顔つきになってそれは何かねと訊ねた。

「一九五〇年代、米国でマフィアが勢力を伸ばしていた時代の話です。マイアミのユダヤ系マフィアのボスの自宅を訪れたイタリア系マフィアのボスが耳打ちされるシーンです。『我々が組めば全米最大の鉄鋼会社より大きくなるんだぞ』という場面です」

モンタギュー卿はそれに笑って言った。

「マジシャン。我々が組めば世界の全てが手に入るのですよ」

そうその通りでしたね、とマジシャンは鷹揚に頷き、またあっはと笑った。

そこからは腹を探り合うような取り留めのない会話が続き、「そろそろお暇《いとま》を」とマジシャンは暇乞いをして車寄せに待たせてあるベントレーに乗るべく玄関を出た。

モンタギュー卿は見送りをと肩を並べた。

「今日は本当にありがとうございました。大変ご馳走になり恐縮しております」

「是非また来て下さい」

そう言うモンタギュー卿にマジシャンはそういえば……と思い出したように言った。

「居間の素晴らしい黒檀の書斎机に聖書が置かれていましたね。確か……『ヨハネ黙示録』の頁が開かれていた」

「あぁ、私の座右の書なのです」

そうでしたかとマジシャンは頷いて立ち止まり、モンタギュー卿をじっと見詰めて言った。

「四つの活物のうち私は牛、馬は赤を選びます」

瞠目するモンタギュー卿に、マジシャンはではこれでとクルマに乗り込み去っていった。

初対面の挨拶は終わった。

それは死の商人と金融財政の闇、死と闇の最初の対決だった。

◇

イタリア、フィレンツェ。

そこは今や世界中からの観光客でごった返すのが日常となっている。それでも歴史と文化の深さが観光客たちに静寂を求める建物や空間が点在する。

今は美術館となっているサン・マルコ修道院もそんな場所の一つだ。

そこを男が二人訪れていた。アジア系の顔立ちの二人は日本語で会話していた。

「同じユーラシア大陸の二ヶ所、ウクライナと中東で大々的に戦争が行われているにも拘わらず……よくこれだけの観光客でにぎわうものですね」

五十がらみの精悍な顔立ち、老ボクサーを思わせる男が呆れたように呟いた。

「全ては二極化しているということだよ。物質のエントロピーは増大する。不安定化してやがて分解・消滅する。人類も物質の成れの果ての如く見事にその前兆を表しているのだよ。片や戦乱の中での死の恐怖や飢えに苦しみながら己が身の不幸を嘆き、片や享楽と美食を求めながら飽くなき己の欲望を充たそうとする。宇宙でも極めて稀な生命というものを得て更に知能まで与えられ、進化を遂げるべき人類の精神性は歴史と共に見事に後退している。そういうことがこういう地を訪れると理解出来る。そう思わないかね？　フォックス」

恰幅の良い初老の男がそう訊ねた。

「仰る通りですね。でも何故フィレンツェに？　ここに来るように指示を受けた時は驚きました。マジシャンがなさることですから意味があるのでしょう？」

マジシャンは頷いた。

「モンタギュー家は十五世紀のフィレンツェで馬具工房を始めて財を成し、ルネッサンスに貢献している。その足跡や痕跡が知りたくてね」

それを聞いてフォックスは苦い顔をした。

「モンタギュー卿……世界の軍産複合体、ＭＣＭ（ミリタリー・コングロマリット・マフィア）のゴッドファーザー……絶対に許すことは出来ません」

フォックスには私怨がある。テロリストのカリスマ、トム・クドーこと工藤勉、兄の勉をパレスチナで殺害したのはモンタギュー卿配下の組織だと聞かされていたからだ。

「如何《いかが》でした？　英国での話し合いは？　死の商人たちはこの戦争を第三次世界大戦にまで本当に拡大させるつもりなのですか？　そして……トム・クドー殺害を匂わせることを言ったのでしょうか？」

慌てるなとマジシャンは微笑んでフォックスを窘《たしな》めた。そして冷たい口調で言い放った。

「先ず改めて言っておく。君はＨｏＤのフォックスであって他の何者でもない」

あっという表情でフォックスは慌てて申し訳ありませんと頭を下げた。

「我々に私《わたくし》はないのだよ。人としての過去も現在も未来もない。その弁《わきま》えがなければＨｏＤのメンバーではいられない。忘れないでくれよ」

フォックスは神妙な顔つきで、改めて申し訳ありませんでしたと深く頭を下げた。

「まぁ……かく言う私もＭＣＭには過去を知られていた」

エッとフォックスは驚いた。

「ＨｏＤの情報が?! 絶対にそれはありえない筈です！」

マジシャンはそのフォックスを無視するかのようにサン・マルコ修道院の階段を上がってゆく。僧房への入口となっているその部屋の壁にはフラ・アンジェリコのフレスコ画『受胎告知』が描かれている。

「この美術館は僧房棟の形を残して美術館としているから、歩きながら自分が修道僧の暮らしを追体験しているように思えるね」

マジシャンの言葉にフォックスは何も応えない。押し黙ったまま……そこが修道院なのか監獄なのか本当に美術館なのか……どこにいるのか分からないように感じていた。

兄の工藤勉は七〇年代の企業連続爆破事件の主犯として死刑判決を受け、東京拘置所に収監され五十年を超える年月を獄中で過ごした。その兄を超法規的措置で釈放させる為、HoDの一員として自分も尽力した。自分の表の顔であった金融庁長官としての工藤進《すすむ》をその為に葬った。

だがその兄が殺害された。

フォックスは『受胎告知』をじっと見詰めながら考えた。監獄のようにも思える僧房の中、ここで修道僧は、人間は……神を思う他、祈りの他に何を思っていたのだろうかと……。

そのフォックスの心の裡《うち》を見透かしたようにマジシャンは言った。

「我々には祈るものがない。いや、祈る必要がない。我々は常に無限を敵とし人間世界の永続を支えて来た。人間を人間として生かしていく為にね」

フォックスは訊ねた。

「我々はその使命の為に生きている。HoDの永続は使命の為、それ以外に思うこともなければ祈るものもないということですね」

「あぁ、無限に対抗するには永続するしかないからね」

改めてそこでフォックスは訊ねた。

「MCMがマジシャンの過去を知っているなど……デミの存在を考えればあり得ない筈です

が？」

　そこでようやくマジシャンは笑った。

「撒き餌《まえ》だよ。デミが餌を用意するよう私に伝えて来た。餌はトロイの木馬となってＭＣＭの表門を突破した。だがね、私はその突破の事実をモンタギュー卿に知らせてやったのだ」

　エッとフォックスはマジシャンの冷たい横顔を凝視した。

「デミが友人を紹介してくれたのだよ。ある女性だ。いやなに二人は友人だったようだ」

　フォックスは訳が分からないという表情になった。

　マジシャンは笑った。

「まぁ今はこの話はこのぐらいにしておこう。ところで君はどうして人は死んだ人間に花を捧げるのだと思う？　フィレンツェの墓地でも様々な花が手向《たむ》けてあったが……」

　フォックスは分かりませんと言った。

「死者を悼《いた》むということなら花でなくても他に何でも良い筈だが……死者に花を捧げるのは古今東西、普遍的な行為らしい」

　そこでようやく落ち着いたようになったフォックスが言った。

「なるほど……言われてみれば何故花なのか明確な理由はないように思われますね。理由を付けたとしても後付けのように思えます」

マジシャンは頷いて話した。

「あるフロイト派の精神分析学者の見立てでは……花は死へのアンチテーゼだというのだ。死にこちらに来られるのを拒否する為、死に対抗する為のものとして花を捧げるのだと」

フォックスは納得出来ると思った。

「現象学的には……花は植物の生殖器であり、最も生命的と言えますからね」

さすがはフォックスだ、と言ってマジシャンは微笑んだ。

「生命の表現、画家は色そのものを生命のイメージとして感じ取っている。白や黒は感覚的に色の無い状態、生命の欠如が感じられる。暖色では生命感が強く感じられるのは、寒冷地が白か黒で熱帯に行くにつれて明るく華やかな暖色が出て来るのと符合する」

フォックスはそのマジシャンに聞き入っている。

「中国では方角と色を結びつけている。青龍、白虎、朱雀、玄武……玄武は北、朱雀は南だ。北が死の色である黒、南が生命の色である赤だ。日本でも四天王のうち南に来るのが増長天で赤顔になっている」

そこでマジシャンは、フォックスを見詰めて言った。

「ＨｏＤは生命の象徴、赤なのだよ。闇の組織として存在して来たから黒だと思うかもしれないがそうではない。それに対してＭＣＭは死の象徴である黒……」

　マジシャンは薄く笑った。

「面白かったよ。モンタギュー卿は無意識のうちに黒を選んでいた。それに対して私は赤だと言ってやった。生命の象徴の赤を……」

　フォックスには話が見えない。

「それがＨｏＤからＭＣＭへの本当の挨拶になった。奴らが第三次世界大戦を遂行するなら、ＨｏＤは全力で阻止する。戦争で我々の動きが止められているように見えるが、決してそうではない。奴らがなりふり構わず来るのなら、我々もあらゆるものを動員する総力戦の覚悟で戦う必要がある」

　フォックスはそのマジシャンに驚いた。

「それにしても……あの時のモンタギュー卿の顔……まるで受胎告知を受けた処女マリアのようだったよ」

　そう言って、あっはと笑った。

　戦争は始まっていた。

◇

「じゃあ、行ってくるね」

平日の休みのその日、自転車用ヘルメットをかぶったヘイジは娘の咲《さき》を保育園に連れて行く為に玄関を出た。

ママチャリの後ろに小さなヘルメット姿の咲を乗せると走り出した。

ヘイジは咲の送り迎えの時間が好きだった。咲の安全を考えて慎重な運転に集中する。そうすれば色んなことは忘れられる。

妻の舞衣子《まいこ》の精神がまた不安定になったこともあって咲を保育園に預けるようにしたことは正解だったとヘイジは思った。舞衣子に育児を離れて自分の時間を持てるようにすることでヘイジ自身もどこか安心できていた。

それは数週間前だった。


「平ちゃん、何かあった？」

舞衣子にはどんなことも話すことにしているヘイジだが、今の自分を取り巻く空気をそのまま舞衣子に上手く言葉に出来ずそのままにしていたのだが……しかし、勘の鋭い舞衣子から訊ねられたことで話すことにした。

「何かあるのかないのか……自分でもよく分からないんだ。行内の空気が変わってしまった感じで……銀行で導入することが決まっていた新たな経営のやり方の話も止まってしまって……また直ぐに動き出すだろうと思っていたんだけど……そんな気配もないんだ」

「平ちゃんが『日本が必ず良くなる』と言ってたもの？」

ヘイジは頷いた。

「色んなことが起こって世界がどうなるか分からない中で、経営の土台を変えるような新しいことはやれない……そういう空気になって全く動きが取れていないんだ」

ヘイジは〝戦争〟という言葉を使って、舞衣子を不安にさせたくない為に慎重に話した。心に脆《もろ》いところのある舞衣子がいつまた病気を再発させるか分からない。

戦争のニュースが舞衣子の心に少しずつヒビを入れているようにヘイジは感じていた。メガバンク誕生の過程で呑み込まれた弱小銀行への強者からのいじめは、行内にとどまらなかった。名京銀行出身者の妻として舞衣子が家族寮で受けたいじめ、それがきっかけで心が壊れてしまった苦い記憶はヘイジから消えることはない。咲を出産してから、以前よりずっと精神的に強くなったと思える舞衣子だがヘイジの不安は消えていない。

「もし……平ちゃんがやろうとしてたことが出来なくなったら残念ね」

舞衣子の言葉にヘイジは微笑んだ。

「大丈夫、その時はこれまで通りということで何も変わらないだけだから……」

それを聞いて舞衣子は少し安心したようになって頷いた。

それから月日が経って……空気がどんどん悪くなっているようにヘイジには思えていた。ウクライナに加え、中東で戦争が起こりテロリストのレジェンド、トム・クドー、工藤勉が殺害されたころから、ＲＦＨを『テロリストへのマニフェスト』のように一部マスコミが喧伝《けんでん》するようになってから急速にＲＦＨバッシングのようなものが起こっていたのだ。


「おはようございます」

ヘイジは保育園の玄関先で咲を下ろして、同じように子供を預けに来る親たちに挨拶した。

いつもと感じが違うとヘイジは思った。

保育士たちも親たちもどこかヘイジを見る目が変だ。

（ひょっとして……）

ＲＦＨバッシングがここにまで広がっているのかとヘイジは思った。ＲＦＨは東西帝都ＥＦＧ銀行が主導して帝都グループ全体で推進しようとしていたと何度も報じられ、ＲＦＨとは何なのかを知らない、知ろうとしない者が大半である中で……バッシングの空気が世の中に広がっていたのだ。

「あの人が例の銀行の偉い人よ」

「咲ちゃんのお父さんってそうだったの?!」

そんな声が小さく鋭くヘイジの耳に刺さって来る。自分を見る目がテロリストを見る目のように感じる。

心配そうにする保育士にヘイジは笑顔でお願いしますと言うと自転車で走り出した。

ヘイジは直ぐに家に戻ろうとしたが、何だか気が重くなり少し遠回りだが荒川沿いの道を選ぶことを決めて自転車のペダルをこいだ。

平日の朝の荒川沿いは散歩する人も少ない。整備されている自転車道は気持ちが良い。

「普通の日常、ここにはそれがある」

スーパー・メガバンクの専務として様々な方面にアンテナを張って情報を得ているヘイジは、日本のこの日常の風景が本当は稀なものであることを知っている。

(ウクライナ、中東での戦争、先進各国では二極化が極限まで進んだような貧富の格差、そして様々な分断は社会の維持を難しくしている。さらに……)

そんな世界の状況が自分にも大きな影響を及ぼしているのだ。

(RFHはまるで不満や不安のはけ口にされているようだよな。内容をちゃんと知ればどれほど日本はもちろん世界にとって大事なものかが分かるのに……)

その時、スマホが鳴った。ヘイジは舞衣子が電話して来たのだと思った。

宅に向かった。


「エッ？」

頭取からの電話だった。

「二瓶君、休みのところすまない。午後一番に私のところに来ることは出来るかな？」

その口調からＲＦＨのことだとヘイジは思った。そして、参りますと答えてから直ぐに自宅に向かった。


東西帝都ＥＦＧ銀行の頭取室、大きく開かれた窓から見える皇居の緑の広がりは美しい。

ヘイジは頭取の岩倉と応接用のソファに差し向かいで座った。

「何だかおかしな風向きになったね」

岩倉の言葉にヘイジは分かっていますと頷いて応じた。

「日本経済の将来、そして社会の安定的な発展にも切り札、スペードのエースになると思っていたＲＦＨが……ジョーカーだったとはね」

ヘイジは反論したかったが黙っていた。政府の新資本主義会議の主要メンバーであった岩倉が強く主張していたＲＦＨの導入、それが仇《あだ》となって岩倉はメンバーから外されたという。

「まるで赤狩りだよ。戦争という究極の世界情勢が、丸いものをも四角にする。日本という国はこうやって一気に白が黒になるように空気を変えてしまうんだね」

ヘイジはその岩倉に言った。

「頭取もご存知の通り、当行でもRFHに沿った形で融資を行ってきた企業からは、評価と感謝を貰っています。ちゃんと内容が伝われば理解される筈のものだと思います」

それは分かっている、と岩倉は力なく言う。

そして突然岩倉は切り出した。

「私は辞任しようと思っている」

エッとヘイジはその言葉に一瞬息を呑んだが、直ぐに言った。

「駄目です!! 今岩倉頭取に辞められたら全てが瓦解してしまいます。もしRFHを人身御《ひとみご》供《くう》として差し出すなら私が辞めます。それが当行にとって最善の策です」

ヘイジは本気だった。

「ありがとう……だが世間はそれでは納得してくれない。政府はRFHに付いたテロリストというイメージを払拭するのに必死だ。世間が、本当は何も分かっていないが世間が納得するような人事を政府は求めているんだ」

ヘイジは唇を噛んで口を閉じた。

「それで……すまないが君は無期限休職処分ということにする。RFHは誤解されているだけで、必ず日の目を見る時が来る。その時には君が必要だ。世間や行内のおかしな声が収まるまで……そうしてくれないか？」

だがヘイジには岩倉が去った後に、反ＲＦＨ旋風が吹き荒れることが予想された。無期限休職処分もどこかで退職勧告に変わるのも目に見えている。

ヘイジは言った。

「結局は戦争が原因ですね。テロリストも何も関係なく、非常事態だということで新しい枠組みを全て壊していく。でも……これでは日本は本当に駄目になってしまいますね。そして当行もどうなるのか……」

岩倉もそれは私も痛いほど分かっている、と絞り出すように言った。

「本当に残念だ。当行を起点に帝都グループ全体がＲＦＨを導入して現れる未来、希望が本当にそこに満ちていた未来が……これでなくなることは……」

ヘイジも力なく残念です、と言った。


ヘイジは本店ビルを出て大手町を歩いた。

ビジネスマンが帰り道を急いでいる。

その時、ヘイジは桂に会いに行こうかと思った。そして丸の内へと向かおうと思ったが止《よ》した。

それより家に帰りたかった。

自分の銀行マンとしての人生が終わったと思った今、本当に必要なのは家族と一緒にいることだと思ったのだ。

皇居の堀端を夕陽が染めている。

ヘイジは幼い頃に見た大河ドラマの幕末のシーンを思い出した。

江戸無血開城を成し遂げ、徳川幕府の終焉を見届けた幕臣・勝海舟《かつかいしゅう》が夕日を眺めて言う。

「日が沈みますなぁ」

その台詞がこんなにも分かる日が来るとは、ヘイジは夢にも思っていなかった。

# 第二章　それぞれの絶望

永平寺《えいへいじ》、福井県の山深くにその寺は存在している。

開祖道元《どうげん》が鎌倉時代、その地を仏道修行の地に選んでからおよそ八百年になる。

午前四時半、修行僧である雲水たちは起床、目を覚ました瞬間から身体と精神をフル回転させて修行に取り組む。

二十代の雲水たちに交じって一人、壮年の僧がいた。その僧は若者たちに負けないエネルギーで僧坊を駆け廻り雑巾を手にあらゆる場所での作務に全力を傾ける。

「ウォー！」

その様子はさながら格闘家のようだった。

そして修行の中で最も大切な坐禅、今度は精神の全てを壁に向かって無へと集中させる。

眠気や妄想に囚われると身体は自然と傾く。するとすかさず警策がその肩に打ちつけられる。

「ビシッ！」

壮年僧は深く頭を下げまた壁に向かう。

質素な食事によって俗世間の体から禅の体になる過程で脚気《かっけ》になる者が多い。そして禅病と呼ばれるノイローゼ……坐禅や禅問答による精神の極限を経験する中で、禅世界へのイニシエーションともいえる身体現象だ。

壮年僧は長年に亘る贅沢な食生活から〝解放〟され脚気に苦しんだが……今はもう禅僧の体へと浄化されていた。そして精神に変調を来《きた》すこともなかった。

(俺は元々アホやからな)

それは壮年僧の口癖だった。

僧名卓元、俗名塚本卓也、またの名をエドウィン・タン。若き日にドラッグストア経営で成功し香港に渡って世界的なヘッジ・ファンド、ウルトラ・タイガー・ファンドのファンド・マネージャーとして数兆円のカネを動かして来た過去を持つ。

そんな環境下であらゆる贅沢をして来た男だが、満たされず絶望を抱えていた。

一つは自分自身への絶望。十代の頃から思いを寄せる女性、湯川珠季《ゆかわたまき》の心を得ることが出来ないまま今も恋心が続くというまさに俗世の欲。それを振り切ることが出来ない自分自身への絶望。

そしてもう一つの絶望は世界への絶望。

どんどん悪い方向に進んで行く世界、それにもかかわらず上昇を続ける株式市場……そんな中に身を置くことへの不快感。世界と対峙しながらファンド・マネージャーとしてマーケットと戦って来た塚本は、我慢がならず世界そのものから離れたい、と禅僧になる道を、仏門に入ることを決心したのだ。

奈良の実家の近所で母親が親しくしている曹洞宗の寺に跡継ぎがいない。そこで塚本が次の住職になることを条件に、永平寺での三年に亘る修行が許されたのだ。自分よりも二回り以上年下の若い雲水たちに交じっての厳しい修行、一年目は肉体的にきつく脚気になったこともあって弱気になることがあったが、ある朝の〝悟り〟から全てが変わった。

その朝、目覚める直前のうつつの状態の時に、何かが自分の体を通り過ぎていった気がしたのだ。そうして目を覚ました。

（何や？　今のは……夢やったんか？）

そうして朝の作務の最中、それは起こった。

長い回廊の床の雑巾がけをしている時、朝からの不思議な感覚のままに自分が雑巾と一体になっているように感じたのだ。それはファンド・マネージャーとして株式市場と戦っている時、ある瞬間から全てが〝見える〟ようになる俗に言うゾーンに入る感覚と同じだった。

しかし、違うのは雑巾と一体化している自分に途轍もない幸福感が訪れたことだ。

(これが……仏性《ぶっしょう》か!)

悉有《しつう》仏性、「あらゆるものに仏性がある」とする教えを、その時塚本は「あらゆるものが仏性である」と自分の肉体と精神の全てで感じ取ったのだ。禅の修行とはそのような〝悟り〟の連続だった。その中で塚本にある疑問が芽生えた。

(仏道の教えの中に幸福という言葉がない。何でや?)

仏道の基本テーゼは「この世は苦しみに満ちている」ということだが……塚本はその根本に疑問を持った。だがその疑問は解消されることはなかった。

そうして修行が二年目に入ったある日のことだった。

町への托鉢《たくはつ》に出た時だ。

(あれッ?)

草鞋《わらじ》で歩く足の感覚がおかしい。まるで宙を摑んで歩いているようなのだ。

そう思った次の瞬間、「卓元ッ!! 大丈夫か?」。別の雲水のその言葉が最後の記憶だ。

塚本は昏倒《こんとう》した。

抱き起こした雲水が驚き叫んだ。

「凄い熱だッ!! 救急車を!」

そうして、塚本は病院へ運ばれた。

「細菌性髄膜炎？」

医者から聞かされた息子の病名が、塚本の母親には分からない。

病院の集中治療室に運ばれて三日、塚本はずっと昏睡状態にあった。

「極めて稀な病気です。これをご覧下さい」

医者は塚本の脳のCT画像を見せた。脳の全体が白い何かに侵食されているのが分かる。

「白く見えるものは膿《うみ》です。脳の表面が膿でおおわれているんです。脳細胞のエネルギーの源であるブドウ糖が細菌に消費されている状態で……大脳皮質が完全に麻痺しています。息子さんは脳死に極めて近い状態にあります」

「脳死?!」

母親は驚いた。

「本人は苦しんでますんか？」

それはありません、と医者は答えた。

「人間の意識を司る大脳皮質が麻痺した状態では意識はありません」

母親はすがる思いで訊ねた。

「息子は助かりますんか？」

医者は覚悟して下さい、とだけ言い母親は泣き崩れた。

「なんやッ?!」

自分が異様に暗く湿った場所にいることに塚本は気がついた。

「さっきまで托鉢に歩いてた……なんでこんなところにいてるんや?」

体全体が湿った圧力としか言いようのないものに包まれている。まるで土の中にいるようなのだ。

「どないしたんや? なんなんや?」

地中で匂いを感じ取ることの出来る虫になったような自分がいる。夢を見ている感じではない。まさに五感が虫のそれなのだ。

そう思った次の瞬間、塚本は明るいところに出た。

「エッ?!」

自分が空の上にいる。

広大なアマゾンのような青々とした密林が明るく眼下に広がっている。そして……何万という蝶の群れと共に自分は飛んでいる。その美しさと気持ちの良さに塚本は我を忘れた。そしてそのままどんどん上に向かって行く。

もうそこは宇宙空間だった。青い地球が美しく輝いていて周囲は暗い。

塚本には自分がさらに上に向かっていることが分かった。周囲の暗さが増し、どこか不安な気持ちになったその時だった。

「あぁ……」

大きな光の渦が見えた。最初はそれが一体何か分からなかったが、見ているうちに自分が途轍もなく大きく優しい感情に包まれていくのが分かる。

「あれが浄土か？」

光の渦に引き寄せられるようにして、塚本がその方向へ向かって行こうとしたその時だった。

「おいッ！　塚本ッ！」

男の声がした。振り返るとそこには漆黒の闇が広がっている。

「塚本ッ！　戻って来い！」

その声には聞き覚えがある。

（ヘイジ？）

「戻って来い！　そっちへ行くな！」

確かに二瓶正平の声だ。

「ヘイジっ！　ヘイジ、お前か？」

塚本はそう訊ねた。

「戻って来い！　早く！」

塚本は闇の向こうから聞こえて来る声と浄土の光、どちらを選ぼうかと迷った。

「塚本！　戻って来い！」

その声のする闇を選んだその時だった。


「?!」

頭が割れるように痛い。

「先生ッ!!　患者が目を覚ましました!!」

女性の声がした。

「こ、ここは？」

「塚本さん！　塚本卓也さん？　私の声が分かりますか？」

見知らぬ男が覗き込んでいる。

「ここは？　どこです？」

「病院です。集中治療室の中です」

その言葉に驚いた。塚本の昏睡状態は一週間続いていた。あと一日このままだと脳死判定されるところだったのだ。そうして自分に起こった全ての事を知った後で塚本は思った。

「あれが臨死体験ちゅうもんか……」

眠っている時に見る夢ではなく、極めてリアルな紛れもない〝体験〟だった。

「それにしても……」

もしあのまま自分が浄土だと感じた光の方に向かっていたら、自分は死んだ筈だと塚本は思った。

「俺を生き返らせたのは……ヘイジやった」

塚本はそれが珠季でなかったのが少し寂しかったが……そこで何もかもが吹っ切れたように思えて心の底から笑った。

◇

湯川珠季は銀座のクラブ『環《たまき》』のママとしてその日も客の相手をしていた。

コロナ禍が収束したと思ったら次は戦争という不穏な状況が続く中、大勢の客たちが銀座の夜を楽しんでいる。

クラブのママという仕事は客との会話と気配りがものを言う。頭の回転の速さと共に情報を収集する努力も必要になる。珠季は新聞の全国紙はもちろん経済紙や地方紙にも目を通す。週刊誌も読むし、ネットニュースや裏の掲示板にも目を通すことを心掛けている。

するとやりきれなくなる。

(これから世界はどんな風になっていくの……)

世界一周の旅をした十代の頃には、出会った人々がどんどん自由に、豊かになっていくと感じたのと今は全く逆になっている。

そして身の回りの自然環境が子供の頃のような穏やかなものでなくなってしまった。夏はとんでもなく暑く冬の寒さは尋常ではない。大地震や津波が何度も起き、途轍もない台風や豪雨での被害が日常のようになってしまった。世界を見回しても自然災害は続いている。

地球温暖化……人類による環境破壊が原因なのか、大きな循環の中の現象なのかは、分からないが年々自然災害の規模は大きく酷くなっている。

そこに加えての戦争。権威主義国と民主主義国との争い、民族や宗教の対立による争い。

(明るい未来はどこに行ったの？)

子供の頃は科学技術の発展が便利で豊かな未来をもたらすと信じていた。しかし情報技術の発達が様々な争いを生み世界の分断を引き起こす道具になっている。

ホステスたちと談笑する客たち。

貧富の格差が拡大する中、ここにいる客たちは勝ち組上位のさらに上の男たちだ。

長く銀座で商売をして来た珠季には、客の質が変わって来たことが実感される。銀座の中で客筋の良さでトップにある『環』でも接していて気持ちの良さを感じる客は少ない。

(気品や人徳を感じる人は稀にしかいない)

今の客はカネのことばかり、グリード（強欲）を絵に描いたような酒の飲み方や持ち物のひけらかしをする。今、珠季がいる席の客も腕時計のリシャール・ミルを三本持っていると自慢するＩＴ長者だ。

「このトゥールビヨン一本で表参道にマンション買えるんだよなぁ……」

ただ珠季は客の選り好みは決してしない。どんな客にも〝真の銀座のもてなし〟を心掛けている。店のホステスたちにもそう教育している。だが……思ってしまう。

(昔の粋なお客様が懐かしい)

持ち物は全て一流だがさりげなく、ブランド物も一目でそれとは分からないものを身に着けていた。会話も洗練されていてどんなに社会的な地位が高くても偉そうにしない。場の雰囲気を大事にして独りよがりの酒に決してしない。夜の銀座という大人の文化を皆で創り上げている。そんな風だったのだ。

(昔はそんなお客様が大勢いらした)

笑顔で客に接しながらも、ふとそんなことを考える珠季だった。

(だけど……あれは本当にどうなるのか)

珠季が先刻の客との会話で気になることがあった。個人で株を動かし百億円以上の資産を築いたという中年の客との話だった。

「馬鹿げた夢物語のＲＦＨが潰されて本当に良かった。あれは自由な資本主義を社会主義にするようなものだったからなぁ」

「あら？　日銀の株購入の方がずっと自由な市場を歪めてるんじゃありません？」

「いやいや、日銀様様だとそこは考えないといけないよ。ママは金融のことに詳しいと聞いているから言うけど、絶対に日銀は損をしないように出来ている。その日銀が株を買っているうちは株を手放すことは絶対にやっちゃいけないということだ。それに……」

客はなんとも嫌な笑みを浮かべて言った。

「早耳情報だけど……ＲＦＨに関係していた連中は全部挙げられるみたいよ。学者も経営者も……例の殺されたテロリストが支持していたということが理屈抜きでまずい。みんなテロリストだと見られてるんだから……マスコミはこれから大きく騒ぐみたいよ」

「まさかぁ」

そう言って珠季は笑ったが内心穏やかではなかった。

ＲＦＨ導入を真っ先に標榜した東西帝都ＥＦＧ銀行で、帝都グループ全体で推進していくものとされ、ヘイジがそのリーダーだと聞いているからだ。

そしてもう一人、珠季にとって最も大事な男がＲＦＨに関係している。

（……桂ちゃん）


桂光義は、中央経済新聞の荻野目からの電話を信じられないという思いで聞いていた。

「うちに金融庁が?!」

桂の運営する投資顧問会社、フェニアムに金融庁が緊急査察に入る情報を番記者が掴んだという。

「私が伝えたとしても、桂さんが何かを隠蔽するような動きはしない筈ですから、こうして規則違反ですが連絡した次第です」

ありがとうと桂は言ってから、納得のいかない当局の行動への疑問を荻野目に質《ただ》した。

「ＲＦＨです。毎朝新聞が工藤勉の殺害後にアンチＲＦＨキャンペーンでマッチを擦ったら燃え広がった感じです。うちもＲＦＨの擁護はご法度状態……これが空気という奴の恐さです」

日本は戦前と何も変わっていないと桂は思った。

「ちゃんと理解すれば、RFHが今の日本にどれだけ大事なものかが分かる筈だ。何故こんな動きになるんだ。やはり日本はプリンシプルがない故に空気で全てが動く国ということか？」

残念ながらそのようですと荻野目は力なく言った。

「ですが毎朝新聞の動き、それに連動するマスコミの動きには裏があると思われます。動いたのが日銀と財務省、例の転換国債推進グループと見ています」

日銀の団藤眞哉《だんどうしんや》総裁、そして転換国債推進派のシカゴ大学の榊淳平《さかきじゅんぺい》教授、共にHoDのメンバーと目されている人物だ。

転換国債、日銀が保有する日本株ETFを担保に発行される割引国債、ある一定の条件（TOPIXの水準）で株への転換、〝国株〟という前代未聞の国が発行する株への転換が可能になる。

〝国株〟を買い占めてしまえば、日本を乗っ取るのと同じになる。HoDはそれを狙ったが桂は自らの仲間と共にこれまで転換を阻止して来た。

だがインフレの昂進《こうしん》で国債の新規発行が難しくなったG20が、転換国債の発行を日銀に倣って行おうと動き出していた。それを根本から阻止できる切り札がRFHだったのだ。

野に放たれたテロリストのレジェンド、工藤勉があろうことか支持を表明する。ＨｏＤにとってハイパーインフレの起爆剤となっていたトム・クドー、世界各国での爆弾テロを主導していた人物がＲＦＨを「人間への富の還元を目指すもの」として評価し「ＲＦＨの実現を見守りたい」とテロを休止したのだった。しかし、そのトム・クドーがパレスチナで殺害されたことから風向きが完全に変わった。

ＲＦＨの本質は無視され一部マスコミが名づけた『テロリストへのマニフェスト』という言葉が独り歩きを始めた。そしてＲＦＨに関わった人間たちはテロリストの仲間というレッテルを貼られていた。

「政府も懸命にＲＦＨから距離を置こうとしています。新資本主義会議でのＲＦＨ支援も全くなかったことにしようと……。弊紙の中で始まっていた株式インデックス『中経ＲＦＨ』プロジェクトも頓挫です」

そして政府はあろうことか、ＲＦＨに関わった者たちを、生贄《いけにえ》の山羊にしようとしていると荻野目は言うのだ。

桂は驚愕した。

「矢吹教授は公安の取り調べを受けているということです」

「何だとッ?!　それでは本当に戦前の特高じゃないかッ!!」

矢吹博文、東京商工大学経済学部教授で桂とは同級生になる。ＲＦＨ理論の産みの親だ。

さらに荻野目は言う。

「東西帝都ＥＦＧ銀行の岩倉頭取は辞任、そして二瓶専務は無期限休職処分にされるとのことです」

桂は瞠目した。

「二瓶君が……」

だがそこから荻野目が少し明るい口調になった。

「実は岩倉頭取と秘密裏にお会いしてお話を伺ったんです。頭取は『政府は自分の辞任でＴＥＦＧに関して話を収めようとしている。二瓶君は絶対にＲＦＨの推進やＨｏＤとの戦いに必要な人物だから、ここで一旦避難させておくのだ』そうおっしゃっていました」

桂はさすがは岩倉だと思った。

「あの人は本物のエリートだ。ノブレス・オブリージュを実践されたということか……」

そこから桂の表情が変わった。

それは相場師の顔だった。

「荻野目、ここからが本当の戦いだ。日銀や財務省、そして金融庁がＨｏＤに完全に支配されてしまうか、我々がそれを阻止できるか。その正念場がここからやって来る」

荻野目はその桂を頼もしく思いながらも言った。

「ただこの戦いは複雑ですね。戦争という要素が入る。軍産複合体も交えての戦いになりますから……」

桂は頷きながら言った。

「泥仕合は俺の得意とするところだ」

◇

霞が関の合同庁舎の一角に金融庁はある。そこの窓のない部屋に桂光義は案内された。桂が金融庁に呼出しを受けたのは、これが二度目だった。

一度目は自分の投資顧問会社を立ち上げて直ぐの頃、通常検査ということでオフィスに検査官が聴き取りにやって来た時に見つけたあるものを巡っての〝弁明〟の為だった。

「完全な言い掛かり。指摘事項を見つけたい一心の検査官の汚いやり口、あれは完全に金融庁の苛《いじ》めだったな」

桂はのちに中央経済新聞の荻野目にそう語っている。顚末《てんまつ》は次のようなものだった。

検査に訪れた検査官の一人が、フェニアムの応接室に置かれている英文雑誌を目にした。

それは米国で最も権威ある株式雑誌『アロンズ』の日本株特集号だった。表紙には四人の人物が円卓を囲んでいる写真が載せられそのうちの一人が桂だった。

『アロンズ』の名物記事である〝円卓会議〟。その号の特集である日本株を巡って著名ファンド・マネージャー四人による討論会の内容が掲載されていた。

〝円卓会議〟では出席したファンド・マネージャーが今推奨する株、五銘柄をあげ理由を説明することが恒例でそれも掲載されている。

「これを頂戴してもいいですか？」

検査官は『アロンズ』を手に持ってそう言い、桂はどうぞと応じた。

これが問題とされた。

「何だとッ?!」

一週間後、桂に金融庁から重大な指摘事項があるので金融庁まで来るようにとの呼出しを受けたのだ。指摘事項は〝相場操作の疑い〟だという。桂には全く心当たりはない。訳が分からないまま桂は金融庁を訪れた。

指定された階までエレベーターで上がり、扉が開いた時だ。

二人の明らかにノンキャリアと分かる年配の男が米つきバッタのように頭を下げる。

「いやぁ、高名なファンド・マネージャーでいらっしゃる桂様に、このようなところまで御足労頂いて申し訳ございません！」

　へりくだり方が尋常ではない。

　桂はその瞬間、（これは罠だ！）と思い二人よりも更に深く頭を下げながら言った。

「この度は当方の不手際で御当局にご心配をお掛けしておりますようで大変申し訳ございません。誠心誠意対応させて頂きますので、何卒ご指導のほど宜しくお願い申し上げます」

　桂はここでもし自分が偉そうな態度を見せたら、それを〝証拠〟とされる狡猾《こうかつ》な匂いを感じ取ったのだ。

　そうして部屋に案内されると机の上に『アロンズ』が置かれていた。

　そこでノンキャリアたちの態度が変わった。

「桂さん、この記事の中であげてらっしゃる推奨銘柄なんだけどねぇ」

　なんともいえない目をしてそう切り出す。

「これはあなた、値上がりさせて売り抜くつもりで言ったんだよね」

　桂は徹底して丁寧な態度で応じる。

「お調べ頂ければ分かりますが、これは〝円卓会議〟恒例のものでして……他のファンド・マネージャーと、同じように自分が今推奨出来る銘柄を正直に語っただけのことです」

　ノンキャリアはその桂の話に一切相槌を打つことなくニコリともせず、一方的な決めつけを言ってくる。

「自分ほどの高名なファンド・マネージャーが推奨銘柄とすれば必ず株は上がる。そこをすかさず売り抜く。そう考えた……これは立派な相場操作ですよ」

桂はわざと優しく微笑んだ。

「滅相もない。そんな力などとても私にはございません」

桂はここでさっきの自分の態度が間違っていなかったと思った。もし偉そうな態度を見せていれば、「自分の名前で株価を上げられると思っている」という心象を持たれ〝証拠〟とされてしまうところだ。

「でも上がる株だと考えていたんだろ?」

もう一人のノンキャリアが、すかさずそう乱暴な口調で訊ねる。

「良い銘柄と思っておりましたから……」

どこまでも丁寧に応対する桂と〝相場操作〟をでっち上げたい金融庁職員との攻防は続いた。

水掛け論の不毛な対話、桂は釈然としないながらも、最終的には「相場操作の疑いをもたれる発言をした」重要指摘事項を認めることで、検査の落としどころとしたのだった。

そして今回は二度目の呼び出しになる。

（どうなるか全く見えないな。鬼が出るか蛇《じゃ》が出るか……）

受付で指定された部屋に入って待っていると、二人の男が入って来た。五十がらみの白髪交じりの痩せた男と四十前後の短髪のがっしりとした体格の男だった。

桂は名刺を差し出し、二人はそれを受け取ったものの名刺も出さず自分が誰とも名乗らない。

（こいつら金融庁の職員じゃない。公安か）

桂はそう確信した。二人共どこかのっぺりとした顔つきで、目は鮫のようだ。

（さて、どんなことでこちらに非があるとしようとしているのか……ＲＦＨはテロリストとは何の関係も無い。だがそれを無理を通してでも「関係している」とするつもりか）

二人は暫く黙ったまま持って来たファイルを眺めていた。

「桂社長は東京商工大学の矢吹教授とはお知り合いですね？」

年配の男が訊ねた。

「大学の同級生です。私は勉強しない劣等生でしたが、矢吹は優秀な学生でした。ただ卒業後は付き合いはなく、矢吹がＲＦＨ理論を公表した後で、彼の研究室に話を聞きに行ってから新たな付き合いが始まりました」

「それは何故ですか？」

ＨｏＤが裏で糸を引く転換国債の発行を阻止する為の戦略の柱として、ＲＦＨ理論に注目してその詳細を聞く為だったが……桂がそれをここで言えばおかしなことになる。

「非常に優れた経済・経営理論だと思ったからです。それで詳細を聞きに行ったのです。ＲＦＨを採用する企業が出てくれれば、新たな資本主義の流れが出来る。日本経済は活性化される。そして採用した企業を応援する意味で、ＲＦＨファンドを組成しようと考えた訳です」

そう答えるにとどめた。

「それにしても、何故テロリストの工藤勉がＲＦＨを支持すると公言したのでしょう？」

短髪の男が訊ねた。

「それは分かりかねます。ですが……株主資本主義による世界の二極化、貧富の格差の拡大をＲＦＨを採用することで、根本から改善することが出来るのは誰にでも分かる。人民の味方を標榜する工藤が、『これは本当に人民の為になる』と理解したからではないでしょうか」

「人民の為ねぇ……人民ってそれ、テロリストのことじゃないんですか？」

桂は笑った。

「戦前の特高なら〝アカ〟〝共産主義者〟と言ったでしょうね。今それはテロリストと言い換えられてるんですか？　ところで……」

そこで桂は強い口調になった。

「私はここ金融庁に呼び出された。しかし、お二人は名刺も出さず名乗りもしない。こんな奇妙なことはないと思うんですが……」

二人は黙っている。

「ＲＦＨはテロリストとは何の関係もないものですよ。純粋に経済学の、新しい資本主義の理論です。それ以上でも以下でもない」

二人はその桂を鮫のような目でじっと見詰めている。

桂はもしこの二人がＨｏＤの人間で、ＲＦＨ関係者を完全に葬る為に動いているとしたら……そう考えてこれからどうするか思案した。

すると、

「今日はありがとうございました。これで結構です。どうぞお引き取り下さい」

桂は拍子抜けした。

長居は無用と桂が出て行こうとした時、「もし何か情報があったらこちらに御連絡下さい」

五十がらみの男が名刺を差し出したと思った。しかしそれは名刺大の大きさの紙にＱＲコードだけが記されているものだった。

（やはり公安だったな）

桂はそう思って訊ねた。

「情報ってテロリストの情報ということですか？　それとも〝別の組織〟の？　それと……あなた方は公安ですか？」

桂のその言葉で、初めて年配の男が微笑んだ。

「情報に関してはなんでも結構です。桂社長が〝情報〟と思ったもの……なんでも。我々の身分ですが……公安の上とでも申し上げておきましょう」

（公安の上？　内閣情報調査室の人間か……）

この男たちはどうやら敵ではないな、と桂は思いながら何も言わずその〝名刺〟をポケットに仕舞った。

合同庁舎を出て六本木通りを堀端へ下って歩きながら桂は考えた。世間のＲＦＨバッシングは収まらずにいる。

（二瓶君はどうしているだろう？）

ヘイジのことを珠季も心配している筈だと思い銀座に向かって歩を進めた。

◇

「お義母《かあ》さん。本当に申し訳ありません」

ヘイジはその日自宅マンションに来てもらった義母に頭を下げた。

「いいのよ、正平さん。舞衣子のことでまた迷惑かけて……こちらの方が申し訳なくて……」

ヘイジは大きく頭を振った。

「全て僕の所為《せい》なんです。舞衣ちゃんの心をまた壊したのは僕の所為なんですから……」

義母は何も応えずただ「正平さんは今本当に大変なのに……」とだけ口にした。

二週間前。

「休職処分ッ?! 平ちゃんが?! なぜなの？ どういうことなのッ？」

ヘイジは辞令が出された日に舞衣子に全て話した。戦争が始まって以来ずっと不安定だった舞衣子は、娘の咲に対しても、育児ノイローゼのようになり始めた。その為、咲を保育園に通わせることにした。だがパニック障害で長期の入院経験がある舞衣子の脆い心にとって、ヘイジの立場の異変は大きな衝撃になった。

これからどうなるの？ 平ちゃんはどうなるの？ 私たちはどうなるの？ そうだあの人たちだ！ あの人たちが平ちゃんを苛めてるんだ。私を苛めたあの人たちが……。

舞衣子のトラウマとなっている銀行の寮での奥様方からの苛め……過去の傷心の風景が何

度もフラッシュバックする。

その度にヘイジは震える舞衣子を抱きしめることしか出来なかった。

休職処分となってから一週間、ずっとヘイジが食事を作っていた。しかし、舞衣子の食事の量が極端に減っていく。そうかと思うと突然物凄い量を食べたりする。

ヘイジは医者に相談する前に義母に状態を告げたところ、直ぐに横浜の実家から来てくれたのだ。

「さぁ、出来たわよ！　皆で食べましょう。舞衣子の好きなクリームシチューを作ったからね」

食卓に義母が作った料理が並べられ、ヘイジも舞衣子も咲もテーブルについた。

「わぁ、美味しそうだ。咲、良かったね。おばあちゃんのシチューだよ」

ヘイジがそう声をあげると咲はぎこちなくスプーンを使いながらも口にいれて「おいちい」と微笑む。

だが舞衣子はただ力なく座っているだけだ。

ヘイジはシチューを食べて凄く美味しいですと義母に笑顔を作るが……その舞衣子の姿を見ていると味がしない。

舞衣子以外全員が、口を動かして少しした時だった。

「なんでなの？」

舞衣子が口を開いた。

「なんで私の食べられるものがないの？」

義母もヘイジもギョッとした。

そしてボロボロと涙をテーブルの上に落とす。

「ママ、ママ……」

泣く舞衣子に咲がスプーンを手にしたまま話しかけようとする。

「舞衣子どうしたの？　あなたの好きなクリームシチューじゃない？　さぁ、食べてごらんなさい」

舞衣子はその母親を見て言う。

「なんで？　なんでお母さんがいるの？」

義母もヘイジもその舞衣子をじっと見詰めるしかない。

「平ちゃん！　なんでなの？　なんでお母さんがいるのッ！」

ヘイジは言葉が出て来ない。

「アーッ！」

咲がその様子に泣き出した。義母は直ぐに立ち上がり咲を抱きしめた。

「なんでなの平ちゃん……私たち二人で、親子三人で頑張るって言ってたじゃない！　どんなに大変でも頑張るって」

ヘイジはその言葉に追い詰められる気がした。義母が泣く咲を抱きながら舞衣子に言う。

「正平さんは大変なのよ。お仕事で本当に大変なのよ。あなたも分かってるでしょう？　咲もいるんだから……私に助けられることはやらせて」

舞衣子はそれには何も言わず、ただ黙って涙を流す。

「舞衣ちゃん、ごめんよ。僕も頑張りたい。でも今はお義母さんに助けて貰おう。自分たちだけでは出来ない時もある。だから今はお義母さんに甘えさせて貰おう」

ただ舞衣子は泣き続けた。

そこから状況はどんどん悪くなって行った。

舞衣子は食事をちゃんととらない。体重はみるみる減り、見た目にも病的な痩せ方になっていく。

そして……とうとう限界が来た。舞衣子の意識が朦朧《もうろう》として来たのだ。ヘイジは自分たちの力はもう及ばないと思った。舞衣子の死がヘイジに意識されたのだ。

救急車を呼びヘイジが一緒に乗り込んだ。

「お義母さん、咲をよろしくお願いします」

「お願い！　舞衣子をお願いね！　正平さん」

義母もここまでの自分が何も出来なかったことに、虚しさと悲しさを感じているのがヘイジに分かった。だが今はもう舞衣子の命にかかわる。

ヘイジは救命士に舞衣子が嘗て入院していた精神科病院の名を告げ救命士は連絡を取った。

「大丈夫です。受け入れられるそうです」

その言葉でヘイジは救われた思いがした。

そうして一時間ほどで病院に到着した。

ヘイジが状況を告げると、医師は直ぐに診察し看護師に指示を出した。

「この病気は死に繋《つな》がります。体と意思が乖離《かいり》している状態ですから強制的に栄養を摂らせる処置になりますので……ご主人はこの書類に御署名願います」

そうして舞衣子は体を拘束されて、栄養剤を投与するチューブが鼻に入れられることになった。

「やめてッ!!　助けてッ!!　平ちゃんほどいてッ!!　殺されるッ!!」

抵抗し泣き叫ぶ舞衣子を見ながらヘイジも涙を流した。しかしこれで舞衣子の命が助かるのだと思うと安堵のため息も最後には洩れた。

こうして舞衣子は、またも長期入院することになった。

「自立する精神の取り戻しの為に、二週間は面会にはいらっしゃらないで下さい」

医者にそう告げられた。


ヘイジは一人になった。

咲は舞衣子が入院している間、義母が横浜の実家で面倒をみることになった。

横浜の実家に咲を置いていく時、「パパ、パパ。ママは？　ママは？」と訊ねて来る咲に対して、「直ぐに戻って来るからね。ママは病気を治したら直ぐに戻って来る。それまではおばあちゃんと仲良くしてね」

泣きながら「パパ、パパ」と言う咲に後ろ髪を引かれながら、ヘイジは横浜を後にしたのだった。

ガランとした自宅マンションに戻ってヘイジは我知らず呟いた。

「一人になった……」

そして同じ光景が過去にあったことを思い出した。以前、舞衣子が病を発症して入院させて戻った時のことだ。

その時、ヘイジは号泣したことを覚えている。だが今は何故か涙が出ない。

それは深い絶望からだった。

銀行の専務にまでなっている自分が妬ましいと思った。辛酸を嘗《な》めながらも様々な人に支えられ助けられながら、弱小銀行出身から大出世を遂げた自分が高い峰から転がり落ちた。

そして自分にとっての拠り所である家族もバラバラになってしまった。

ヘイジには自分とは何か？　自分の居場所とは何処《どこ》にあるのか？　全く分からない。

（ずっと正しいと信じることをやって来た。職場でも家庭でも……）

しかし、その結果は不条理なものだ。

只管打坐を標榜して、ただひたすらどんなことがあっても前進を続けて来た。周囲もそれを認めてくれての道のりだった。

（だけど、挙げ句の果てこれだ……）

ヘイジはふと今の自分と世界が重なっているように感じた。

戦争が起き拡大していく感は否めない。社会の二極分化は進み格差は広がっている。自然災害がいつもどこかで起きていて悲惨な状況が連続する。

ヘイジは力なくソファに腰を下ろした。

床には咲のおもちゃが転がっていた。

自分には咲が、舞衣子がいる。そう思って頑張って来た。だが自分のいる世界はどんどん悪くなり自分も家族もその世界と同じような状態になっている。

ヘイジはもう一度、只管打坐を取り戻そうとした。目の前のやるべきことに集中しようと……そしてこれまで苦しかったところから抜け出した自分を思い出そうとした。だが目に浮かぶのは病院で拘束されてヘイジをなじる舞衣子とその言葉だ。

「平ちゃんが悪いのよ!! 全部平ちゃんが!!」

その声が耳から離れない。

ヘイジは只管打坐と呟いてみた。しかし、それはあるリフレインで消される。

(絶望、絶望、絶望……)

心が枯れ切ったように感じたその時だった。

スマホにメールが入って来た。

◇

桂光義は金融庁に呼び出されたその週末、伊東のオーベルジュで珠季と過ごした。

「なんでもいいから気分転換したい。付き合ってくれ」

珠季は二つ返事だった。

以前二人で訪れようとしたが、道中で二人の気持ちがギクシャクしてしまった為に珠季は東京に戻り、桂だけが独りで宿泊した宿である。

チェックインすると二人は温泉に向かった。

そのオーベルジュの宿泊客は隣接する旅館の温泉を使うことが出来る。

「混浴が無いのが残念ね」

淫靡な目をしてそう珠季が言うのに対して、桂はいなすような眼差しになった。

「今夜はゆっくりさせて下さい」

子供のような表情でそう頭を下げる桂に珠季は笑いながら、「おじいちゃんになっちゃ嫌よ」と返すのだった。

そうして二人は男湯と女湯に分かれた。

露天風呂も備えていて伊豆の海が眼下に見える。幸い他に客はいなかった。湯加減は素晴らしく温泉の成分が肌にしっとりと沁み込んで来るように感じる。

「あーッ、極楽極楽」

桂はわざと大きな声でそう言った。だが気持ちは晴れない。

神経を極限まで張り巡らせるファンド・マネージャーにとって、気分転換は生きるか死ぬかを決める大事な生活要素になる。

昔の桂は気分転換というものをしたことがなかった。二十四時間三百六十五日、相場のことだけを考えていても平気だった。しかし、それが結婚生活の破綻を招いた。異様な神経の張りつめ方をしている桂自身には分からないが、そばにいる妻と子はそんな桂とどう時間を過ごせば良いのか分からなかった。

そんな結婚生活が長続きする筈はない。結婚生活の破綻の後、桂は悟った。

「このままでは俺は人間でいられなくなる」

桂は相場に選ばれた人間でもある。天からのギフトと呼べる相場観の鋭さを、若い頃からずっと持っていられた。それは相場と一体化出来るからだ。

（しかしそれは……人間としての魂を相場に乗っ取られているのと同じだ。それでは絶対に自分はどこかで破滅する）

そう思いはじめた頃に珠季と出会った。そして桂は変わった。自分をまともな人間に戻す為の時間を珠季の為に作るようにしたのだ。そして「自分は弱い」と思うようにした。何か順調でなかったり想定外のことが起きた時に、神経を張り巡らせながらも頭の隅に「自分は弱い」という言葉を置くようにした。

無意識の中に置く言葉になるくらい桂は敢えて意識し続けた。そうして自分の〝弱さ〟を知って行動するようにしたのだ。

それが気分転換と呼べるものに具現化するようになっていた。

（どこまでが自分の精神の限界かなど自分には分からない。それよりも〝自分は弱い〞と決めつけて、早め早めに気分を変える方向に持って行く。それが秘訣だな）

嘗て中央経済新聞の荻野目にどうやってファンド・マネージャーとして精神の安定を図るのかを訊ねられた時にそう答えたが、本当に桂はそれを意識して実践するようになった。

そして今が本当に気分を変えなければならない時だと思っていた。難しい相場よりもずっと複雑で質《たち》の悪いものと今は対峙している。

「死と闇の魑魅魍魎《ちみもうりよう》たち……」

桂は温泉につかりながら、まだ晴れない気分でそう呟いた。

「極楽にこうしていながら考えるのは死と闇の連中のこと……」

だが不思議なことに自分の心の中に「全てが馬鹿馬鹿しい」と捨て置くような気持ちの地平が広がって来る。

「死も闇も幻、そして俺も幻」

そうしてふと気持ちを楽にする瞬間が訪れる。これこそが桂の〝気分転換〞の真骨頂だった。伊豆の海に漁火が瞬いている。そして頭上には東京では見ることの出来ない星空が広がっている。

「宇宙誕生から百三十八億年、人間生きて百年、俺が存在する確率は一・三八億分の一、殆ど無に等しいということだ」

それは科学を哲学化する桂の一つの思考方法だ。夜空の星々はもう何億年も前にその生命を終えているが自分の目には見えている。

「全ては幻ということだ」

温泉の快さが心の快さに繋がっていくのを桂は感じた。

「夢幻……」

このまま最悪の状況になれば第三次世界大戦に本当になる。そうなれば人類は破滅するのだと思う。つまり全ては夢幻として消える。

「そぉんなぁ♪　世界にぃ♪　誰がぁしたぁ」

桂は節をつけて歌ってみた。

腹の底から笑いが来る。

「全ては幻だ」

桂は力強く言葉にして勢いよく湯から出た。

「もぉ、桂ちゃんは男のくせに長風呂なんだからぁ……お腹が空いて待ちくたびれたわ」

桂が部屋に入ると、既にイブニングドレス姿の珠季がいた。

「おぉ、悪い悪い。あんまりいい湯で時間を忘れてしまってた」

桂も直ぐにディナー用のスーツに着替えた。

オーベルジュのダイニングルームはオーセンティックな造りで有楽町のグランメゾンと引けを取らない雰囲気を醸し出している。

「ここのジビエ料理は最高だ。本当に今しか味わえないものを出してくれる」

「楽しみッ！」

そうしてギャルソンがメニューを持って来た。

「コースは肉も魚も入っているグルマンコースにしたいが？」

「私も今日は思いっきり食べたい気分。お腹一杯になりたいからそうしましょう」

「桂ちゃんのお奨めはジビエでしょ？　じゃあお肉は鹿肉のノワゼット、林檎のギャレット添えにするわ」

「俺も当然それだな」

「お魚は……鱸《すずき》のパイ包み、ショロンソース添えが良いわね」

「気が合うな。俺も鱸だ」

そしてワインリストを見ていると、頃合いを見計らっていたソムリエが現れた。

「今日はジビエのお料理に合います本当に稀なワインが入っております。コート・デュ・ローヌ・ブュルレ、手作りのワインです。ローヌ地方のお爺さんが造っているもので、お婆さんがラベルを貼っております。少し発泡気味で鄙《ひな》びた味わいが独特でして……伊豆の鹿肉と非常に相性が良いです」

そして魚料理にはやはりソムリエが一推しだというパヴィヨン・ブラン・デュ・シャトー・マルゴーの90年物を選んだ。食前酒のシャンパンが運ばれて来た。ヴーヴ・クリコのラ・グランダムだ。

「乾杯。でも何に？」

そう言った珠季は今回の桂との時間は自分を抑え気味にしている。桂が大変な状況なのが分かっているからだ。桂もそんな珠季のことをちゃんと理解して有難いと思っていた。

「そうだな……世界への絶望に乾杯ってのはどうだ？」

変ねぇと珠季は笑いながらも乾杯した。

そうして、前菜が運ばれて来た。

鶏燻製《くんせい》の冷製は、燻製にした鶏の胸肉の上に腿肉《ももにく》やシャンピニオン、トリュフをのせ、鶏のスープの味を効かせた真っ白いショーフロアソースがかけられている。ゼリーで固めたジヤガイモや人参、キュウリのサラダが添えられている。

「この料理は嘗ての天皇の料理番が、得意としていたものだそうだ」

「見た目はモダンな感じだけど本当はクラシックなのね」

深みがありながらサッパリとした味わい。全てが前菜として最高に食欲を掻き立てる。

ゆったりと時間を使って飲み食べながらコースは進んでいく。

デキャンタされた白ワインが注がれる。

何故デキャンタするのかと桂が訊ねると、ソムリエは還元臭を飛ばす為とワインが本来持っている香りを開かせる為だと答えた。

パヴィヨン・ブラン独特の磯の香りがする。

「海を感じるワインね」

珠季の言葉に桂は頷いた。

そうして魚料理が運ばれて来た。

鱸のパイ包みに海を感じさせるワインが同調するように感じられる。

「旨い！」

桂は思わず口にした。そして肉料理をも堪能してデザート、コーヒーでディナーは終わった。

「あぁ……お腹一杯、最高の食事だった」

珠季の満足そうな顔に桂も嬉しくなる。

「今日は本当に食べたな。でも最初から最後まで全部旨かった」

「贅沢しちゃったわね」

その言葉で桂がふと表情を変えた。

「贅沢……贅沢って何の為にあると思う？」

桂の奇妙な質問に珠季はついて行けない。

「贅沢は復讐なんだよ」

エッという表情を珠季はした。

「贅沢は復讐だ。自分を否定する全ての者への復讐」

なんともいえない表情の桂を珠季はじっと見詰めた。そんな桂は初めて見る。

わざと明るく珠季は訊ねた。

「今の桂ちゃんが一番復讐したい相手は？」

桂は直ぐに答えた。

「俺自身だ。絶望する俺への復讐だ」

# 第三章　同級生

ヘイジは京都に来た。

絶望の中でも世界は動く。ある人物からの連絡で京都を訪れたのだ。

ヘイジは待ち合わせの場所に中学生時代から好きだった場所を選んだ。

大徳寺《だいとくじ》の塔頭《たっちゅう》、高桐院《こうとういん》。

戦国時代、足利義昭や織田信長に仕えた武将の細川藤孝。そして千利休の茶の弟子の七哲となった息子の忠興《ただおき》や妻ガラシャらの墓がある細川家の菩提寺だ。

千利休の高弟に相応《ふさわ》しい趣を持つ忠興によって造られたそこは、玄関アプローチの敷石のあり方から竹林まで計算された美しさを誇り、紅葉の頃の庭は素晴らしい錦の絨毯が出来る。

ヘイジは庭を眺めながら座っていた。一人でこんな時間が持てるのは一体いつ以来だろうと思ったが……舞衣子や咲のことを思うとやりきれなさが消えない。それでも京都にいることとでこれまでとは別の空気を感じ、こうしてお気に入りの場所にいることで少し救われる気がした。

無期限休職という蛇の生殺し状態に置かれて先が見えない状況が続いている。

（いっそ馘にしてもらった方が楽だよな）

ヘイジは舞衣子のことで頭が一杯になっていた為に仕事のことを忘れていた自分に京都に来て気がついた。

（馘になれば舞衣子の世話に専念できる）

ヘイジはようやく自分が家庭人だということが分かったと思った。

（辞表を出してしまえばいいんだ！　そうすればスッキリする）

そう思った時だった。

「やっぱりここはええな」

待ち合わせていた人物がやって来た。

宇治木多恵《うじきたえ》。西陣《にしじん》にある宇治木染織の社長でヘイジの京帝教育大学附属中高の同級生だ。

宇治木染織は東西帝都EFG銀行京都支店の取引先で、嘗ては財務状況の悪化で〝要注意取引先〟とされていた。その立て直しにヘイジが尽力し、今では経営は軌道に乗っている。

TEFGから人を受け入れ新たなビジネスを立ち上げて、今や京都でも先進的な企業の一つになっていた。

「カーちゃんはいつも変わらないね」

ヘイジは微笑んで宇治木多恵にそう言った。

ヘイジと宇治木多恵は高校時代、弦楽合奏部に所属していた。部長の宇治木多恵はチェロ奏者としてあまりの演奏の上手さから巨匠パブロ・カザルスの〝カ〟を取って〝カーちゃん〟と尊敬の念を込めて部員から呼ばれていた。一方のヘイジはヴァイオリンを子供の頃から習ってはいたが〝並〟の高校生ヴァイオリニストだ。しかし、不思議なことに宇治木多恵と一緒に演奏すると〝並〟のヴァイオリンが別人のように良く鳴る。

「カーちゃんは凄いよ。僕を信じられないほど乗せてくれる」

「そうか」

宇治木多恵は無表情でそう言うだけの根っからの京都人だ。

その宇治木多恵がヘイジにメールをくれた。《なんやえらいことになってるようやな。いっぺん京都へおいで》

京都人が自発的に行動することはまずない。他人に対して干渉しない。宇治木多恵は代々続く西陣の人間で京都人中の京都人といえる。

（カーちゃんが心配してメールをくれるなんて……）

ヘイジは驚くと同時に心が熱くなった。

（京都へ行こう）

ヘイジは高桐院で会いたいと返信したのだ。

「そうか」

ヘイジが全ての経緯《いきさつ》を話し終えると宇治木多恵はいつもの無表情でそう言った。

「何だかもう仕事のこと全て……どうでもよくなってね。妻の世話に専念する為に銀行を辞めようかと思ってるんだ」

そのヘイジには「そうか」と言わない。宇治木多恵はずっと考えている。

長い時間が過ぎたように思われた時、

「あんた。自分をなんやと思てる？　日本で一番大っきな銀行の専務になった自分を？」

意外な宇治木多恵の問いかけにヘイジは暫く考えてから言った。

「なんでもないよ。一流半の私立大学から弱小銀行に入ったどこにでもいる男、つまらない男だよ。いや、女房一人ちゃんと幸せに出来ない駄目な男だよ」

宇治木多恵はその言葉に何も返さない。

そして意外な話を始めた。

「あんたと『大公』やった時のこと覚えてるな？」

ベートーヴェン・ピアノ三重奏曲第七番『大公』のことだ。

一聴、何でもない易しい曲のようだが……これが大変な難物なのだ。ピアノ、チェロ、ヴァイオリンのアンサンブルを各奏者が神経を集中して他の二人の演奏を聴いていないと途端に演奏の破綻が素人でも分かるやっかいな名曲なのだ。

プロの演奏家でも敬遠するその難曲を、宇治木多恵は高校三年の時の文化祭で披露した。普通の高校生ヴァイオリン奏者のヘイジと当時天才と呼ばれ、藝大にトップ合格間違いなしと言われる一年生ピアニストのトリオでの演奏が最初だ。

そしてもう一度、ヘイジが〝要注意取引先〟宇治木染織を訪れ、宇治木多恵と高校卒業以来の再会の時、寺町のジャズバーの藝大首席卒のママと三人で『大公』を演奏した。

「高校の時もそうやし寺町での時もそやったけど……ええ演奏やったやろ？」

その通りだよ、とヘイジは答えた。

そのヘイジをじっと見て宇治木多恵は言う。

「あんなええ演奏が生まれたんはチェリストやピアニストの力やない。ヴァイオリニストの持つ力なんや」

ヘイジは笑った。

「馬鹿なことを言うんじゃないよ。あの演奏は完全にカーちゃんとピアニストがいてこそだったよ。演奏しててそれは分かるよ」

あぁ、と妙な声を宇治木多恵は出した。

「それがヘイジなんやな」

ヘイジは首を傾げた。

「あんたは自分の能力に気いついてないんや。あんたには周りを活かす特別な力があるんやで。あの難しい『大公』を見事に生かす演奏が出来たんはあんたの力のお陰やったんやで」

ヘイジは驚いた。

「カーちゃん……」

京都人がそんな風に、特に京都人中の京都人が人を本気で褒めることなど、ない。

「あんたが東西帝都EFG銀行の専務にまで出世したんは、周りを活かしたからなんやと思うんや。あんたの力であんたは出世したんとちゃう。活かした周りの人からもろた浮力であんたは上昇したんや。チェリストやピアニストがヴァイオリンに活かされて見事なハーモニーとアンサンブルが生まれたようにな」

ヘイジは頭が真っ白になった。

「宇治木染織もヘイジが回してくれた仕事や銀行から派遣してもろた吉岡優香《よしおかゆうか》ちゃんに助けてもろたように見えるけど……ヘイジの為に頑張ろうちゅう気にさせられてるからこそええ

方へ進んだ」

ヘイジは驚くばかりだ。

「うちはこれまで嘘を言うたことはない。お世辞を言うたこともない。それと……こんな本音を人にさらすことは絶対にない」

ヘイジは小さくありがとうと言った。

「あんたは絶対に大丈夫や。東西帝都EFG銀行には絶対にあんたが必要になる。必ず必要になる筈や。よしんばあんたが馘になっても、あんたを助けてくれる人間が絶対にあんたを持ち上げて何か大きなことをやらせる。それは間違いないで」

ヘイジは泣いていた。

「それとな、ヘイジ。あんたは偉なって逆に自分のそんなホンマの力、周りの人を活かす力やのうて自分だけの力に頼ろうとしたんとちゃうか？」

あっと思った。宇治木多恵のその言葉は舞衣子の言葉と逆だったからだ。

なんでお母さんがいるの？

私たちだけで頑張るんじゃなかったの？

自分だけで、自分たち夫婦だけで何もかもやろうとして来た。難しくなればなるほど自分も舞衣子も頑張ろうとした。それで結果は舞衣子の長期入院だ。あの舞衣子の言葉は自分が、自分の心が発していたのだとヘイジは思っていた。

（あの頑張りは間違いだった？）

宇治木多恵はヘイジを見詰めている。

高桐院の庭に風が立った。

その風はヘイジの心を吹き抜けた。

あれだけ重たかった気持ちが、なんとも苦しかったものがヘイジの心から消えた。

「そうか……カーちゃんの言う通り、僕は何でも自分で出来ると思うようになっていた。それが間違いだったんだね」

宇治木多恵は微笑んだ。

「やっとちょっとええ感じになったで」

ヘイジは笑った。

「ありがとう。カーちゃんのお陰だよ」

「そうか」

いつもの宇治木多恵に戻ったようだった。

そうして二人は高桐院を出た。

「それにしても……今日という今日は京都人カーちゃんの初めての本音で僕は救われたよ」

そのヘイジに宇治木多恵は言った。

「ちゃうでヘイジ、本音はこれが二回目や」

「エッ？」

ヘイジは思い出した。

そこには高校時代の二人がいた。

◇

ヘイジは東京へ戻る新幹線の中にいた。

（カーちゃんに会ってよかった）

友だちとは本当にありがたいものだとヘイジは思っていた。

（誰よりも友だちが僕を理解してくれていることがある）

自分のことを〝全肯定〟してくれる存在が友だちというもの……全肯定される中でこそ見える本質というものがあるのだと思う。

（それにしても……）

ヘイジは宇治木多恵の言葉を思い出した。

「本音はこれが二回目や」

あの言葉……

（カーちゃんは高校の時のことを言ってた。あの時のことを……）

高校の文化祭での『大公』の演奏披露の時。

本番直前の舞台袖で宇治木多恵は不安と緊張で固まっているヘイジの耳元で囁いたのだ。

「うちな、あんたのこと好きやで。そやから頑張ってな」

あれはヘイジにとって永遠の謎だ。

（あれがカーちゃんの本音？）

改めてヘイジは何十年も前の謎と向き合うことになった。

高校時代、ヘイジは湯川珠季と恋人同士の関係だった。宇治木多恵も当然それは知っている。

（全部分かっていてプライドの高い京女がそんなことを言うか？）

あの後、ヘイジがそのことを宇治木多恵に質すと「忘れた」としか言わず、全てはそこでお終いとなった。そしてヘイジも長い年月の中でそのことを忘れていった。

だがそれを宇治木多恵はしっかりと覚えていた。二回目の本音……そう言ったのだ。

（だけど……カーちゃんの本当の心の裡は分からない。京都人は分からない。京女はもっと分からない。でも……カーちゃんという存在は本当に有難いと京都に行って分かった）

浜松を過ぎた頃、ヘイジは高校時代の別の大事なこと、自分にとっての大きな負い目となったことを思い出した。

高校時代に付き合っていた湯川珠季、彼女がどん底の時、ヘイジは逃げたのだ。

珠季は小学生の時に母を病で失って以来、質素ながら品の良いものを好む学者の父親と二人、京都東山で幸せな生活を送っていたが、その父親も高校二年の時に失い、その翌年にたった一人の肉親だった父方の祖父も亡くなった為に天涯孤独となった。

「それを知った時、僕には何をどう珠季にしてやればいいのか……全く分からなかった」

まだ高校生のヘイジに、付き合っている彼女が直面した深い孤独と悲しみを一緒に受け止められる力はなかったのだ。

珠季の深い孤独と悲しみ、それからヘイジは逃げるように珠季を避けてしまう。

そして卒業後、珠季がどうなったのかも恐くて知ろうとしなかった。

そのことはヘイジのトラウマとなっている。

（あの時に現れた自分の本性、弱い卑怯な心……それが舞衣子を病気にさせたんだ）

舞衣子が結婚した後で精神を病んだ時、そのトラウマが露わになった。

しかしヘイジはそれを克服出来たと思っていた。弱小銀行出身の自分が出世して、舞衣子が元気を取り戻したことで自信が生まれたことでそう思っていた。

しかし、再び舞衣子は病となった。

(やっぱり僕の弱さが舞衣ちゃんを苦しめてるんだな)

舞衣子の言葉「平ちゃんが悪いのよ。私たち二人で、親子三人で頑張るって言ってたじゃない!」その言葉がまた蘇って来る。そうしてまた絶望に戻りそうになった時、

「うちな、あんたのこと好きやで」

宇治木多恵の声が聞こえた。

(カーちゃん……僕はどうここから頑張れば良いかな?)

心の中でそう呟いた。

(周りが助けてくれる。周りをよう見回したらええんや。只管打坐で今のことだけに集中するんやのうて周りを見てみ。絶対に皆ヘイジを助けてくれる)

ヘイジは宇治木多恵の言葉を、自分なりに解釈してそう思おうとした。

京都に呼び出されて自分は絶望するほど孤独ではないことを知った。

(そうだ自分は強くない。だから周りをもっと見て叫べばいいんだ。『助けて下さい!』と

……)

そうして軽くなったヘイジの心は良い方向に動いていく。宇治木多恵が言った周りからの『浮力』を有難く使わせて貰おうとヘイジは思った。

〝放てば手に満てり〟

道元の禅の言葉をヘイジは思い出した。

(自分の力、自分の実績、自分の立場、自分、自分、自分……そんなものを全て投げ出してしまえば別の力で満たされる筈だ)

自分は弱いと思うこと。本当に心の奥底から自分を投げ出し裸になって「自分は弱い」と思うこと……舞衣子のことも自分だけでは助けることは出来ないのだと心の底から思うこと……真に自由な心はそれで新たな力で満たされていく。自分の周りには色んな人がいる。そう思うと途轍もない幸せをヘイジは感じることが出来た。

(自分じゃないんだ。周りの人間こそが本当に大事なものなんだ)

新幹線はいつの間にか熱海《あたみ》を過ぎていた。東京に戻ったら色んな人たちに連絡しようとヘイジは決心した。

(体裁なんてどうでもいい。全部何もかも正直に話してみよう。みんなに話そう)

ヘイジの心に今まで感じたことのない温かな感情が満ちていく。

湯川珠季は休日のその日、生まれて初めてとなる上野動物園にいた。

「フラミンゴの前で……」

そう連絡を受けての待ち合わせだ。

家族連れで賑わう動物園は、銀座の夜とは正反対の世界として珠季の目には映る。

珠季は薄化粧で藍染めのジーンズにデニムのジャケットというこれまた夜の戦闘服とは真逆のラフな装いだった。

「こんなデートは京都の植物園以来……」

約束の時間よりかなり早くに着いていた珠季は、何十年と感じたことのない心持ちでそこにいた。

「ヘイジ……」

電話があった時は驚いた。そしてずっと心配していたヘイジが自分から会いたいと言った時はもっと驚いた。それも動物園で会いたいとの言葉には耳を疑った。

「ヘイジに大変なことが起こっている?」

休職となっていることは知っていたが、それ以上に何かなければこんなことをヘイジがする筈ないと珠季は思っていた。

動物園の雰囲気は珠季には過去へのいざないのように感じられた。

その時だった。

「早いね。僕の方が先だと思ったのに……」

ジーンズにジャケット姿のヘイジだった。

その表情は意外なほど晴れやかだ。

「ヘイジ、大変やないの？」

ヘイジと二人きりの珠季は高校生の頃に戻って関西弁になる。

「あぁ……大変だ。実は……」

ヘイジはこれまでのことを全て話した。

「奥様がそんな……」

驚く珠季にヘイジはなんともいえない表情で言う。

「病院で拘束されて栄養剤を入れるチューブを付けられた女房に、全部僕のせいだとなじられた。本当にそうなんだ」

それを聞きながら珠季は、何故ヘイジが自分にこんな話をするのかを考えていた。

「僕は弱い。本当に弱い人間だ」

珠季はそのヘイジに何も言わない。高校生の時、天涯孤独となった珠季を棄てたヘイジのことが甦り、珠季の心の深いところにある傷が露わにされたように思えて言葉が出てこないのだ。

目の前のフラミンゴの群れがせわしなく動き、大勢の子供たちが楽しそうに見ている。

「ヘイジ、なんで私に会いたいと思たん？　それも動物園って……高校生の時の二人に戻りたかったん？」

そう言った珠季は驚いた。

ヘイジが泣いている。絶望で心の裡が枯れ切ってこれまで泣くことが出来なかったヘイジが泣いているのだ。

「珠季に心の底から謝りたかったんだ。あの時、僕は逃げた。そしてそれは自分からも逃げていたんだ。珠季の大変な孤独を受け入れることが出来ない弱い自分から……」

「ヘイジ……」

そしてそこからヘイジは宇治木多恵に呼ばれての京都でのことを話した。

「さっき珠季に話したようにカーちゃんにも全て話した。それで言われたんだ。周りに助けて貰えって……」

ヘイジの深い謝罪と許しを請う言葉、そして助けを求める心に珠季は混乱しながらも不思議と温かいもので自分の心が満たされていくのを感じていた。

珠季はヘイジの肩をポンと叩いた。

「分かったヘイジ。全部許したる。ほんで助けたる。私も桂さんも全力でヘイジを助けたるから安心し」

ヘイジは泣きながらありがとうと言った。

「桂さんが言うてた。ヘイジは東西帝都ＥＦＧ銀行に絶対に必要な人間やって。ここからのとんでもない戦いにヘイジは絶対に必要やって言うてた。そやからしんどうて弱音吐きたい時は思いっきり同級生に吐いて頑張り！」

ヘイジはもう一度ありがとうと言った。

一羽のフラミンゴが大きく羽を広げていた。

◇

東西帝都ＥＦＧ銀行は頭取の岩倉琢磨が辞任し相談役に退いた。

『ミスター帝都』岩倉の後に頭取となったのは副頭取だった田辺公康《たなべきみやす》。人事・総務畑が長く黒子の役割をスーパー・メガバンクで求められ、ずっと見事に果たして来た人物だ。

岩倉の退任が穏当なものであれば同時に退任することが定められていたが非常時というこ

とでの〝抜擢〟となったのだ。田辺は帝都銀行出身で岩倉は勿論、他の役員からの信頼も厚い。だが、あることを秘して田辺は頭取就任を引き受けていた。それを明らかにすれば日本最大の銀行のトップに昇り詰める機会を失う。

黒子に徹して来たが故に最後の最後にビジネスマンとしての夢を叶えたいという心が、自分を殺して職務を全うしてきた心に勝った。

「東西帝都EFG銀行頭取、田辺公康か……」

そう何度も呟いた。

「これが……私のビジネスマンとしての最後の肩書になる」

田辺は三ヶ月前のことを思い出した。

「長くて二年ッ?!」

医師は田辺の余命をそう告げた。

「膵臓ガン、ステージ4に限りなく近い3です。切除できれば延命出来るのですが……場所が悪すぎるんです」

そう言ってCT画像を見せる。

「放射線療法も化学療法も大きな延命効果は期待出来ません。ただ一つ田辺さんにとってメリットといえるのは……デッドライン直前まで自覚症状は殆ど無いということです」

「仕事は、銀行での仕事はこのまま続けられるということですか？」

医師は頷いた。

その後で降って湧いたような頭取への就任打診……田辺はそれを天祐と受け取ったのだ。

「田辺頭取、新頭取の挨拶廻りリストをお持ちしました。明日から宜しくお願いします」

秘書室長が頭取室に置いていった。

帝都グループ企業を筆頭に日本の名立たる企業、その行内での序列順に挨拶に廻るのだ。

今回は慣例とは異なり非常に複雑な状況での挨拶廻りになる。前頭取が引責辞任となった後のことなのだ。

（初日から三日間は帝都グループ企業か……さてＲＦＨをどうしたものかな？）

ＴＥＦＧが音頭を取り帝都グループ企業全体で推進する筈だったＲＦＨが鬼門となってしまった中で、新頭取の自分がどのようにこれを取り扱うか……帝都グループ企業のトップでＲＦＨに関係したとして辞任したのは岩倉だけだ。

（岩倉さんは御自身一人が詰め腹を切れば、帝都グループ企業へのお咎めはなしに出来ると判断された。確かに世間の風向きは変わったが……）

田辺自身、岩倉から初めてＲＦＨの話を聞いた時は夢物語だと思った。更にテロリストがそれを〝推す〟と表明した時は驚いた。だがテロリストが殺害されると一気にＲＦＨバッシングの嵐となりご破算になった。

（結局は夢物語で終わった……）

夢と思ったら自分の寿命とここからの時間のことが頭に浮かんだ。

露と落ち　露と消えにし　我が身かな
浪速のことは　夢のまた夢

豊臣秀吉の辞世の歌が田辺に響く。

自分はあと二年で露のように消える。その二年で何をするのかを初めてここで考えたのだ。銀行マンとして最高の地位で人生を終えることの喜びを完全なものに仕上げる為に自分は何をすべきなのかを思った。

「夢のように人生は終わる。その中で本当の夢を成し遂げる。いや、成し遂げられなくともその礎となる」

田辺はビジネスマンとしての人生の中で常にフェアであることを心掛けて来た。その田辺が「フェアでないこと」をした。自分の死期を隠して頭取となったことだ。

（自分の欲が出た。だがその欲を自分の夢だけではなくＴＥＦＧの夢、帝都グループの夢、そして日本経済の夢、ひいては世界の夢の実現の礎に出来れば……）

その田辺に別の言葉が浮かんだ。

『粗にして野だが卑ではない』

田辺が座右の書として来た日本を代表するビジネスマンの生涯を描いた小説の題名で、それは主人公が自身のことを表した言葉だ。

（自分の欲で頭取になったこと。限りのある命の中で自分の欲でなったことは、卑であってフェアではない。卑に堕したのは私の小心の所為だ。しかしその小心が大なるものを生み出すことに繋がれば究極のフェアではないか）

田辺はそう考えた。

田辺は頭取就任の挨拶の一番手となる帝都商事を訪れた。

帝都商事。総合商社として日本ナンバーワンの取扱高を誇り、一貫して『ザ・商社』とされる存在だ。

歴代総理大臣は就任すると帝都商事社長に真っ先に挨拶に訪れるとされている。日本株式会社としての存在感がそこにある。田辺は帝都商事の役員フロアーで最も豪華とされる応接室に案内された。

「凄いものだな」

田辺がそこを訪れるのは初めてだった。最高級のイタリアンレザーのソファに腰を下ろすと壁に掛けられている何枚かの絵の一番大きな絵に目が釘付けになった。

「マティスのダンス！」

日本の美術館には所蔵されていない逸品が飾られている。

そしてこれから会う社長の峰宮《みねみや》のことを考えた。帝都グループにとって特別な存在の人間だ。

峰宮義信《よしのぶ》……帝都グループの祖である篠崎《しのざき》家の血を母方から継ぎ、創設者篠崎平太郎《へいたろう》の玄孫《やしやご》として帝都の申し子とされている。

十代前半から英国に留学し、イートン校を経てケンブリッジ大学を卒業後、帝都商事に入社。五年後にハーバード・ビジネス・スクールでＭＢＡを取得、ニューヨーク勤務が長く米英の政官財に広い人脈を持つエリート中のエリート、帝都の中の帝都のような人物だ。

その峰宮、アイスマンの異名を持つ。

頭脳明晰で常に氷のように冷静……ニッコリ笑う時は人を斬る時と言われている。

「お待たせしました」

峰宮が入って来た。英国紳士そのものの雰囲気だが思ったほど冷徹な感じは受けない。

型通りの挨拶をすませると峰宮が田辺をねぎらった。

「岩倉さんは本当に気の毒なことになったと思っています。そして急遽《きゅうきょ》その後を任された田辺頭取のお立場お察しします」

田辺はご丁寧にありがとうございます、と言ってからじっと峰宮の目を見た。

「岩倉前頭取からの引継ぎで何度も念押しをされましたのが御社とのことです。何とかこれまで進めて来た〝正しい〟ものを、峰宮社長と継続させて頂きたいと申されておりました」

峰宮は深く頷いた。

「岩倉さんは詰め腹を召されたと思っています。それもRFHの導入を決めていた帝都グループを世間の間違った風評から守る為に……。裏には現政権の強い意向があったと聞いています」

その峰宮に田辺は訊ねた。

「本日は型通りの御挨拶で失礼するつもりでしたが、峰宮社長のお言葉を聞いて今この場で胸襟を開いての会談の場とさせて頂くことにお許しいただけますか？」

峰宮はその田辺の態度に少し驚いたが表情には出さない。

（この田辺という人物、妙な凄みがある）

峰宮は田辺の経歴を隅々まで調べ上げている帝都商事調査部の資料に目を通していた。

（人事・総務畑が長くＴＥＦＧでは執事のような人物ということだったが……）

峰宮は内線電話で秘書に、次の会議の予定を遅らせるよう告げてから座りなおした。

「ご配慮痛み入ります」

田辺は頭を下げて続けた。

「私は岩倉前頭取がなさろうとしていたことを成し遂げたいと思っています。その為の捨て石になろうと……」

峰宮はその田辺の態度に自分も本心を話すことを決めた。

「ＲＦＨがテロリストへのマニフェストというとんでもない曲解と誤解が広がり、帝都グループ全体にまで風評被害が及んだ時、私も辞任を覚悟していました。それを止めてくださったのが岩倉前頭取です。その意志が単に帝都グループを守ろうとしただけなのか、それとも〝正しい〟ことを未来に向かって前進させる為の自己犠牲だったのか」

田辺はすかさず「後者です」と言い切った。

「そして頭取を継いだ私の成すことも、この国の未来を良きものにすることだと覚悟を決めております」

峰宮は澄んだ目をして、そういう田辺を信じられるかどうか究極の質問をした。

「田辺さんは捨て石とおっしゃった。それは行内の地ならしをなさった後で別の人間に頭取を譲るとお考えということですか？　それも出来るだけ早く」

田辺は御明察の通りですとスッキリとした表情で言った。

「田辺頭取の後にＴＥＦＧの頭取になる人物……それは私の想像する御行の人物と考えて宜しいのですか？　かなり抜擢人事ですが？」

田辺は頷いた。

「正しいことを実現させるには彼しかいません」

◇

ヘイジは横浜の舞衣子の実家にいた。咲を預かって貰っている義母に、京都土産に老舗料理店のちりめん山椒を渡すと殊《こと》の外《ほか》喜ばれた。

「ここのは本当に美味しいのよ！　さすがは正平さん。京都の人はよく分かってるわね」

「僕は京都に住んでいましたが京都人ではありません。京都を少しは知ってる人というのが正しいですね」

そういうヘイジに義母は笑顔で言った。

「舞衣子のことで大変でしょうに、私にまで気を遣って貰って……」

ヘイジは仕事で京都に行ったことにしていたが、娘の咲の面倒を見て貰っている義母には感謝のしようがないと心から思っていた。

「お義母さん、正直に言います。僕は無期限休職処分という身でいます。何も悪いことはしていませんし、何一つ後ろ指をさされるようなこともしていません。ただ、今世間に吹いているおかしな風から銀行を守る為に頭取と私が盾になった。そういうことなんです」

義母は優しく微笑んだ。

「正平さんのことは分かっている。おかしなことや悪いことをする人ではないことは十二分に分かっているつもり」

ありがとうございます、とヘイジは深く頭を下げた。

「ただ自分がこれからどうなるかは全く分かりません。このまま銀行を退職することになる可能性は高いと思っています。新たな仕事を探さなくてはなりません。でも色んな仲間が助けてくれています。舞衣ちゃんや咲を路頭に迷わせるようなことは絶対にありませんから安心して下さい」

義母はそのヘイジにキッパリとした口調で言った。

「正平さんはこれからやりたいようにやって下さい。それで自分らしく元気にやってくれたら舞衣子は必ず良くなると思っています。咲のことは私に任せて。孫の面倒を見られるのはおばあちゃんの最高の幸せなんですからね」

ヘイジは涙が出そうになった。

そして心の底からの感謝を口にした。

横浜から自宅に戻る電車の中でヘイジは同級生たちのことを考えていた。宇治木多恵や湯川珠季……そして塚本卓也のことも心に浮かんだ。

（塚本は永平寺に行って二年、後一年の修行が残っているんだったな）

ふとその塚本にも会ってみたいと思った。

（カーちゃんや珠季に会って自分の心に晴れ間が出来た。塚本にも〝助けて〟貰おうかな）

そうして福井へ向かうことにした。

（修行中の雲水に会えるかどうかは分からないけど……塚本の修行の場の空気を感じられたら嬉しくなるだろう）

ヘイジは北陸新幹線で福井に向かった。

その夜は福井市内で一泊して翌日の朝、永平寺に参拝することにした。

「塚本が入院?!」

永平寺の寺務所で卓元こと塚本卓也を訪ねて来た友人だと告げると入院先を教えられ、ヘイジは福井市内の病院に急行した。

受付で病室を聞いてその部屋にヘイジが入った時、食事をしている塚本と目が合った。坊主頭に不揃いに伸びた髪と不精髭が目立つ。

塚本が尋常でない驚きようだ。

「ヘッ、ヘイジ……」

「塚本！　具合はどうなんだ？」

そう言ったヘイジを塚本はお化けでも見るような顔つきだ。

「ほ、ホンマにヘイジか？」

「そうだよ。僕だよ。二瓶正平だよ」

まじまじと自分のことを見詰める塚本を病気の所為で精神が混乱しているのだとヘイジは思いながらベッドに近づいた。

「ヘイジッ!!　お前が俺をこの世に呼び戻したんや！　俺を生き返らせたんや！」

ヘイジは訳が分からない。

「細菌性髄膜炎?!」

塚本はその極めて珍しい疾病によって、あと一日で脳死と判定されるところだったことをヘイジに語った。

「脳の表面が膿で覆われた状態になって……大脳皮質が完全に麻痺してたらしいんや」

医者を含め周囲はずっと塚本が昏睡状態にあると思っていたという。

「そやけど……俺には明確に意識があったんや。夢を見てる感じやない。完全な体験やった。それをありありと覚えてるんや」

そこから塚本は自身の臨死体験を語り始めた。

ヘイジは聞きながら不思議な感情に襲われていた。信じられないような塚本の話の中に自分も入り込んでいるみたいな感覚に異様な興奮を覚えた。

「暗い湿った土の中にずっと自分がいてた。いや何ていうか……土の中で生きてる感覚、虫の感覚を俺は持ってたんや。そしたら次に」

塚本は自分が何万という蝶の大群の一匹となりそのまま宇宙空間まで上昇したと言う。

「地球がハッキリと見えた。薄い大気の膜に覆われて青う輝いている地球が……白い雲の筋が今でも明確に目に浮かぶ。そのぐらい地球は綺麗やった」

そしてそこからの話がヘイジにとって衝撃だった。

「星々が輝く宇宙空間を俺はさらに上昇して行った。そしたらなんともいえん輝きの光の渦が目の前に現れたんや。最初はそれがなんや怖かったんやが……暫くするとその光の大きな優しさのようなもんに包まれていくんが分かった。その光の渦こそが浄土やと悟った」

塚本の真摯な話しぶりに引き込まれてヘイジは自分もそこにいるかのように感じた。

「俺はその浄土の光に向かって行こうとした。その時や！　お前の声が聞こえて来たんや」

ヘイジは瞠目した。

「俺の声ッ?!」

「そや、お前の声や。お前が『塚本！　戻って来い！』と何度も呼ぶんや。そやけどその声のする方には真っ暗な……星も何もない漆黒の闇が広がってる。俺は怖うてその闇に向かうのを躊躇した。するとまたお前の声が戻って来いという。俺は迷った。その時の迷いを今でもよう覚えてる」

塚本の表情はその時の逡巡ぶりを示している。ヘイジはじっとその塚本を不思議な心持ちで見ていた。

「俺は……今でもなんでか分からんのやが、お前の呼ぶ方へ、闇の方へ向かおうと決心した。そしたら次の瞬間、病院の集中治療室やったんや」

ヘイジは生まれて初めて臨死体験者の話を聞いた。それも同級生であり特別な友人である塚本、禅僧としての修行を永平寺で二年もして来た男が語る不可思議な体験に心を奪われていた。

「ところでヘイジ、お前は何でここに来たんや？　お袋は俺の病気のことは誰にも知らしてないと言うてたのに……」

ヘイジはそこで全てを包み隠さず語った。

塚本は永平寺での修行中の二年間、俗界の情報から完全に遮断されていたこともあって驚きの連続しかない。

「俺は完全に浦島太郎やからな。世界がそんな大変な状態になってるやなんて……それにしても奥さんのこと大変やな」

ヘイジは頷いた。

「俺が弱いからそんなことになった。スーパー・メガバンクの専務になって、自分には力があると思いあがっていた。何もかも全部俺の弱さの所為だよ」

そのヘイジに塚本は目を瞑って黙った。黙想を続ける姿には僧侶の趣があった。

「……ゆう……ふく……」

そして長い時間が過ぎたように思われた時、塚本が何やら呟いた。

「エ？」

ヘイジは聞き取れない。

塚本は笑顔で言った。

「悉有幸福　シツユウコウフク　そう言うた」

全くヘイジには分からない。

「それは禅の言葉かい？」

塚本は少しはにかんで自分が創った言葉だといった。

「悉有仏性ちゅう道元禅師のお言葉がある。この世のあらゆるものは仏性を備えていると解釈されるが……俺はそれを『あらゆるものが仏性である』と捉えて一つの悟りを得た。存在全てが仏だとした時、全てを理解出来たように思えた。それから仏道の教えの中に『幸福』ちゅう言葉がないことに気がついた。仏道の基本的な世界観は世界は苦しみに満ちてるちゅうことやからしょうがないが……俺はそれはちゃうんやないかと思いあがって考えてみた。この世のあらゆるものは幸福である。この世のあらゆるところに幸福はある……悉有幸福と考えたら心がスーッと軽うなった。究極の悟りを得た気がした。そしたら直ぐに今回の病気で死にかけて浄土の入口を眺めることになった。俺は全て偶然やないと思てる。そしてあの声『塚本戻って来い』の主のヘイジがやって来た」

塚本は澄み切った目でヘイジに言った。

「俺は還俗《げんぞく》する。ほんでヘイジを助けたる。お前はこれからどうやって生きていけばいいか分からんと言うたが俺はそれを助ける」

ヘイジは驚いた。

「お前を助ける。その為に俺は生き返った」

◇

東西帝都ＥＦＧ銀行本店人事部では、年に一度の大きな会議が開かれていた。

『新入行員採用方針会議』

そこでは今年、過去十年間の新入行員の動向を分析した結果をもとに既存採用方針の抜本的見直し、その第一回が行われることになった。

それは不都合な真実と向き合う場となる。

「こんなに……」

新入行員の離職率をその前の十年と比べると三倍以上になっている。そして入行三年以内の離職が全体の六割超を占めているのだ。

「就職情報会社に依頼して他行の状況も調べましたが……メガバンクに於いては殆ど同じ、いや日本の大企業とされているところは押《お》し並《な》べて同じ状況ということです」

担当課長がそう言う。

「日本全体の問題……ということです」

そう部長が付け加えた。

それを聞いて全員が時代には逆らえないという表情になったが……その時代が大変なものを突きつけている現実が明らかになる。

休職率はその前の十年の七倍なのだ。それも殆どが入行二年以内の者で占めている。

「離職原因の五割、休職原因の八割はメンタルです。ご想像通りですが……」

皆が自然と俯き気味になってしまう。

「何故このようなことになっているのか？　日本の若者に今何が起きているのか？　それを知ることが、今後の当行の新入行員採用方針を決定することに不可欠であると考えました。そこで今日は社会教育学の権威で京帝大学教育学部名誉教授であられる中里真治《なかざとしんじ》先生をお招きしてお話を伺うことにしました」

部長の紹介で中里は挨拶すると話を始めた。

「今の日本社会で起きていること。それを今日は包み隠さず、本当のことを、忖度《そんたく》なしにお話します。実態を厳しく見詰める為にコンプライアンス的には、不適切な表現があるかもしれませんがご容赦下さい」

皆その中里に注目した。

「今の日本の若者に起こっていること。それを私は『逆二刀流現象』と名付けています」

アメリカで大活躍する日本人スポーツ選手、それはその人物にちなんで命名されていた。

「彼はどうやって〝彼〟になり得たか？　米国最高峰のスポーツ界で常識破りの二刀流で成功できたか？　それは今の日本社会があったからということなんです」

中里の言葉は直ぐには理解出来ない。

「お分かりになりますか？　彼は子供の頃から〝否定〟されたことがなかったんです。親も、教師も、監督も、彼のやりたいことを〝否定〟しなかった。それまでの常識や慣行によって彼を〝否定〟しなかった。『夢を諦めるな』と彼を全肯定した。そして……彼には特別な才能があったし努力もした。その結果が今のアメリカでの成功に繋がったということです。そしてここからが今日の論点ですが……今の日本の若者の殆ど全て、子供の頃から〝否定〟されたことがないんです。どんなに泣こうがわめこうが親は叱らない。電車の中やレストランで騒いでも誰にも怒られない。ひと昔前にあった躾《しつけ》という概念は、ハラスメントに等しいと矮小化され否定されてしまったわけです」

その中里の言葉に皆の目の色が変わった。

「お分かりになりますか？　今の日本社会は個人を〝否定〟することをタブーにしたということなんです。子供にとっては天国です。私のような昭和戦後世代は物心ついた頃には親から怒鳴られる殴られる。教師から体罰を受けるのは当たり前でした。幼い頃から〝否定〟によるストレスの嵐だった訳です。しかし、今はそんなものはない。あるがままの子供を〝否定〟し、枠に収めようとするものはありません。ですから才能があって努力をする若者はいくらでも伸びていく。野球やサッカーなどのスポーツの世界だけでなく、芸術の世界でも凄い数の日本の若者が世界的に活躍しています。素晴らしいことです。日本では才能があり努力をする子供の成長は無限大です。アンファン・テリブル（恐るべき子供たち）養成所なんです日本は。しかし……」

そこで中里は表情を変えた。

「それは若者全体の1パーセントの話です。99パーセントは才能も無く努力もしない。その若者たちにとってはこの日本は〝結果としての地獄〟になります」

皆はその中里を凝視した。

「今の日本は〝否定〟しないことによって、〝教育の責任を放棄〟しているんです。家庭で躾とされるものはない。学校では教師が厳しく対処すべき状況でも何もしない。職場では誰も何も注意してくれない。家庭も学校も職場も、今の日本社会は嘗て暗黙知として共有していた〝教育の社会的責任〟を放棄しているんです」

中里は続ける。

「昭和親父である私の子供の頃は電車で騒いだら見知らぬ大人に怒鳴られたり、混んでいる時にシルバーシート……懐かしい名称ですが……に座っていたら注意された。社会の中で自分のそんな行動を〝否定〟されたわけです。〝否定〟されて学んでいく。職人の世界なら親方に怒鳴られ殴られて覚えていく。建設現場や工事現場など注意を怠れば命にかかわる仕事に就いている若者も、同じように厳しくされて一人前になった。若者の周囲の大人たちが〝育てる責任〟を暗黙知として持っていたのです。私は決して体罰やハラスメントを肯定している訳ではありません。全面的に反対です。私が申し上げたいのは子供たち若者たちを〝否定〟しないことが、日本社会全体では〝教育無責任体制〟を構築してしまったということなんです。欧米にはキリスト教やユダヤ教などの宗教をベースとした家庭や社会のプリンシプル（原理則）が、〝教育責任体制〟を暗黙知として構築していますからそんなことにはなりません。しかし、プリンシプルのない日本は違うということなのです。その為に99パーセントの才能も無く努力もしない若者の大半は箸にも棒にも掛からない存在に育ってしまう。失敗すると周囲からは『気にしなくていいよ』と優しく状況を肯定して貰える。その為に社会的生産要員の最大公約数ならぬ最大公能力が極端に前の世代よりも落ちてしまっています。皆さんも経験なさっていると思います。偏差値の高い大学から採用したのに、何も知らない何も出来ない。学校の知識だけでなく社会的常識もない。しかし彼ら彼女らはそんな自分をこれまで〝否定〟されてこなかった」

そして中里は厳しい目になった。

「そんな若者たちが社会に出るわけです。才能に乏しく努力を怠る箸にも棒にも掛からない若者たちですが……それまでの人生で一度も〝否定〟された経験がない。社会に出れば〝否定〟の嵐です。顧客に〝否定〟されるのがビジネスマンの第一歩ですし、カスハラに遭うこともある。上司からは当然のように注意を受ける。そんな場合、これまで〝否定〟を経験しての精神的免疫がありませんから、一発でメンタルをやられます。御行で休職状態にある若者たちは日本社会の〝教育無責任体制〟の犠牲者『逆二刀流現象』の主役たちなんです。そしてこれは大小様々な相似形で、日本社会のあらゆる組織で見られるものになっています。多くの一流企業でも新人に対する再研修を行わざるを得なくなっているのが実情です。これは今の日本社会の極めて深刻な問題、不都合な真実なのです」

皆は頭を殴られたような思いがした。

会議の後、中里は人事部長と別室で話し合っていた。

「中里先生のお話で皆は蒙《もう》が啓《ひら》かれた思いがしたと思います。本当にありがとうございました」

中里は難しい顔をした。

「事態は本当に深刻です。超二極化が日本社会で起こっている訳ですから……。逆二刀流現象の厄介なところは、1パーセントの成功者にスポットライトが当たって99パーセントの若者はその陰に隠れて見えないものとされてしまい社会的に対策が取られていないことにあります」

先生のお言葉を真摯かつ深刻に受け止めますと部長は頭を下げた。その部長に中里は思い出したように言った。

「ところで、このあいだ頂戴した資料ありがとうございました。大いに役立たせて頂いています」

中里は自身の研究の為にTEFGが、新入行員の動向をまとめた資料を全て入手していた。それをもとに今後の採用方針への助言を行う為だった。当然のことだが本名など個人を特定出来る情報は除かれている。

「あの資料からは御行の中でも、超二極化が進んでいるのが本当に良く分かります。御行も

1パーセントの二刀流に将来の経営を委ねる覚悟がいるかもしれませんね」

部長はおっしゃる通りですと返した。

「しかし、さすがは日本最大の銀行だけのことはあると思いました。1パーセントのスーパー行員は凄いですね。一騎当千とはこの人物のことだと思いましたよ」

中里は行員№G－13と記されている人物を例にあげた。

日本語・英語・アラビア語のトライリンガルでTEFGの新規重大プロジェクトに新人の時から参画。様々な事業アイデアを出すと共にインドやパキスタンに赴き直接指導に当たって事業を見事に軌道に乗せている。

「この行員など御行の希望の星だ」

中里にそう言われ部長は、ファイルにある本名を見て顔を曇らせてから言った。

「実は先週、辞表を提出しまして……」

エッと中里は驚いた。

【№G－13　吉岡優香】

# 第四章　手触りと温もり

ヘイジは舞衣子の病院を訪れた。

医師から面会を許されてのことだが、まだ舞衣子は摂食障害治療をしている為にガラス越しでの対面になる。舞衣子は眠っていた。

二週間ぶりに見る舞衣子は痩せてはいるが生気を取り戻したように見えてヘイジはホッとした。

「点滴の段階から経口での栄養補給にようやく入れました。暫くはこの環境で慣れさせることが必要になります」

医師の言葉にヘイジはいつ頃退院出来るのか訊ねた。

「上手く行けばあと二月《ふたつき》で……しかしこの病気は厄介です。入院していても波を繰り返すようになりますから、かなり楽観的に見て二月、場合によっては半年近くになることも覚悟して下さい」

「そんなに……」

ヘイジは驚いた。

「ご家族との直接の面会は、本人が希望する場合だけにして下さい。兎に角、体重を今より少なくとも十キロは増やしてからでないと、日常生活に戻る入口にたどり着かないですから
……」

ヘイジはガラスの向こうに見える舞衣子の痩せた姿に涙がこぼれた。改めて何が舞衣子をこうさせたのかを考えたが……やはり自分の弱さだと思うようにした。

(僕は弱い。強いと偉そうに思うのはよそう。その弱さをもう一度ちゃんと見詰めて全てをやり直していこう)

このまま銀行を馘になるかもしれない自分の将来……舞衣子や咲の為にどうやって生きていくかには様々な迷いと恐れはある。

(でも……本当の自分の弱さを分からないとまた同じことになる。先に進むにはそれしかない)

そしてヘイジは友だちたちのことを考えた。宇治木多恵や塚本卓也、そして湯川珠季……皆が自分を助けると言ってくれた。

(本当に僕は幸せな人間だ)

自分の弱さを全てさらけ出せる友たちには感謝しかない。

ヘイジは自分がそうやって守られているのだと思うと、舞衣子を守ろうという気持ちがさらに強くなるのを感じた。

(人は人としか生きられない)

そう思った時、ヘイジはふと銀行とは一体何なのかと思った。

(銀行は本当に人の為になっているのか?)

スーパー・メガバンクである東西帝都EFG銀行は本当に人の為にあり、その収益は人の為に使われているのか?

(RFHはその為のものだった。しかし、それが災いに転じた。だがそれはどこまでも素晴らしい概念だし実現すべきものだ)

しかしそのRFHはウクライナや中東での戦争によって導入は見送られ、RFHを支持するとしたテロリストが殺害されるや、完全に否定され更には社会からのバッシングの対象にまで貶められた。

(人は人としか生きられない。人々の寄る辺になるようなビジネス、それをやろう)

眠っている舞衣子を見ながらそう思った時、ヘイジはどんな形でも良いからRFHを実践しようと決心した。馘になるかもしれないが今は休職状態の自由な身だ。

その時、TEFG内でRFHにも関連する新たなビジネス概念であるリボーンプロジェクトで挙げられていたある地域のことを思い出した。

「そうだ。あそこを自分の目で見てみよう。そこに行って今の自分に何が出来るかを考えてみよう」

ヘイジは再び関西に向かった。


大阪の南玄関である天王寺《てんのうじ》、阿倍野《あべの》という地名でも知られる繁華街から路面電車に乗って十五分ほどの場所にその地域はある。

嘗ては住宅地と商業地がほど良く入り交じって心地よい環境を作り出していた。アーケード商店街がありそこには地元の個人商店が軒を連ねて賑わいを見せ、地域に住むお年寄りから子供まで大勢が買い物に訪れる日常の風景、それが一変したのが大手小売店の進出だった。高度経済成長期の終焉からバブル期に突入する前後、全国展開を加速させたのがスーパーだった。それによって日本の都市近郊の消費の様相は一変する。

個人商店は駆逐され商店街はさびれてシャッター街となっていく。地域の人々が訪れて温もりのある買い物の場は変質してしまったのだ。そしてそれが二十一世紀に入るとまた大きく変わってしまう。少子高齢化、日本の人口減少は加速し、どの地域でも相似形で問題が露呈して人手不足や人材不足は深刻化していく。

大手小売りは業態として成長の見込めないスーパー事業を縮小させコンビニに経営資源を集中させるようになっていった。その結果、大手スーパーが撤退し周辺住民が買い物難民となる地域が多く見られるようになったのだ。

ヘイジがその日、地域の人たちが「チンチン電車」と呼ぶその電車の駅に降り立ったのがそんな街だった。

（？）

風情のある小さな古い木造の駅舎を、撮り鉄と思われる若者がカメラに収めている。

（なるほど……良い感じだもんなぁ）

ヘイジは駅のすぐそばに古いアーケードがあるのに気がついた。その方向に歩いていくと……エッ！　と思う光景が広がる。

（大阪の、それも繁華街からそれほど遠くないのに……）

絵に描いたようなシャッター街なのだ。

営業しているのは高齢者介護のデイサービスの店舗だけ……今やそれはどの都市部でも見られる光景になっている。

ヘイジは改めてこの国の深刻な状況を見たように思った。

（こうなるまで銀行は何をして来たんだろう？）

ヘイジは自分が銀行に就職してからここまでの年月を、この地域の変遷と重ねるようにして想像してみた。

（銀行の本店融資部は大手小売りへの大規模融資を無定見に継続し、支店の行員が街の個人商店への融資をどんどん回収に回ったのが目に見えるようだ）

銀行は晴れている時に傘を差し伸べる存在だと言われる。裏を返せば「危ない」と思った取引先からは、直ぐに資金を回収するか担保を上積みさせるかの行動を取る。

（その結果がこの光景……）

生き生きとした人々の暮らし、それを支えるのが銀行の使命の筈だとヘイジは思う。

しかし、銀行は過去の日本経済の中で本当にそんな役割を果たして来たのだろうかと改めて考えさせられてしまう。

貸出、融資は別名、与信と呼ばれる。与信、つまり信用を与えるということだ。嘗て銀行は人を見てカネを貸した。

その人物への信用をカネで示すことを生業《なりわい》としていたのだ。人の活力、ビジョン、将来性への信用で、担保がなくてもカネを貸していた。信用を創造するのは借り手と貸し手、双方の力だったのだ。

信用創造、それが銀行業務の柱だったが、バブル経済とその崩壊の過程で与信の本質は捻じ曲げられていった。そして長引くデフレの失われた三十年で、さらに変質し悪化したという反省がヘイジにはある。

銀行が人を忘れて資本の論理だけで動くようになったという反省だ。そこにあるのは、人ではなくモノでカネを貸すやり方。カネを貸すプロセスで人を見ずにマニュアルでカネを貸すやり方だ。人に与える信用を矮小化した〝担保主義〟や〝要件主義〟というものへの反省ということだ。

ヘイジは自分が役員になってからそんな資本のあり方からカネを人で考えるあり方を模索して来た。

（綺麗ごとでなく本来の銀行に立ち戻ることこそが、今の日本に求められていることの筈だ）

スーパー・メガバンクとなった東西帝都ＥＦＧ銀行の中に、グリーンＴＥＦＧ銀行という地域密着を重視する営業を柱とした業態を作ったのもその為だ。

今はいつ馘を言い渡されるかもしれない休職状態の身で、自分がこれまでで一番胸を張れると考える仕事を見詰め直し、これからの人生に生かそうとヘイジは考えた。

（死にかけているこのシャッター街を生き返らせる。その為の知恵とカネを供給する。本来

銀行の貸し出すカネは経済の血液になるものなんだ)

ヘイジは今の酷い世界状況の中で一つプラスだと感じているものがあった。それは金利だ。これまでのゼロ金利・超低金利状態を脱し、次第にまともな金利のある世界に移行しようとしている。

(カネは経済の血液、金利は経済の体温だ。今の金利上昇を決して悪いものにしない方向に銀行が持って行かないといけない。銀行にはその使命がある筈だ)

だが、その銀行を去らなくてはならないかもしれないと思うと少し気が抜けた。

そうしてシャッター街を歩いていると一軒の洋菓子店が開いているのに気がついた。昭和戦前に流行した銅板造りの瀟洒な店構えで懐かしさを覚える。

「確かこの店が……」

ヘイジは資料にあったこの店の情報を思い出しながら店のドアを開けた。ショーケースに並ぶのはこれまた昔ながらのバタークリームのケーキだ。

その時だった。

「……専務？　二瓶専務?!」

その声に驚いてヘイジは振り向いた。

吉岡優香がそこに立っていた。

◇

ゴラン高原。

その日、テロリスト工藤勉はそこに立っていた。

(俺はここにいる)

十代から学生運動に参加し、二十代では過激派の活動家として爆弾闘争に明け暮れる日々となった。逮捕起訴され死刑判決を受けて後は五十年に亘る東京拘置所の独房での生活。そして超法規的措置による釈放……それまでの記憶が走馬灯のように甦る。

(全てはここに来る為にあったようだ)

歴史上様々な闘争の舞台となった中東の地で工藤は感慨にふけった。

その工藤は世界中のテロリストからレジェンド、トム・クドーとし崇められる存在として新たなテロ活動を開始していた。先進各国の捜査当局の目をかいくぐり、米軍の無人機によるミサイル攻撃も難なく逃げおおせている。

(それも奴らのお陰だったが……)

闇の組織ＨｏＤの支援、それによる自らの釈放の実現とその後のトム・クドーとしてのテロ活動だったが……パキスタンの山村でＲＦＨの実践を目の当たりにして驚き、その現実的な意義と理想に感化され、テロ活動を一時休止すると宣言し潜伏生活に入っていた。

しかし、ロシアのウクライナ侵攻とパレスチナでの戦争の始まりによって、様相は一変した。その状況でＲＦＨは完全に頓挫したとトム・クドーは判断した。

（結局、資本主義とはそういうものだ。究極に於いては全てを戦争経済で成り立たせようとし、人民の生命をその為の無尽蔵な燃料として使用する）

そうして持ち前のテロリスト魂に火が付くと単独で中東に潜入、市井の活動家たちと行動を共にしていた。

ゴラン高原に立ったその日、工藤は若者たちにオルグを行った。彼の記した『レオニダス』と題する闘争の書、それをテキストに個が全体に勝利するにはどのような活動と組織化が必要なのかを説いた。

その時トム・クドーは幸せを感じていた。そして怒りを感じていた。個としてある幸せ、そして全体への怒り。

名状しがたいその心理の中で陶酔感に浸っていた……その時だった。

（？）

首から下げている衛星電話が鳴った。

掛かって来た内容を聞くとトム・クドーの表情が変わった。

「全員散れ!!　直ぐだッ!!」

次の瞬間、この世のものとは思えない巨大で純白の閃光が発生し遅れること数秒、永遠と思えるような数秒が経った後、物凄い轟音がした。

そこから二百キロ以上離れているガザ地区は騒然となった。

ゴラン高原の方向にキノコ雲が上がっていたからだ。

皆は核兵器が使用されたと思った。

それはデイジーカッターと呼ばれる特殊高性能爆弾で地中深く潜ってから大規模な爆発を起こす。爆心から半径三百メートルは灼熱の真空状態となり生物は完全蒸発する。

トム・クドーの姿は消えていた。

その映像はその後直ぐ世界のあらゆるメディアのネットワークに載せられた。テロリストのレジェンド、トム・クドーの死が大々的に報道されることになったのだ。

南太平洋に浮かぶ島国ニューカレンダルから国名をヘブンズ・ヘブンに変え、世界中から選ばれたスーパーセレブだけが暮らす国。そこにある七つ星ホテルのスイートルームでフォックスは一人、大画面に映し出されるゴラン高原の一連の様子を見ていた。

フォックス。それはＨｏＤのメンバー名だが生前の名前は工藤進、前金融庁長官で既に自殺した存在となっている。そして進の兄が勉、トム・クドーだ。

フォックスは初めてこの映像をマジシャンから見せられた時のことを思い出していた。

「これは米軍の偵察機からの映像だ。実行したのはＭＣＭ（ミリタリー・コングロマリット・マフィア）の私設軍隊、別名近衛兵団」

マジシャンの説明にフォックスは怒りを沈めるようにずっと無言だった。兄が世界から消滅する映像を見ながら、どこか冷めた様子のフォックスにマジシャンは言った。

「これはＭＣＭの我々に対する宣戦布告だ。ウクライナ侵攻や中東で戦争を起こし、第三次世界大戦という地獄の門を開いたと同時に、我々にとって重要な存在であるトム・クドーを葬った。フォックス、これからの君の仕事は途轍もなく大きなものになる。それを分かって欲しい。君の恨みを単なる私怨に終わらせず世界を根底から変える力に昇華して貰いたい」

そのマジシャンの言葉に対し、ようやくフォックスは口を開いた。

「ＭＣＭによる殺害。こんな結果となってしまいましたが……ＨｏＤは本当のところトム・クドーをどうするつもりだったのですか？　我々の手を離れてあのＲＦＨへの支持を宣言したトム・クドーを？」

そのフォックスに対して氷のような目をしてマジシャンは言った。

「ＨｏＤがどうトム・クドーを？　君自身がどうするつもりだったかが、ＨｏＤの意思ではないのかね？　我々は個と全体は常に一つ。君の意思はＨｏＤの意思でありＨｏＤの意思は君の意思なのだ」

フォックスは慌てて、申し訳ありませんでしたと頭を下げた。

「事実だけを見よう。ＭＣＭがトム・クドーを殺害し、それを世界に知らしめて何をしようとしているのか？　私はＭＣＭの頭目と一度会ってこようと思っている」

フォックスは驚いた。

「モンタギュー卿と？」

マジシャンは頷く。

「デミからの忠告だ。それに従っておこうと思う」

「そうだったのですか。デミが……」

その会話をフォックスは思い出しながら、トム・クドー消滅の映像を何度も眺めていた。

マジシャンはその後、ＭＣＭの総帥であるモンタギュー卿と会談、フォックスとはフィレンツェで落ち合いそのことを告げていた。

フォックスはソファから立ち上がり、大きな窓の外に広がる碧い海原を眺めた。

ヘブンズ・ヘブンにはウクライナ侵攻直後から、さらに移住希望者が増えている。

(ノアの箱舟に殺到する黄金の鼠たち)

移住希望のウェイティングリストをタブレット端末で見ながらそう呟いた。世界の富豪中の富豪たち、世界の0・01パーセントの選ばれし黄金の鼠たちからその莫大な富がヘブンズ・ヘブンに移管されてくる。

フォックスはタブレット端末の頁をめくって、現在ヘブンズ・ヘブンが所有する金(ゴールド)現物の総量を確認した。スイスの銀行に保管されていた金地金(インゴット)は連日ヘブンズ・ヘブンに巨大輸送機で到着している。

(あと一週間で世界の金の現物、その半数をヘブンズ・ヘブンが保有することになる)

HoDの遠大な計画はその昔に立案され近年次々と実行に移されている。

まだヘブンズ・ヘブンがニューカレンダルだった十年前から土地を次々に買収しその地下に世界でも類を見ない巨大核シェルターを建設していた。それはヘブンズ・ヘブンの国民の究極の安全保障とされていたが、本当の目的は金地金の保管だった。

スイートルームだけに設置されているアナログの電話が鳴った。

フォックスが出ると女性の声がした。

「あなた……ですね？」

女性はそうですと答えた。

「私の頼みを聞いて頂いてありがとうございました」

フォックスは丁重にそう言った。

「十五分の見返りは頂戴しますよ」

女性のその言葉に、フォックスは複雑な畏怖を感じながら応えた。

「分かっています。ただあなたが私の依頼を受け入れて下さったことが大きな謎になりました。そして今のあなたの言葉……私はあなたに何をして差し上げれば良いのです？」

女性が受話器の向こうで含み笑いをしているのが分かる。

「あなたには私の一部になって頂きます。全てに従って貰います」

フォックスは緊張を覚えた。

「今後私とのやり取りはアナログ電話か手紙で……ＩＴネットワークから完全に遮断されているもので行います。あなたの部屋に手紙が届いている筈ですから確認して下さい」

フォックスは受話器を置いて入口に向かった。ドアの下から差し込まれている封筒を開けてみた。美しい手書きのインクの文字が並び女性との通信方法が記されていた。

「確認しました。でも……何故私を信頼して頂けたのです？」

女性は静かに言った。

「あなたは私を信頼するとおっしゃった。そして私の全身全霊がそのあなたを信頼した。ただそれだけです」

「分かりました。信頼にお応えします」

◇

湯川珠季は銀座の自分の経営するクラブ『環』でその夜も接客していた。

入口付近が騒がしい。

「申し訳ございませんが、ご入店はご容赦願います」

黒服の声がする。

「俺や俺！　この店には何度も来てるやないかぁ……ママ呼んでよ。話つけるから」

威勢のいい関西弁が聞こえる。

(聞き覚えがある声だけど……)

そう思いながら珠季はその場に出向いた。

そこに托鉢僧が立っていた。

墨染の法衣に組笠をかぶっていて、珠季は銀座四丁目交差点のところで時折目にする辻立ちの僧衣の人物かと思った。

「お坊さま。申し訳ございません。こちらはお坊さまにいらして頂くような場所ではございません。お布施でしたら些少ですが……」

そこまで言いかけた珠季は托鉢僧の顔を見て驚いた。

「塚本……くん？」

永平寺で修行をしている筈の塚本卓也だ。

「おぉ……珠季！　久しぶりッ！　いや、この姿を珠季にいっぺん見せたかっただけなんや。ごめんな騒がして。明日また出直して来るわ」

そう言うと出て行った。

珠季は呆気に取られるだけだ。

翌日、『環』に再び塚本は現れた。

ジョルジオ・アルマーニのスーツにヴァシュロン・コンスタンタンの腕時計、靴はジョン・ロブという出で立ちで頭は綺麗に短めのスポーツ刈りに整えている。

塚本卓也は還俗していた。瀕死の病から奇跡的に快復し退院した後、卓元という僧名の返上に永平寺に赴き還俗を許された。塚本は還俗したら先ず珠季に会いに行こうと思い、銀座にやって来たのだった。

「昨日の格好にはびっくりしたけど今日はもう完全に元の世界的ファンド・マネージャー、エドウィン・タンね」

クリュッグの注がれたシャンパングラスで乾杯しながら珠季はそう言った。

「銀座の日本一の散髪屋で顔をあたってもろて、髪を整えたらホンマにスッキリしたわ。やっぱり俺には銀座が似合うなぁ」

珠季は笑った。

「それはどうかしら。でもどうして還俗したの？」

そこから聞かされた話に珠季は驚く。

脳死判定一歩手前の状態にまでなったという……塚本の重病の話は壮絶だった。

そしてさらに驚かされる。

「臨死体験?!」

脳死に限りなく近い昏睡状態の中にあって塚本が体験したことを聞かされた珠季は、不思議な気持ちになった。

暗く湿った土の中で虫の意識を持ったこと、無数の蝶の群れと飛翔し地球を飛び出し宇宙空間にいたこと、そして塚本が〝浄土〟と呼ぶ光の渦のこと……。

珠季は塚本の話しぶりから全てが事実だと確信した。

「俺はそのなんとも温かなもので満たされる浄土の光の渦に向かおうとしたんや。その時やった。声が聞こえたんや。『塚本！　戻って来いッ！』ちゅう声が……それがヘイジの声やと分かった。光とは逆の恐ろしい感じの漆黒の闇から聞こえて来るその声に俺は従った。そしたら……生き返った」

ヘイジ……珠季は呟いていた。

そしてその不思議な話が全て納得出来るようにも思えた。先日のヘイジとの動物園でのデートでヘイジは自分の弱さを珠季にさらけ出すと、同時に心の底から珠季に謝罪してくれた。そのヘイジが塚本を死の淵から呼び戻したことが、大事なものに繋がるように思えた。精神世界の出来事、同時性のように珠季は感じて口にした。

「ヘイジが今大変な状態にあることは塚本くんも知ってるよね？」

塚本は入院中にヘイジが訪ねて来たことを話し「まるでユングのシンクロニシティや」と珠季と同じことを感じたと言った。

「俺はそこで分かった。俺が生き返ったのは今のヘイジを助ける為やと。実は……俺は永平寺で修行をしてる時からある疑問を仏道に持ってた。それは仏道の教えの中に「幸福」という言葉がないことや。俺はそれに違和感を持った。確かに仏道ではこの世は苦しみに満ちたもんやと説く。そやけどそれでは世界を狭くしてしまうんやないかと……。この世は幸福で出来てる。『悉有幸福』と思えば、人が生きていく全く新たな地平と可能性が生まれる。人を救う道も生まれる。永平寺での修行の中で俺が得た一番大きな悟りや」

「シツユウコウフク……」

そう呟きながら珠季は塚本らしいと思った。

その塚本からは爽やかさを感じる。

富裕にも貧困にも拘らない心の持ち方、あらゆる状況に幸福を感じ、あらゆることで幸福を実践する積極的な生き方には共感できる。

その塚本が言う。

「俺は浄土の入口からこの世に俺を連れ戻してくれたヘイジを助けようと思てる。永平寺での修行期間中は下界のことは何も知らんかったけど……ホンマに世界は酷いことになってる。その中でも俺はこの世界の幸福の為に生きたい。行動したい。これからの人生がどんな風になるか分からへんけど、先ずはヘイジを助ける。それを珠季にも言いに来たんや」

珠季は自分は自分でヘイジに助けると言ったことを話した。

塚本は苦笑いしながら「あいつは相変わらずもてるなぁ」と言ってシャンパングラスを飲

み干すと立ち上がった。

「早速そのヘイジのとこへ行くことにする。最悪の世界の中で最高の幸せを実現する為に大事な友だちのとこへ行ってくるわ」

その塚本の表情はどんな高僧よりも良い顔をしていると珠季は思った。


「そうか……塚本はもう帰ったのか」

桂光義はクラブ『環』で珠季から差し出されたバーボンソーダにそう言ってから口をつけた。

珠季から塚本が来ると聞いていて、自分も会いたいと思ったからだ。

「塚本くんに桂ちゃんが会いたがっているから待ってと言ったんだけど……還俗してこれでまた桂ちゃんとは恋敵に戻るから喧嘩は避けたいとか何とか言って……」

桂は苦笑いした。

「あいつらしいな。でも俺は嬉しい。あいつがこの世界に戻ってくれたのは……戦友として頼もしい味方が来てくれたように思える」

桂のその言葉に珠季は少し安心した。桂が厭世的な言葉ばかりを口にしていたからだ。

〝絶望〟という単語を桂が口にする度に、珠季は不安を覚えていた。珠季は思い切ってその心の裡を口にした。

「そうだな……〝絶望〟ということを俺は口にし過ぎていたかもしれん。だけどな、珠季。〝絶望〟から全ては始まるんだ。『世界は〝矛盾〟を核とし〝絶望〟を起点に始まる』と俺は考えている」

珠季はそれはどういう意味かと訊ねた。

「歴史上の聖人とされる人物たちの言葉から、俺はそう考えるようになったんだ。例えば孔子だ。儒教の最高の人物とされてこういう言葉を残している。『五十にして天命を知る、六十にして耳順《したが》う。七十にして心の欲するところに従いてのりをこえず』ある意味、悟りきった自分は天命に体が従うようになった。思うままに振る舞ってもルールに外れないようになった。つまり自分は真の君子になったと言っていたんだ。だがな……」

桂はグラスに口をつけてから続けた。

「七十一歳になって孔子よりも三十歳若い顔淵《がんえん》という最愛の弟子が亡くなった時、『天、予《われ》を喪《ほろ》ぼせり』天は私を殺したと嘆き悲しんだと言うんだ。つまり人生の最後の最後で〝絶望〟したわけだ」

珠季はその桂の顔をじっと見詰めた。

「そしてイエス・キリスト。神の子として数々の奇跡を起こし、最後は己の死の運命も予言した上で神の意思に従って生きた男が、ゴルゴタの丘で十字架に掛けられて死ぬ間際、天に向かってこう言った。『我が神、我が神、なんぞ我を見捨てたまいし』……イエスも最後の最後は〝絶望〟だ」

珠季はゾクリとした。

「そして鴨長明《かものちょうめい》。あの有名な『方丈記』のラストだ。伏見の日野山の奥に方丈の庵を構えて心の赴くまま自由に生きた筈の男が書いている……姿は聖《ひじり》に似ているが、いまも心は煩悩に濁ったまま、心は何も答えない、出来るのは心にもない念仏を三度唱えるだけ……これほど深い〝絶望〟の記述はないだろう？」

蒼白い頬をした桂に、珠季は引き込まれる。

「さらに言えば塚本が修行した永平寺。日本曹洞宗開祖の道元。彼は最晩年にこんな歌を残している。『本末もみな偽りの九十九髪《つくもがみ》　思い乱るる夢をこそ説け』……この世の何もかもは偽りなのだ。そうであれば心乱されるはかない夢の話でも語るしかないではないか……究極の〝絶望〟ということだ」

言い終えると桂は笑った。

黙っている珠季に桂は冷たく微笑んで言う。

「だからだ。俺は俺の思う道を行く。〝絶望〟を起点にすれば、恐いものなど何もない」

◇

ヘイジは吉岡優香と蕎麦を食べていた。

そこは堺《さかい》。大阪府の南に位置し戦国時代には日本最大の商業都市だった街だ。今は嘗ての趣はないが、広く開けて真っ直ぐに延びる旧街道が往時を偲ばせる。

二人がいる蕎麦屋は蕎麦を蒸籠で蒸して出す珍しいもので土地の名物になっている。

吉岡優香のリクエストでこの店に二人はやって来ていた。


「専務？　二瓶専務?!」

大阪の外れにあるシャッター街、そこにある洋菓子店でヘイジは声を掛けてきた吉岡優香を見て驚いた。

「吉岡くん?!　何故こんなところに？」

「専務こそ、どうして？」

お互いが狐につままれたようになりながら顔を見合わせた。

吉岡は新人の頃からヘイジの目に留まりその高い能力を発揮した。

経営不振だった京都の宇治木染織に出向しヘイジが提案した新たなビジネスプラン、中東向けの織物の輸出とインド・パキスタンでの技術指導を手伝って事業を軌道に乗せた。

その後、ヘイジはＴＥＦＧがＡＩ『霊峰』を使っての新プロジェクトである〝同心円ネットワークビジネスプラン〟に吉岡を参画させた。

そこで吉岡は非凡な提案をする。ＴＥＦＧが融資を行う発展途上国の産業や企業が単に成長するだけでなく地域のあらゆる人々、特に弱者や子供たちにまで恩恵が届くようにする為にＲＦＨを実践させたいとし、児童労働が常態となっている地域に自分を派遣してそれを指導改善させて欲しいと申し出たのだ。それをヘイジは受け入れる英断をして吉岡をインド・パキスタンでのビジネス推進に送り出したのだ。

ヘイジは吉岡がまだ現地にいるものとばかり思っていた。だがヘイジの休職中に吉岡は本店企画管理部への異動を命じられ、それまでの仕事とは異質のプロジェクト管理の業務に就くよう命じられた。それに吉岡は反発し辞表を人事部に提出したのだ。吉岡は独力でインド・パキスタンでのビジネスを推進させるつもりになっていた。

「それにしても辞表を出すとは……」

ヘイジは蕎麦屋で、吉岡にビールを注ぎながらため息をついた。

「辞表を提出したその足でインドに向かうつもりだったのですが、ビザ申請で躓《つまず》いてしまって……ＴＥＦＧのような大手銀行が後ろ盾の場合とは違って、国との手続きには様々な障害が生じるんですね。個人の力を削ぐ壁のようなものが次々と現れる。それで改めてこの国のあり方を感じました」

帰国子女として日本に戻った時に抱いた違和感、同調圧力や長い物には巻かれろ的な空気、そんな空気が嫌だった吉岡だが、腰掛のつもりで入ったＴＥＦＧでヘイジと出会って変わったのだ。

「二瓶専務はＴＥＦＧの力を私への全面的なバックアップに使って下さった。私はその恩に報いなければならないとＲＦＨを実現させたいと思ってやって来ました。その専務が休職された直後の異動の辞令で……私はＴＥＦＧへの信頼を失いました」

そう言って勢いよくビールを飲み干す。

「ビザが下りる見通しが立たない中でブラブラしていても仕方がないと思い……京都の宇治木染織で関わっているビジネスのアップデートをしてから、ＴＥＦＧの同心円ネットワークビジネスプランのウェイティングリストの中で気になっていたあの商店街を実際に見に行ってみようと思ったんです。そこに専務がいらした」

ヘイジは吉岡のビジネス感度の鋭さに改めて感心した。

「僕も状況は吉岡くんと似たようなもんだ。休職を申し渡されて馘にならなかった例はないからね。TEFGを去っても何か自分が本当にやってみたい仕事に取り組みたいと思った。手触りや温もりを感じられる仕事をしてみたい、とね。するとあの商店街が僕の頭に浮かんだんだ」

蕎麦が運ばれて来た。厚みのある白木の箱に入っていて開けると湯気を立てる。

「蕎麦の蒸籠蒸しかぁ……生まれて初めて食べるよ」

「私もです。それだけに是非ここに来てみたいと思ったんです。あの商店街の最寄り駅からは路面電車で十五分ほどでしたから……」

そうして温かい汁で食べる蒸した蕎麦は、なんともいえない優しい美味しさを感じるものだった。

「なんだか……良いねぇ。これぞ堺の味って感じがする」

ヘイジがそう言うと吉岡も頷いた。

「ホント、専務がおっしゃる〝堺の味〟って表現がピッタリの感じがしますね。茶の湯と通じる雰囲気があって京都や大阪の味とは違う」

その言葉を聞いてヘイジは、蕎麦という食べ物が本当に深いものだと思った。

「食べ物は人間にとって本当に大事なものだよね。蕎麦はシンプルなだけにそれを感じさせる。あの商店街を甦らせるとすれば絶対に核は皆に愛される食べ物だと思う。前に東京で成功したどら焼きのように……」

吉岡はそのヘイジに鋭い目を向けた。

「やはり……あの洋菓子店、ですよね？」

ヘイジは頷いた。

「あぁ、あの寂びれた商店街のあの店には人が次々買いに来ている。それもあの……」

吉岡が微笑んで言った。

「バタークリームのケーキ。私は初めて食べました。あんな美味しさなんですね。シンプルだけど深みがある。初めてなのに懐かしい」

ヘイジはそう言う吉岡の嬉しそうな顔を見ながら、新たな人生が開けていくのを感じた。


（関西は狭いようで広いなぁ。知ってるようで何も知らんもんなぁ）

塚本卓也は天王寺から路面電車に乗るとそう呟いた。塚本自身は奈良の出身で中学高校と京都で学んだが、大阪のことは殆ど知らないことに気がついたのだ。

（こんな電車が走ってるんやもんなぁ）

車窓の景色は昭和の面影を残す家並みだ。

「……ユウ……フク」

塚本は周囲の乗客に聞こえないよう呟いた。

「悉有幸福」

この世界はことごとく幸福で出来ている。そう考えるとまさに目の前の風景には、市井の幸福があちこちに見え隠れする。

(さてぇ、還俗した意味を俺はこれから自分の人生に教えてやらんといかん。その為に来たんやからな)

塚本はあの声を思い出した。

「戻って来い！　塚本！」

路面電車の走るリズムは人間の生活のリズムと合っている。生命のリズムだ。

(そうや、生命。俺は生きてる。その意味を新たに見つける。その第一歩や)

そうして塚本は教えられた駅で降りた。駅といっても道路の真ん中に島状に設けられた石組の台のようなものだ。

目の前に古い木造の小さな駅舎があって、そこにあの声の主が待っていた。

「やぁ、来てくれたね」

ヘイジだった。

「お前とこんなところで待ち合わせることになるとはな。生きてるとおもろいことがあるもんや」

ヘイジは微笑んでその塚本に言った。

「頼むよ、塚本。お前の力がいる。ここから日本を変える。手触りと温もりのあるビジネスで。その為にはお前の原初の力がいるんだ」

ヘイジから呼び出されて、一体なにがあるのか塚本には見当がつかなかった。

「そうかいな。俺の力なぁ……お前がいるのは俺のファンド・マネージャーとしての力ではないちゅうことやな？」

あぁとヘイジは頷く。

「お前の根源的な力だ。禅寺での修行で磨いたお前の魂、生きる心、マネーではなく手触りと温もりのあるものがいる」

そう言うヘイジにもそれはまだ分かっていない。

「俺はマネーの世界に嫌気がさして出家した。その出家でも世界への疑問が出た。仏道ではホンマの幸福は得られんと悟った。世界を幸福にするには別のやり方やと思た。その第一歩をお前と進めるちゅうことやな？」

ヘイジは頼むと言った。

「僕はメガバンクに入ってから、本当に人の為になる仕事をして来たのか疑問に思っている。確かに出世はした。でも銀行が本当に人の為になっているのかどうか、人の幸せに貢献しているのかどうか……確かに僕は立場が出来てからそんな方向へ銀行を持って行こうと頑張って来た。でも……世界が戦争で変わってからはそれも挫折した。そして家族も……」

そのヘイジの肩を塚本は叩いた。

「みなまで言うな。お前がこれからやろうとしていることは俺にとって大きな意味がある筈や。お前は俺を呼び戻した。生き返らせたんやからな」

そうして二人はアーケード街に入った。

その寂しい光景を見て塚本は呟いた。

「そうなんや……これが今の日本なんやな」

シャッターが閉まった店舗の連なり、人影がまばらな精気を失った商店街がそこにある。

「ここを起点に日本を変える。停滞した社会を変える。そんなことが出来ると思う？」

ヘイジの問いに塚本は笑った。

「ええなぁ……話は大きい方がええで！」

◇

ヘイジは和歌山にいた。

（確か……このへんの筈だが）

スマホの地図を手掛かりにその住所のそばまで来ている。

「あっ、ここだ！」

古びた看板が出ていた。

紀州永幸庵。

二百年以上の歴史を持つ梅干し生産者で、その味は唯一無二の美味しさと定評がある。大規模化された生産設備ではなく、昔ながらの製法と道具でその味を守り続け、地元の人々に愛されている。生産量が限られている為に百貨店やスーパーなど大型小売店では販売されておらず、和歌山県内の限られた商店だけがその梅干しを扱えている。

（それにしても……よくこの会社を見つけたものだ。道具と人間とが最高の未来を創るうえで、大事なものを見落とさずにいてくれる。『霊峰』は凄い）

TEFGが運営に深くかかわるスーパーコンピューター『霊峰』を使っての新たな仕組み

〝同心円ネットワークビジネスプラン〟その開発には吉岡優香も貢献していた。

人と人との繋がりを銀行の命と捉え、顧客同士のマッチングに利用することでビジネスを創造する。『霊峰』はそれに加えて様々な技術やノウハウをマッチングさせて新たなビジネスを提案することも出来ていた。そしてそれは日本的ビジネスを再活性化することにも繋がっていた。ガラパゴス企業や産業とされているものも、見方を変えると循環型社会やSDGsと繋がりながら再成長出来ることをこれまでにも見せていたのだ。

ヘイジは休職中の身ではあるが、東西帝都EFG銀行の専務であることには変わりはない。その権限を使って〝同心円ネットワークビジネスプラン〟推進の為の〝視察〟という名目で動きながら情報を引き出していた。

（もし新しいビジネスがそこで生まれれば、TEFGを絡ませる余地があれば良い。後付けであれば問題はない）

ヘイジは自分が馘になっても、問題が生じないように慎重に配慮しながら行動することにしていた。

（最終的にはTEFGの利益に繋がる。つまり『利他』をここでは逆に考えればいい）

あの大阪のアーケード街を甦らせる。その為の核作りをヘイジと塚本、そして吉岡優香が行っていた。

（人は当たり前と思っている食べ物の中に、特別美味しいものがあると異常な興味を示す）

そうヘイジが思ったのは、大阪駅前ビルの地下にある食堂街の店だった。

ランチ時にはサラリーマンでごった返す食堂街の一軒、焼魚がメインのその店で一番人気の定食を三人で食べた時だ。

「お魚は確かに美味しいけど、この梅干し……全然違う！　特別な甘さがあります」

吉岡が先ず声をあげそれに塚本が続いた。

「俺はカネにあかせて旨いものは極めて来たつもりやったけど……この梅干しはホンマに凄いな！　一口食べただけで違うと分かった。味が複雑で深い。これだけで飯が三杯食えるで！」

近年流行りの蜂蜜を使っての甘味ではない。梅本来の持つ甘味を引き出す製造方法で、その梅干しは作られている。それが紀州永幸庵の梅干しだったのだ。

「実は『霊峰』のデータベースには、ＴＥＦＧ行員の様々な口コミも入っている。そこからピックアップされたのがこの梅干しだった。この店の常連になった大阪駅前支店の行員たちが、こぞって『この梅干し食べたさに来る』としていた。だが……」

梅干しが近々手に入らなくなるとの情報も入っていたのだ。

「紀州永幸庵はこの味を守る為に戦前から続く機械設備で作っていたんだ。その為に生産個数は限られて売上も限られる。そこへお決まりの人手不足と後継者問題、設備更新のコスト高で事業の継続を諦めているんだ。だが『霊峰』は同心円ネットワークを使って希望を見出した。事業継続への方策を出して来ているんだ」

塚本と吉岡は目を輝かせた。

「なるほど……この梅干しをあの商店街の核の一つにしようちゅうことか？」

その通りだとヘイジは言った。

「そしてもう一つ、核にしようとしているものがある。それは全国的にはあまり知られていないものだが……核の候補として期待出来ると『霊峰』は出して来た。ここには吉岡くんに行って貰う」

分かりましたと吉岡は言った。

「で、どこへ行けば宜しいんですか？」

「秋田まで行って欲しい」

吉岡は驚きながらも笑顔で承知した。

そしてヘイジは塚本に言った。

「それで塚本には昔取った杵柄《きねづか》を頼みたいんだ」

ほうという表情を塚本は見せた。

「ファンド・マネージャーをやれというんやないよな？」

勿論違うとヘイジは言う。

「塚本が人生で一番手応えを感じた仕事だ。人との関わりで喜びを見出した仕事」

塚本は全てを理解した。

「そうなると……それなりの場所の確保とカネがいるな」

ヘイジはその塚本に、なんともいえない表情で手を合わせてから言った。

「場所は僕が確保する。カネは……頼む！　世界的ファンド・マネージャーとして資産を残した塚本に甘えさせてくれ！　ベンチャー事業への投資だ。頼む！」

「まぁ、しゃあないなぁ。でもこれは確実な投資や。俺が主導してやるんやからな。まず間違いなく上手くいく。お前を助けるのが俺の使命やからな。カネは出す」

ヘイジはありがとうと頭を下げた。

「あの商店街の生命線にするのはスーパーだ。大手スーパーの撤退で買い物難民となっている周辺住民の救世主になるような店。塚本がドラッグストア経営で発揮した手腕とノウハウが絶対に必要になる」

香港に渡って世界的ファンド・マネージャーとなる前、塚本は奈良で単位面積当たり日本一の売上を誇る店舗を経営していた実績がある。

「アーケード街のバタークリームケーキの店のそばに塚本のスーパーを作る。その周辺には、遠くからでも食べに来たくなる特徴のある食べ物屋を数軒置く。その一軒をこの梅干しと吉岡くんに秋田で頑張って取って来て貰う食べ物を出す店にする。どこにもないようなオンリーワンの店を。そして若者や外国人観光客が〝映《ば》える〟とする飲食店を特徴を変えて二軒作る。そうなれば核を中心に円が広がっていく」

二人はヘイジの話を聞きながら沸々とやる気が湧いてくるのを感じていた。

「やろう、ヘイジ」

「専務、私も頑張ります」

「二人がいれば数万の味方がいるのと同じだ。必ず成功させる」

そして三ヶ月後。

「いらっしゃい！　いらっしゃい！」

威勢の良い声が響く。

「本日開店！　地域の皆さまのお店ッ！」

声をあげているのは中年の女性店員だ。

「皆さま待望のスーパーマーケット！　地域密着のお店です！　本日開店記念セール！」

大勢の客が押し寄せるその店の名は『Ｒｅボーンスーパー』。食品をメインにドラッグストアを併設している。地元の人間がチンチン電車と呼ぶ路面電車を使って近隣からも客がやって来る。市井の人々の日常の賑わいがそのアーケード街の一角に戻っていた。

「なんやまるで子供の頃に戻ったみたいやなぁ」

年配の地元の人々がその店のありようを見て嬉しそうに呟いた。

大手スーパー撤退で買い物難民となっていた人々は口々に喜びを漏らす。

だが……既存のスーパーとどこか違う。

店を切り盛りしている様子がぎこちない。店員たちが皆中年以上の男女で中には明らかに七十は超えていると思える者も何人かいる。

慢性的人手不足の日本ではどこでも見られる光景ともいえるが……店員たちの雰囲気は明るく溌剌としているのが感じられる。

ヘイジは求人でも同心円ネットワークビジネスプランを活用して、退職後も働きたい意欲の強い銀行ＯＢ・ＯＧを採用したのだ。

「おっちゃん。『五個で二百円』って書いてるトマトあれへんけど？」

若い子供連れの女性がキャベツの品出しをしているヘイジに声を掛けた。

「あッ！　すいません。直ぐに持ってきます」

笑顔でそう答えるとヘイジは奥のバックヤードに飛んでいった。積んであるトマトの入った段ボールケースを抱えるとパソコンで在庫を見ている塚本に向かって言った。

「トマトが午前中で売り切れそうだ。補充を頼む」

「にらんだ通りや。トマトを目玉商品にしたのは大正解やったな。おっちゃんおばちゃん、じいちゃんばあちゃん店員らも頑張ってるな」

その言葉にヘイジは笑った。

「どんな人間が売ってるかなんか関係ないな。良いものを安く便利に買える場所。売ってる人間が年寄りでも若者でも外国人でも関係ない。だけど……本当に気分が良いものだな。モノを扱ってお客に喜ばれるというのは……ビジネスの原点を見た気がする」

# 第五章　ストライクバック

湯川珠季は日曜日の朝、新幹線で新大阪駅に着いた。

（……いつ以来だろう）

京都で生まれ育った珠季だが、成人してからはずっと東京で暮らしている。

（あっ……確か！）

珠季は思い出した。それは十年以上前、桂とヘイジがＴＥＦＧの乗っ取りを阻止しようと株主からの委任状集めに奔走していた時だった。その時の懸命なヘイジの姿を追いかけて、大阪へもやって来たのだった。

（今度も……またヘイジ）

胸中にある微かな残り火のような、ヘイジへの思いが珠季の足を大阪に向かわせた。

地下鉄で天王寺に出てそこから路面電車に乗った。珠季は子供の頃の京都の路面電車を思い出した。観光公害とは無縁の時代、はんなりとした時間が流れていた京都に相応しい乗り物だったと思う。

（あれから随分時間が経った……）

青春の日々が詰まった京都でのヘイジとの時間は珠季にとってかけがえのないものだ。

そのヘイジからの連絡で大阪のその街を訪れることになったのだ。そこには塚本も一緒にいるという。

（二人で一体何を始めたのかしら？）

珠季は教えられた駅に降り立った。

（？）

同じ駅で大勢降りるのに珠季は少し驚いた。そしてスマホの地図を頼りに歩き出した。直ぐに古びたアーケード街に入った。

（なんだか懐かしい……！）

だがその一角が騒がしい。近づいていくと大勢の人が列をなして、入店待ちをしている店が何軒か並んでいる。

（何なの？　ここは……食堂、あそこは……洋菓子のお店で、そこが和風カフェ……）

そのそばには『Ｒｅボーン』と大きな看板を出しているスーパーがあって、年配の店員が大きな声を出している。

その店員の顔を見て珠季は驚いた。

(ヘイジッ?!)

間違いない。それはヘイジだった。

「いらっしゃい！　いらっしゃい！　今日は最高の神戸牛が百グラム九百八十円の大奉仕ッ!!」

溌剌と声を出すヘイジの姿に、珠季は呆れながらも嬉しさが込み上げてくるのを感じた。

そのヘイジに珠季は声を掛けた。

「おっちゃん！　忙しそうやね！」

そう言われて振り返ったヘイジが一瞬ポカンとした。商店街に場違いな装いの美女が、立っていたからだ。

「あぁ……珠季！　来てくれてありがとう」

「ヘイジを助けるって言ったからね」

ヘイジは満面の笑みだ。

「よく来てくれた。奥に塚本がいる。案内するよ」

そうして連れられて行ったバックヤードには、パソコンの画面を見ながら各部門への連絡をインカムで入れている塚本がいた。

「……やっぱり牛肉は小間切れの売れ行きの方が早いな。直ぐに追加で加工手配して」

「トマトを安うしたわりに出がもうひとつやな。一山の数を増やして店頭に出して！」

仕事に集中して珠季たちに気がつかない塚本を見て、珠季は高校生の頃を思い出した。全てが新鮮なみずみずしい感覚で動いている。

「塚本くん！」

頃合いを見て珠季が声を掛けると塚本が驚いた顔になった。

「珠季ッ?!　来てくれたんかッ！」

「うん。ヘイジから連絡を受けてね。一度見に来ようと思ったの。思い立ったが吉日で、来ちゃったわ」

「嬉しいなぁ……俺の働く姿はカッコええやろ？」

珠季は笑いながら、今まで見た中で一番カッコええよと応じた。


「このお丼ッ?!　何なの……この美味しさ?!」

ヘイジと塚本の三人でスーパーの隣にある食堂のランチを食べた珠季が声をあげた。

熱々のご飯の上に掛けられた白い雪のようなものの中に、土色で粒状の歯触りの良い物が混じって……そこに温泉卵が添えられほんの少しだし醤油がかけられている。

様々な美食をして来た珠季も、味わったことのない美味しさがそこにあった。

「のっている白いものはお豆腐なのね。でも中に入っているもの……燻《いぶ》ったような香りが鼻を抜けて歯触りはお新香のようで味がしっかりしているけれど……なんだか分からない。でもこれ以上ないくらいご飯も玉子の味も引き立てていて本当に美味しい！」

種明かしをヘイジがした。

「実はご飯の上にのっているもの全部、我々のプロジェクトがあってこそ手に入れられるものなんだ。豆腐も鶏卵も後継者がいなくて、廃業を考えていた小規模生産者だった。そこへ我々がプライベート・エクイティ（未公開株式・ＰＥ）の発行を促して、資金を供給すると同時に全国各地から生産協力者を募って彼らにも株を割り当てる形で事業の継続を可能にしたんだ。日本には本当に沢山の「ここしかない、ここでしか作れないもの」があるのに、人手不足や設備老朽化、後継者問題から廃業に追い込まれるところが多いんだ。凄く美味しいものや素晴らしい工芸品……そういうものをＴＥＦＧのＡＩ『霊峰』が見つけ出すだけじゃなく、ネットワークを様々な同心円が結んでヒト・モノ・カネの情報共有をすることでビジネスの継続や活性化が出来たんだ」

珠季はそのヘイジに、メガバンクの専務の顔を見た。

（やっぱりこの人はどんなところでもちゃんとその立場を創ってくる人なんだ）

感心しながら珠季は一番の疑問をぶつけた。

「それで……お豆腐に入っているお新香のようなものは一体なんなの？」

ヘイジは微笑んだ。

「これは秋田の燻りガッコという郷土料理でたくあん漬けの一種なんだ。漬物に燻煙工程が入る珍しいもので、僕も実を言うとつい最近まで知らなかった。だけどＴＥＦＧの同心円ネットワークビジネスプランへの行員たちの書き込みの中にこの燻りガッコが出て来てたんだ。ある有名なタレントがこれを使った料理のレシピを公開して話題になっていたんだが、秋田支店からの情報で多くの燻りガッコ生産者が廃業の危機に瀕していると分かった。それで我々のプロジェクトの鉾先を向けて尖兵を送って獲得に成功したんだ」

秋田の生産者に派遣した吉岡優香が話をまとめて生産継続を可能にさせていたのだ。

珠季は感心した。

「日本って可能性の塊なのね。少子高齢化による人口減少、ガラパゴスの低成長国というのは間違った見方なのかもしれないのね」

その通りだとヘイジは言う。

「そこへ金融というものが、経済の血液であるカネを上手く入れてやれば様々なものが生き返る。さらに最新の金融技術を融合した。さっき言ったプライベート・エクイティ（ＰＥ）

だよ。生産者に株を発行して貰って、長期投資家にそれを購入して貰う。あるいは多くのPEを集めてファンドにして販売する。それで長期的な資金は調達できるし、短期資金は銀行からの借り入れで賄える。PEの発行で財務内容が好転するから、銀行も貸しやすくなる。そういう形で消えるべきではないものがちゃんと残ることが出来るんだ」

生き生きとしたヘイジの顔を見ながら、珠季は今いる食堂の店員たちの動きが気になっていた。銀座のクラブの経営者だけに人がどういう風に立ち働いているかに人一倍目がいく。

「ヘイジ、聞いていい？　この食堂の人たちって、厨房で働く人と接客する人が次々に交代しているように見えるんだけど？」

ヘイジの目が光った。

「さすがは珠季だね。実はこれは塚本からのアドバイスだったんだ」

そう言って丼を頬張っている塚本を見た。

塚本は口をもぐもぐさせながら、嬉しそうに語り始めた。

「俺がドラッグストアで成功した秘訣は色々あるんやが……大きかったんは人の使い方やったんよ。俺は分業を否定した」

エッと珠季は驚いた。

「一人は全員の為に。全員は一人の為に……ちゅうのはラグビーのスローガンで使われるけど、俺はそれを別の意味に転換した。全員が全ての仕事を覚える。そして誰もがどの仕事でも出来るようにする。分業の真逆で〝総業〟といえるやり方やな。最初は時間が掛かるけど、サービス業の場合出来るようになると生産性は滅茶苦茶上がる。前工程や後工程のことを自分が分かってるから自然と段取りつけるようになる。それと働くモチベーションが上がるんや。皆で仕事を創り上げてる実感が生まれるからな。そうすると離職率も下がる。分業ちゅうのは経済成長には欠かせんもんなんやが……人間をマネーの道具にするもんなんや。せやから、このヘイジのプロジェクトでも〝総業〟で行こうということになった」

珠季は二人の凄さにただただ感心した。

「あんたらのやってることは革命やね」

思わず関西弁になった。

そこから珠季は更なる人の使い方もヘイジから聞いた。高齢者の雇用だ。人的なネットワークを広げると、本当にやる気と体力のある高齢者が集まって来る。感心してばかりの珠季は訊ねた。

「でも何故私にこんなに詳しくビジネスの内実を話すの？」

ヘイジはニヤリとした。

「珠季にも出資して欲しいからだよ」

珠季は驚いた。

「優れた投資家でもある珠季なら、このプロジェクトのＰＥに絶対に投資してくれると思ってね」

ヘイジはそう言って微笑んだ。

◇

東西帝都ＥＦＧ銀行の頭取室で頭取田辺公康は、秘書室長との打ち合わせを終えた。

「では失礼致します」

秘書室長が出て行ってから、田辺は引出しからそっと薬を取り出しペットボトルの水で飲んだ。自分の病気のことは絶対に誰にも知られてはならないとの強い思いがある。

（やらねばならないこと。スーパー・メガバンクの頭取の肩書を持って死ぬ為に……やらねばならないことをやる）

そうして秘書室長が置いていったペーパーに目を通した。

『政府主催・新資本主義会議開催のお知らせ』

参加メンバーは内閣から首相、官房長官、財務大臣と経済再生担当大臣に金融担当大臣。

霞が関からは財務省と経済産業省それぞれの事務次官、そして日銀総裁、民間からは銀行と証券、自動車、さらにはハイテク、総合商社と流通、それぞれのトップ企業の社長が入っている。そしてオブザーバーとしてシカゴ大学の榊淳平教授の名がある。

〈榊淳平……ＮＦＰ〈New Fiscal Policy／新財政理論〉の推進者、そして転換国債の発行を推進して来た……日銀総裁の団藤眞哉〉

前頭取の岩倉琢磨がＴＥＦＧを去るに際して田辺に言い置いた幾つかのことの中の一つに、岩倉がメンバーとなっている新資本主義会議に引き続き参加して欲しいということがある。

「団藤眞哉と榊淳平は表で活動する者たちでありながら、闇の組織の人間で間違いない。彼らがやろうとすることを出来る限り阻止して貰いたい」

その岩倉が参加した前回の会議では、榊も団藤も不気味なほどおとなしく積極的に発言をしなかったという。

「ウクライナ侵攻やパレスチナでの戦争で闇の組織の目算が狂ったのか別の何か途轍もないことを考えているのか、どうも分からない。兎に角、油断しないでこの二人の発言や動向に注意を向けておいてくれ」

そう言われていた田辺に意外な人物からその二人、団藤と榊そして田辺を加えての会食をセットして欲しいと頼まれていた。

「いやなに……これからの金融情勢や財政のお考えをお三方から直に伺いとうて……」

帝都グループ企業トップの月例会である三金会、そこで田辺に頼んで来たのが帝都重工元会長で現最高顧問の烏丸義景《からすまよしかげ》だった。

烏丸は平安時代から続く公家の家系で帝都グループでも特別な存在だった。会長職を辞した後も長く帝都重工最高顧問の座にあり、現役トップだけが出席を許される三金会にただ一人終身名誉会員として臨席していた。

「決して逆らってはならない人物」とされ、田辺も新頭取として三金会に出ての挨拶の折には緊張した。年齢は九十歳を超えているが矍鑠《かくしゃく》として健啖、三金会のフルコースディナーをぺろりと平らげる。能面のようなのっぺりとした顔つきで、柔和なイントネーションの上品な関西弁を話す様子は公家のそれを想わせるが、それよりも妖怪のような……この世の者ではない雰囲気を纏《まと》っている姿が皆を畏怖させる。

帝都商事社長の峰宮でさえ「烏丸翁は一筋縄ではいきません。日本の重要部分の継承者ですから……」と恭《うやうや》しく述懐するほどなのだ。その烏丸が闇の組織の人間とされる二人と会いたいと言う。

田辺は団藤と榊に連絡を取った。すると意外なほど早く承諾の連絡が来た。会食の場所は東京で日本最高峰の懐石料理店、銀座八丁目の吉衛《きちえい》東京本店に当然のように決まった。

銀座にいるとは思えない見事に丹精を凝らした庭に面した座敷に烏丸と田辺、そして榊と団藤の四人が対峙した。

「榊先生はシカゴからわざわざ？」

榊淳平は烏丸に対してその通りですと小さく頭を下げた。

「シカゴの美術館には確か……ええギュスターヴ・モローがおましたなぁ？」

「はい。『ヘラクレスとレルネのヒュドラ』ギリシャ神話の英雄ヘラクレスの十二の難行の一つで怪物ヒュドラ退治の場面です」

烏丸はその榊に、そやったそやったと微笑んでから言った。

「今日は穏やかな会食になるかヘラクレスとヒュドラの闘いになるか……楽しみでんな」

榊と団藤は身構え、田辺はその烏丸にギョッとした。

（烏丸翁は一体なにを？）

団藤が烏丸に先ずは御一献と豪華な金襴手《きんらんで》の銚子を差し出し、烏丸はそれを鍋島の大ぶりの盃で受けてぐびりと呑み干した。

「御返杯」

そう烏丸が今度は銚子を差し出すと、盃で受けながら団藤が言った。

「神話というものは面白いですな。東西で見事に共通点がある。ギリシャ神話のヒュドラは多頭の蛇の怪物、そして日本には八岐大蛇《やまたのおろち》の有名な神話があります」

その団藤に烏丸は頷いた。

「洋の東西を問わず昔から恐ろしいもんは同《おんな》じようにいてるということですわな。それは今も変わらんちゅうことですなぁ」

そう言って、鋭い視線を団藤に向けた。

恐れ入りますと団藤は頭を下げた。田辺はことの成行きが全く見えないまま黙っていた。

「田辺頭取に頼んでお二人との会食をお願いしたんは……どないしてもお二人にわての口から直接伝えて欲しいとモンタギュー卿から言われましてなぁ」

団藤と榊は、そこで一瞬顔色を変えたが直ぐに微笑んだ。

「はて？　モンタギュー卿とは？　どちらのお方でしょう？」

惚《とぼ》けたように榊が言うと烏丸は柔和な表情の中、目だけを厳しいものにして言う。

「お二人がＨｏＤのメンバーでありながら、表に立って活動する役割であることはよう承知しておます。このあいだお宅の魔術師はんが英国のモンタギュー卿の御屋敷に訪ねられたらしいでんなぁ。ほんでえらい恐い脅しをしていかはったと……モンタギュー卿が言うてはりましてな。モンタギュー卿はこまい（小さい）頃から可愛がってるわての息子のようなもんですのんや。その可愛い子が苛められたと聞いて、わてもなんやいても立ってもおられんようになりましてなぁ」

二人はただ黙っている。その様子に田辺は途轍もなく恐ろしい猛獣同士の闘いに出くわした兎のようになっていた。

その烏丸に団藤が意を決して切り返した。

「烏丸翁のご発言は、ＭＣＭを代表してのものと考えて宜しいのですか？」

あははと烏丸は声をあげた。

「わてなんか吹けば飛ぶようなもんですわ」

そう言って、小さく手をふる。

「帝都重工はＭＣＭの極東の分家として百年以上歴史がありまっさかいなぁ。鳥羽伏見《とばふしみ》の戦い、戊辰《ぼしん》戦争や五稜郭《ごりょうかく》の戦い、日清・日露の戦争から……ずっと日本を代表する死の商人としてご奉公させてもろてまっさかい。まぁそれでも欧米の本家に比べたら商いの桁は二つ小さおますけどな。わてはただ年の功でモンタギュー卿の使い走りをさせて貰《もろ》てるだけですわ」

田辺はゴクリと唾を呑み込んだ。己の死期を知って残りの人生を全うせんと腹を据えている田辺だが、ここにいる連中が所属する死と闇の世界を想像するだけで震えが来る。

団藤が「さっ、もう一献」と銚子を烏丸に差し出した。その手が微かに震えている。

烏丸は鷹揚に盃を受けて呑み干すと言った。

「そんな使い走りのしょうもない意見やと思て聞いて下さいや。ちょっとＨｏＤはやり過ぎましたな。この世はバランスちゅうもんがある。あのヘブンズ・ヘブンはやり過ぎやわなぁ。分を弁えるちゅうのは大事でおまっせ」

そして御返杯と今度は榊に銚子を差し出した。榊の盃も小刻みに揺れている。

「わてらは本気だす。第三次世界大戦へのゴーサインを各国政府首脳に出しました。それだけやおまへんで……」

そう言って二人を交互に睨みつける。物凄い緊張が座敷を支配した。

「ロシアがベラルーシに戦術核を配備させましたやろ？　あの意味分かりますかいな？」

二人は自分たちの分を超えたことになっている恐怖を感じて何も言葉を発せられない。

「わてら核を実戦で使わせることにしたんですわ。ウクライナをベラルーシに核攻撃させて、そのベラルーシにＮＡＴＯから戦術核で報復することまで容認しました。これまで核はさすがにＭＣＭでも禁忌でしたんやが、ＨｏＤがやり過ぎたことで我々もそこまで自分らの力を見せつけんといかんなぁちゅうことですやろなぁ。窮鼠《きゅうそ》猫を噛むって言いますやろ。あ、これは謙遜ですけどな」

そう言って笑い烏丸は立ち上がった。

「わてはこれで失礼しますわ。モンタギュー卿からの伝言……五条《ごじょう》さんや工藤さんにも宜しゅうお伝え下さいな」

そう言って座敷から出て行った。

物凄い沈黙が座敷を覆っていた。暫くして襖《ふすま》が開いて仲居が料理を持って現れた。

「こちらは『目出鯛筏盛《めでたいいかだもり》』でございます。何より先ずこちらをお出しするようにと……」

大きな染付の皿の上に筏に見立てられた巨大な鯛がのっている。そこに鯛の切身の焼いたものと丸くむすんだ赤飯が盛られている。そこに松が添えられ水引が結ばれているのだ。

何への祝いなのか誰も分からなかった。

◇

日曜日午後四時、ＪＲ神田《かんだ》駅を少し離れた問屋街の一角。東西帝都ＥＦＧ銀行頭取の田辺は神田駅で降りると、さびれた雰囲気の場所にある中華料理店を目指して歩いた。

「店の入口の横に急な階段がある。それを上がって貰うと二階が個室になっている。出口が別になっていて誰とも顔を合わせることがないように出来ている」

そう連絡を受けていた。

田辺はラフなジャケット姿、秘書を使わず直接自分で連絡を取ってのことで全ては秘密裏の話し合いの為だった。

（わてらは本気だす。第三次世界大戦へのゴーサインを各国政府首脳に出しました）

田辺が聞いた烏丸の言葉の数々が頭から離れない。

（これまで核はさすがにＭＣＭでも禁忌でしたんやが……）

悪夢を見たようで、今もその場に自分がいたことが信じられない。自分一人ではとても背負いきれないと、大事な人物に連絡を取っての今日の密会になったのだ。

店に着いて教えられた通り二階に上がると廊下になっていた。ギシギシと音がする安普請のそれを奥に進むと扉があった。それは二重扉になっていて、二つ目の扉を開けると既に二人の男がテーブルについていた。

前頭取の岩倉と元頭取の桂光義だった。田辺が岩倉に連絡したところ、桂も同席させると返事があり桂からその店を指定されたのだった。

「このようなことで、両頭取とお会いすることになるとは……」

田辺が恐縮して言うと岩倉がねぎらった。

「連絡してくれてありがとう。田辺君は本当に信頼出来る人物だからね。内容が内容だけに私も本当に信頼出来る人に今日は同席して貰ったんだ」

その桂に田辺は大変ご無沙汰しておりますと頭を下げた。

「大変だね。頭取の椅子の上から一本の糸でぶら下がるダモクレスの剣の恐ろしさは座った人間でないと分からないからな。それにしてもえらいことに巻き込まれたものだね」

そうして改めて田辺は烏丸と団藤・榊との会談の内容を話した。

「ＭＣＭとＨｏＤ……やはりそういうことだったのか」

桂はこれまでの世界情勢と金融財政情勢のあり方から、推測していたことが事実であることを知った。

「闇や裏にいる存在が表に出て来て施政方針演説を行ったということ。田辺君を前にそんな行動に出るということ。ＴＥＦＧがまるでＭＣＭの側にいるかのように見せたようにも思えるな」

桂の言葉に岩倉は頷いた。

「烏丸翁は隠然たる存在であり続け、本当のことは誰も知らなかった。帝都重工の防衛産業部門、日本で最大の死の商人の代表として我々の知らないところで動いていた。また動いていなくてもその力を知らしめていた。しかし今回はＴＥＦＧを通じて表に出て途轍もない脅しをＨｏＤに掛けたということ……どんな意味があるのか」

岩倉がそう言って考え込むと、桂が意外なことを言った。

「焦っているんじゃないかな？」

岩倉と田辺はエッとその桂を見た。

「ＨｏＤもＭＣＭも焦っている。闇と死の間で不文律とされて来ていたものが破られて均衡が崩れた。ある意味これは、世界の未来にとってはチャンスかもしれない」

不敵な顔つきでそう言う桂を見て、二人はどこか落ち着きを取り戻したように感じた。

「両すくみの状態になっている。第三次世界大戦や核を持ち出しての脅しに至る経緯を想像してみると……面白いかもしれない」

ファンド・マネージャーらしい考え方を桂はしていた。

「烏丸翁が言ったモンタギュー卿というのは……おそらく世界の軍産複合体のまとめ役、それに魔術師が会いに来て脅しを掛けた……魔術師とは五条……。田辺君、烏丸翁は五条や工藤という名前を確かに出したんだね？」

間違いありません、と田辺は言った。

「最初一体誰のことか分からなかったんです。ですが……名前の並びから過去の金融庁長官だと気がついたのです」

岩倉に連絡をした時、その二人が生きている可能性のあることやＨｏＤの存在を教えられ恐ろしくなったことを素直に話した。

桂はそれを聞いてから少し考えた。

「五条はどんな脅しを掛けたのか？　既に世界の富裕層の富の殆どをＨｏＤがコントロール下に置いたことはＭＣＭは分かっている。ヘブンズ・ヘブンという超富裕層の為の国家作りと金地金のスイスからの移送……そのやりすぎへの報復としてウクライナ侵攻やパレスチナでの戦争、そしてそれは第三次世界大戦の序章であり核使用まで容認したと言い放ったこと……。剣とマネーの戦い、死と闇の戦いはこれまで常に裏の世界で行われて来た。それが表に出て……」

そこまで言ったところで桂は気がついたようだった。

「五条や工藤は死んでいる存在だ。その生存はＨｏＤの機密事項の筈、それをＭＣＭは知っていることを最後に言ったとすると……おそらく五条がモンタギュー卿に行った脅しとは情報だ。自分たちがＭＣＭの核心となる情報を握っているという脅しをしたんだ」

桂は田辺に訊ねた。

「烏丸翁が吉衛の座敷を退席した後、団藤と榊はどうしていた？」

田辺は首を振った。

「ただただ押し黙っていました。料理にも手をつけず……暫くして団藤がスマホを見て榊に耳打ちをして……そのまま二人そろって出て行きました」

「恐らく五条から直ぐに内容を報告しろとの連絡が入っていたんだろう。さて……」

桂はそう言ってからアッ忘れていたと笑った。

「腹が減った。料理を頼もう」

二人はその桂に呆れたようになったが、緊張すればするほど腹が減るのが桂の習性だ。

「ここの餃子は旨い。近頃少なくなった良質の町中華の味が楽しめる」

そうして料理やビールが運ばれて三人はそれを口にした。

黙々と食べる桂に、二人は驚きながらも頼もしく思った。田辺は人生で経験したことのない状況に自分が置かれながらも、こうやって仲間がいることに安心を覚えた。

(これが本当の組織人の幸せかもしれない)

そう思った時に自分の体のことを思い出した。長くて二年とされる寿命……それを燃焼し尽くそうと思った自分だが、本当にこのとんでもない状況に耐えられるのか……。

ふと今しがた感じた幸せをかみしめた。仲間がいること。その仲間たちと組織を支え、日本を支えること……。

(仲間を信じる)

スーパー・メガバンクの頭取の肩書で死ぬことなど、それに比べればいかにつまらないことか……真の組織人の幸福とは仲間を組織を信じることではないのか。

「どうした？　田辺君」

箸が止まって考え込んでいる田辺に岩倉が声を掛けた。

田辺の腹が決まった。

「今日、この場に頭取経験者であられるお二人とご一緒して、そしてお二人が懸命に大変な状況に対処されようとしている様子を拝見して目が覚めました」

桂と岩倉はその田辺に一体どうしたのかと顔を見合わせた。少し沈黙があった後で田辺は言った。

「実は私は不治の病に冒されております。膵臓ガン、ステージ4に限りなく近い3……難しい場所に癌がある為に手術不可能、余命は長くて二年と宣告されております」

それを聞いて二人は瞠目した。

「銀行マンとして頭取の肩書で死ぬ。それこそが自分の最後の幸せではないかと思い、このまま病気のことは家族にも黙っていようと思っておりました。しかし、思いもしなかった大変なことに自分が直面して……巨大な闇の組織や軍産複合体と闘うべく、ＴＥＦＧという組織を指揮していくのはこの体では無理だと悟りました」

二人はその田辺をじっと見た。

「先輩のお二人と今日ここでご一緒して自分は組織人であり、その組織は人で、仲間で出来ているのだと改めて分かったのです。組織のトップの座に自分の都合でしがみつこうとすることなど言語道断だと悟りました」

その田辺に岩倉が言った。

「田辺君、よくそのことを話してくれた。本当によく言ってくれた」

桂も田辺をねぎらった。

「勇気がある。田辺君は。そして我々を、組織を信頼してくれたことに感謝する」

田辺は明日、臨時役員会を開いて自身の病気を公表し辞任を表明すると言った。

「そして……私の後任ですが、おそらくお二人が考えてらっしゃる人物を指名することになると思います」

桂と岩倉はそれを聞いて安心した。

「彼ならこの超難局を打開する筈だ。仲間が、大勢の仲間が彼を助けるからな」

桂はそう言った。

「私もそう思う。二瓶君なら……」

岩倉の言葉に、桂も田辺も頷いた。

◇

　ヘイジは大阪で自分がどんどん成長しているのを感じていた。そして銀行という組織が如何に小さな世界しか見ていなかったことも知った。

（本当に銀行は人の為になる仕事をして来たのだろうか？）

　日々、様々なモノを扱い、人と共にサービスを創り出す仕事をしていると……マネーから見る世界とは全く違う大きな広がりと可能性を感じる。

（人を活かす、人を幸せにする機会は無限にある）

　ヘイジはビジネスマンとして確信を持ちつつあった。それは真のボトムアップが日本経済を活性化させることに繋がり、そこにカネを血液として流すことが銀行のあるべき姿だということだった。

　ボトムアップの核は人だ。

　大阪でヘイジと塚本はまさにボトムアップの新業態を始めようとしていた。

　名づけて『万事《ばんじ》萬屋《よろずや》』

　人材斡旋と派遣業務を行うのだが……、考え方が既存のビジネスとは根本から違う。

（これまでは求人する仕事が〝主〟で、求める人は〝従〟だった。それを逆転させる。働きたい人に合わせる仕事を見つける。仕事が無ければ創る。あらゆる場面で主役は人、それもごく普通の人というコンセプトだ）

そこには〝市井の悦び〟という世界観がある。普通の人々が真面目に働けば幸せになれる世界。そういう世界を大阪の一角から創り出そうとしていた。その核が『万事萬屋』だったのだ。

シャッター街となったアーケードを中心に店舗を展開させる中で、最初はモノやサービスを中心に置いたが次に最も必要となる人をどうするかが問題となった。

その時ヘイジが気がついたのが、自分と同じように人やモノと触れ合う悦びを感じられると同時にカネに関しても詳しい人材……つまり銀行のOBやOGたちだった。

東西帝都EFG銀行、そのグループ銀行や信用金庫を定年退職してもまだまだ働きたいという意欲の人材は想像以上に多くいたのだ。

スーパーコンピューター『霊峰』のAIを使った同心円ネットワークビジネスプランの中に、そんな人材をどんどんインプットさせてみると様々なマッチングが生まれた。そしてヘイジはそれだけではなく、「働きたいと思う人には必ず仕事を見つける。その仕事が無ければ創る」というコンセプトを入れようと考えて実践に移した。それには『霊峰』のハードウエアのバージョンアップに併せて導入された生成ＡＩが威力を発揮した。

「なるほどなぁ」

塚本が感心した声をあげる。

それはヘイジの名京銀行時代の同期の総合職の女性のことだった。早期退職後に弁護士を目指して法科大学院に学んだが、司法試験には三度受験して合格出来ず断念せざるを得なくなった後、嘱託やアルバイトで経理の仕事を転々としていた。

「四十を過ぎてからの暗記能力には限界があった。でも物事の判断、法というものと現実との関係、つまり構成要件の該当性などの判断には自信がある。法曹の門は閉ざされたけれど法律の知識を活かした仕事がしたい」

そう望んでいたのだ。

それに対して『霊峰』の生成ＡＩが回答を出してきた。『万事萬屋』の中に、『万相談員《よろず》』の肩書で雇用し、様々な相談を受けて法的解決が必要な場合は適切な弁護士や弁理士を紹介するインターフェース、リエゾンとしての仕事をして貰うというものだった。

『霊峰』の回答を受けてヘイジと塚本はどうすれば『万相談員』が機能するかを考えた。

「法的な仕事というのは、ニーズは山ほどあるのに表に出て来ないのが世の中だと思うんだ。

それで問題化した時には解決が困難になってしまう。先ずは『万事萬屋』の法務室長として内部の法律問題に関わる仕事をして貰いながら、顧客に対してどんなことが出来るかリサーチして提案して貰うのはどうだろう？」

ヘイジがそう投げ掛けると、塚本は「それも逆転の発想やな」と応じた。

「問題が起こってからやなく、問題を想定して対処をあらかじめパッケージで用意しておく。本来は受け身の法的な問題やのにプロアクティブに動くちゅうこっちゃな。これは行けると思うで！」

そう感心したのだ。

『万事萬屋』ではヒト・モノ・カネに関わる全てを扱うことになっている。

そこで出て来る様々なアイデアは面白く、関わる者たちを喜ばせながら仕事にしていく。

「銀行マンのOBやOGの経験知やノウハウは無限だ。これまでは全くそれが活用されて来なかったが、これを『霊峰』は見事にインテグレート《統合》してくれている」

『万事萬屋』に加わったOGが面白いことを言ったのだ。

「この商店街で金融商品を販売するとしたらどんなものが良いか？　私は昔から銀行や証券の投資信託への販売方針に疑問があったんです。本当にどういう人たちにこの金融商品を売れば良いのかよく分からない。一度それを根本から考えたいと思って……」

それを『霊峰』の生成ＡＩに疑問として出してみたのだ。すると画期的な販売のやり方を提案して来る。

（あぁ……目から鱗とはこのことだな）

ヘイジは思った。自分も銀行の金融商品の販売にどこか前向きになれなかったが、発想を転換させるとこうなるのかと驚いたのだ。

そうしてそのアイデアをＴＥＦＧにフィードバックさせて、新たな販売手法の核となるパンフレットを作らせた。

それは金融商品毎に作る従来のものとは全く異なり、世代を細かく区切ってそれぞれの世代に最適と考えられる金融商品を組み合わせた提案になっていた。

それも……ゼロ歳から四歳、五歳から九歳、十歳から十四歳……二十歳から二十四歳……と五歳刻みで最後は六十四歳までとなっている。

「面白いな。朝のテレビを見ている時にどうして星占いが情報番組の中に組み込まれているのか不思議だったんだが……あることに気がついてからなるほどと思った。あれは視聴率を測定する時間帯で必ず入る。チャンネルを変えさせない為に入れているんだ。人は必ず思ってしまうんだね。うお座ならうお座、牡羊座なら牡羊座……そこに〝自分がいる〟と思ってしまう。だから自分の星座は必ず見てしまう。それと同じだ。五歳刻みにされた年齢の中に必ず自分が入っている。それに対しての金融商品の提案、つまり『自分の為の提案、そこに自分がいる』と思ってしまう。だから必ずこのパンフレットを手にする」

商店街の一角にこのパンフレットをずらりと並べてみたら……どんどんどんどん無くなっていく。そんな金融商品のパンフレットなど今までなかった。『万事萬屋』からこのことをＴＥＦＧにフィードバックすると、全国の支店で同様の販売展開を行うと回答があり、相当の金額の〝アイデア料〟が『万事萬屋』に支払われることになった。銀行ＯＧそしてヘイジや塚本も大喜びだった。

「人が集まりその経験や知恵を出し合い、それにスーパーコンピューターの生成ＡＩが組めば予想もしなかった面白いことが生まれる。人と機械との関係が有機的に繋がることが出来るということだ」

「二瓶さん、お客様です」

「どなたです？」

「岩倉さんとおっしゃってますが……」

「岩倉？　岩倉さんって……まさか?!」

自分がスーパー・メガバンクの専務であることを忘れて仕事に没頭していたある日、ヘイジは意外な人物の訪問を受けた。

前頭取の岩倉だった。ヘイジが見たことのないカジュアルな服装で大阪までやって来ていた。

ヘイジはこれまでの全てを岩倉に説明した。

「休職中の君が一体どんな風に時間を過ごしているのかと思ったら……予想以上に面白いことをしていたんだね」

岩倉はほとほと感心してそう言った。

「それも全てＴＥＦＧの仲間やインフラのお陰です。皆さんに本当に助けて貰って面白い仕事が出来ています」

ヘイジが素直にそう言うのを岩倉は感心した。

(皆が彼を助けようと思うのが本当に分かるな)

老若男女問わずヘイジを助けたくなる理由が、岩倉には初めて分かったように思えた。

(彼は本当に他の人間や組織のことを考える。利他を中心に考えられる存在だ)

その岩倉にヘイジは訊ねた。

「それにしても岩倉前頭取がわざわざ大阪までいらっしゃるとは……」

そこでヘイジはアッと思った。

（岩倉さんは僕に引導を渡しに?!）

そうに違いないとヘイジは思い覚悟を決めて言った。

「TEFGでの仕事に未練はありません。僕はこのままこの商店街で仕事を続けようと思っています。いずれ家族も呼び寄せようと考えています」

そう言うヘイジに岩倉が笑った。

「ここに来たのは、田辺君から頼まれて君への辞令を伝える為だよ」

その内容にヘイジは目を丸くした。

◇

スイス、ローザンヌの老舗ホテル、ボー・リヴァージュ・グランパレ。

スイスを代表するエグゼクティブ・ホテルのスイートルームにマジシャンとフォックスは滞在していた。

リビングに設《しつら》えられているスーパーオーディオセット。スイス・ゴールドムンド社製アンプやスピーカーから発せられる『グスタフ・マーラー交響曲第十番嬰《えい》へ短調』サイモン・ラットル指揮ベルリン・フィルハーモニー管弦楽団の演奏を二人はソファに座って聴いていた。

HoDのメンバーとして現実世界では〝死人〟である二人の男……マジシャンはじっと目を閉じフォックスは目を半眼にして共に音の洪水の中で瞑想しているようだった。

「エッ？」

フォックスは、マジシャンが何か言ったのに気がついた。

「何かおっしゃいましたか？」

マジシャンは手元のリモコンで音量を落とすと微笑んだ。

「いや……マーラーの苦悩など取るに足らないと言ったんだ」

死の恐怖に取り憑《つ》かれ心身を病んでいったマーラーのことをマジシャンは話した。

「〝死者〟として生きる我々に与えられた苦しみを思いたまえよ」

そうマジシャンは言葉を重ねた。そして意を決したようになってさらに……

「二番だよ」

「はい？」

フォックスは分からない。

「マーラーの交響曲第二番『復活』だと言ったんだ。甦りだ。世界を元に戻すんだよ」

二人はHoDのメンバーでありながら表舞台で活動するセントラルとプロフェッサーから連絡を受け、それにどう対処するかを今から開かれる総会で討議することになっていた。

フォックスはそのマジシャンに訊ねた。

「世界とは一体何です？」

そのフォックスに対して「ほう」という表情をマジシャンは見せる。フォックスは問いを続ける。

「死人である我々にとって世界とは一体何なのですか？　我々の組織の歴史が世界だとすれば……全ては裏の世界のことになる。では真に我々が目指す世界とは一体何なのか？　私には分かりません」

緊張の面持ちでそう語るフォックスに、マジシャンはマーラーの音楽に身を委ねるようにしながら応えた。

「我々は日本の資本主義の黎明期に生まれた。維新の後、明治の新政府が列強諸国に対抗する為に富国強兵へと向かう中、表のカネ作りだけでは賄えないものを我々は裏のカネ作りによって支えて来た。大蔵省そしてその後の財務省や日本銀行の中にあって陰の組織としてそれは大きくなり続けた。知っての通り明治政府が持っていた陰の暴力装置も我々の組織が引き継いだ。ある時は政府を守り、ある時には時の内閣を転覆させた……」

そこまで言ってマジシャンはオーディオのスイッチを切った。深い静寂が訪れた。

遠くを見るような目になって、マジシャンは言葉を紡いでいく。

「……我々の存在は欧米各国政府に知られるようになった。優れた諜報機関を持つ彼らは我々のことを知っていく。しかしそれが彼らに何をもたらすのかを予想できなかったのだよ。木乃伊《ミイラ》取りたちはどんどん木乃伊になっていくことを……カネというものの魅力、裏のカネ作りという〝魅力ある目的〟は手段を選ぶことなく、あらゆる国家の組織の中に癌細胞のように広がっていった。そうしてHoDが世界的組織となるのに時間は掛からなかった。そこからはどんな国家の政府よりも強《したた》かに、どんな政府よりもしなやかに、その存在を拡大していった」

フォックスは、そのマジシャンに聞き入りながらも訊ねた。

「HoDより遥かに古くその隠然たる力を誰もが知る軍産複合体、MCMはHoDを潰そうとしなかった……共存共栄であろうとした訳ですね？」

その通りだとマジシャンは頷いた。

「カネを握っている存在は強いということだ。そして資本主義というものが強くなればなるほどHoDは強くなる。コインの表が大きくなれば必然的に裏も大きくなるようにね。MCMは死の商人、商人《あきんど》の目的はカネだ。扱う商品は武器という、人を死滅させ国家を亡ぼす為のものだが欲しいものはカネだ。どこまでいっても主従の関係はゆるがない。兵器はモノだ。実存するもので有限だ。しかしカネは概念。無限に存在する。どちらが勝つかは火を見るよりも明らかということだ」

そこでふっと息をついてマジシャンは「世界……か」と言って続ける。

「カネの無限性を利用して、資本主義は国家のあらゆる問題を先送りできる究極のシステムとなった。そのシステムこそが我々にとっての世界……ということだね。君の質問に答えるとすれば……」

そう言いながらマジシャンは何かに気がついたようだった。

「さらに言えばＨｏＤの世界とは生命の世界とも言える。死の商人たちの〝死〟に対抗する〝生命〟……物質の世界はいわゆるエントロピー増大の法則に従っている。物は放っておけばどんどん崩壊し、バラバラになっていく性向を持つ。秩序あるものはどんどん無秩序になっていく。それが物質世界の法則となっている。しかし生命は全く逆の方向に向かう。つまりインテグレート《統合》される方向に進む。一つの卵がどんどん細胞分裂して増殖し、一つの個体になっていくなどの過程は物質界では考えられない。他にも生命には自己修復能力があるが物質はいったん壊れ始めるとどんどん壊れる。我々ＨｏＤが生命の側にあるということが死の商人たちには埋められない差ということになるな」

フォックスはその言葉をじっと考えてみてから言った。

「それは違うかもしれません」

そう言うフォックスにマジシャンは少し驚いた表情を見せた。

「生命もまたインテグレートされる方向には進んでおらず、全てはエントロピー増大方向の流れの中にあるとしたら……ただ、世代を経て自己と似たものを作るという自己複製能力や晒される環境に対して生き残る能力が高い生命体が、能力の低い生命体よりも繁栄するという……結果の積み重ねを我々は見ているだけなのではないでしょうか？　今ある生命体も今たまたま存在しているだけであって、次の環境では滅びてしまう」

その時、フォックスはあの電話の女性との会話を思い出していた。

「あなたには私の一部になって頂きます」

「あなたは私を信頼した。そして私の全身全霊があなたを信頼した。それだけです」

マジシャンはそのフォックスを見ながら感心したのか疑ったのか分からない表情をしながら「大したものだ」と呟いた。

「？」

フォックスは驚いた。マジシャンが歌うように話し始めたからだ。

「ゆく河の流れは絶えずして、しかも、もとの水にあらず。よどみに浮かぶうたかたは、かつ消え、かつ結びて、久しくとどまりたるためしなし。世の中にある人と栖《すみか》と、またかくのごとし。たましきの都のうちに棟を並べ、甍《いらか》を争へる高き、賤しき人の住ひは、世々を経て尽きせぬものなれど、これをまことかと尋ぬれば、昔ありし家は稀なり……。我々が世界に存在すると思っているもの全て、そうであるということだね。『環境』が全てを決める。『歳月』だけが主役ということ……この宇宙誕生から百三十八億年、我々は生きて百年。つまり〝私〟という〝意識〟を持った生命存在が〝ある〟確率は一・三八億分の一という……ありえない確率の泡沫《うたかた》の中にいるということだ。その泡沫をどう捉えるか、幸運と捉えるか、僥倖と捉えるか、世界と捉えるか、人生と捉えるか……」

そう言って何ともいえない笑みを浮かべる。「さぁ、行こう。仲間が待っている。闇の中で生命を司る司祭たちが……」

そう言って立ち上がった。

二人は総会が開かれるボールルームへ向かった。普段は華やかな宴会が行われるその場には、超高精細3DプロジェクターによってE映し出されたHoDのメンバーたちが待っていた。マジシャンとフォックスを待ちわびたように立っている大勢の死者たち……。死者たちが操るマネー存在が生命を司り、死の商人が操る戦争と対峙しているのだ。マジシャンとフォックスを円の中心にして死者たちは集まって来た。

「諸君！」

マジシャンは号令を掛ける。

「我々は復活の時を迎えようとしている。何故なら死の商人たちは世界を絶滅させようとしているからだ。どうする？　諸君！」

皆は押し黙っている。

「死の商人たちは世界を絶滅させれば、マネーもなにも無くなると我々に脅しを掛けて来た。どうする？　諸君！」

喚くような沈黙が支配する。

「さて……どちらが勝つか」

そうマジシャンが呟いてから言った。

「我々にはデミがいる。デミと共に我々はいる。諸君！　我々は負けることはない‼」

するとそこで拍手が起こった。

フォックスは冷静にその様子を見ていた。

# 第六章　頭取の椅子

東西帝都ＥＦＧ銀行、ＴＥＦＧ本店ビル。

三十五階建ての最上階にある役員大会議室で開かれた全体役員会議には、執行役員を含めた全役員三十二名が集まっていた。そこで頭取の田辺の口から明らかにされたことに、皆が少なからず衝撃を受けた。

「膵臓ガン……」

田辺は自分の病状を語り、頭取の業務の遂行が難しい旨を告げた。

「マスコミには健康上の問題としますが、皆さんには事実をお話しすることとしました。手術は難しく放射線治療や化学療法を行っても延命効果が限られるという医師の判断を受け入れ、残された時間をこれまで苦労をかけた家族と過ごすこととしました。皆さんにはご迷惑をお掛けすることを心からお詫びします」

淡々と語る田辺の姿は、ある種の爽快さを皆に感じさせた。

「実を言うと医師からはギリギリまで働くことは可能だと言われ、頭取の肩書のまま死ぬことへの誘惑に駆られていたのですが、先日当行の諸先輩とお会いする機会があり……そこで当行における〝仲間〟という存在を改めて知った思いがしました。仲間を信じ『ワンフォーオール、オールフォーワン』の精神を貫く。それに反して自分のことだけを考えた己を恥じ、全てを明らかにしてＴＥＦＧの将来の為にベストとなる判断をするべきだと思ったのです」

皆はその田辺をじっと見詰めていた。

「当行を取り巻く環境は激変に次ぐ激変。ここからの世界経済と日本経済の難局の中での舵取りは、病身の人間には行えません。私はここで身を引くこととします。後任の頭取として私の意中にある人物をお伝えし、皆さんにもご了承頂きたいとこの場を開催しました」

皆少なからず緊張した。

「前岩倉頭取が推進されようとしたＲＦＨが世間の曲解を招き、図らずも前頭取は辞任ということとなりました。しかし私はＴＥＦＧのあり方が間違いではなかったと思っています。欧州や中東での戦争によって世界は、戦時経済体制のように持って行かれ、ＲＦＨの本質を顧みる機会を失っただけで……いずれ世界はその価値に気がつくと思っています」

皆はそんな田辺の言葉に少なからず驚いた。

「ＴＥＦＧというスーパー・メガバンクは、日本の金融の歴史の集約のような存在です。ある意味、その存在が良きものとなるか悪しきものとなるかで日本経済の未来が決まる。TEFGには歴史と様々な知恵の集約がある。それを活かすインフラもある。それらを本当の意味で使いこなせる人物こそが求められる頭取だと私は思っています。ここで頭取を任せられるのは一人しかいないと考えました。この場にその人物はおりませんが、専務の二瓶正平君を後任に指名したいと考えます」

その場の全員が驚きと納得の織り交ざった感情に支配されながら……今という時代を考えさせられていた。

ヘイジは舞衣子の病院を訪れた。

中庭に置かれているベンチに並んで座り、二人はゆっくりと夫婦の時間に向き合った。

舞衣子は少しふっくらした顔つきになっていて快方に向かっているのが分かる。体重の増加と共に精神の安定を取り戻し、様々なことを受けとめられるようになっていた。

「なんでこんなところに入れられているのか……平ちゃんを恨んだりしてたけど、やっと自分と向き合えるようになったと思う。自分の弱さと先ずは向き合えるようになった」

ヘイジはその舞衣子の言葉に何度も頷いた。

「僕も弱い。その弱さが舞衣ちゃんを病気にさせたんじゃないかと思っている。でも人間って皆弱いものだよ。そしてその弱さがあるから、周りの人たちのことを考えられるんだと思う。自分の弱さが分かることが人にとって大事なことなんだね」

舞衣子は頷いた。

「僕は色んな仲間に自分の弱さを曝《さら》け出してみた。そして助けを求めた。それは正直に言うよ。でもそのことで分かったんだ。仲間の大切さが。本当の友だちや助けてくれる人たちが……」

そこからヘイジは大阪での仕事のことを話した。

「平ちゃんは平ちゃんらしい仕事が出来てるんだね。それは本当に良かった」

舞衣子がそう言った後で、ヘイジは真剣な顔つきになった。

「舞衣ちゃんに相談があるんだ。僕の将来のことであり、それは舞衣ちゃんや咲の将来のことでもある」

舞衣子はヘイジが銀行を辞めるのだと思った。

「実は……頭取をやって欲しいと言われているんだ」

舞衣子はポカンとした。

そして冷静に物事が考えられるようになっている舞衣子は、ＴＥＦＧグループの小さな銀行の頭取になるものだと思った。

「どこの銀行の頭取？　地方の小さなところでしょ？　私も咲もちゃんとついていくよ」

するとヘイジが首を振る。

「ウチの、東西帝都ＥＦＧ銀行の頭取なんだ」

そう言ったヘイジの横顔が少し震えている。

舞衣子は今自分は夢を見ているのだと思った。異様な落ち着きが自分にあって全ての時間が……辛く苦しかった時間が全て巻き戻されていくように感じて現実とは思えない。

舞衣子はこれは夢だと思って答えた。

「それで？　平ちゃんはやってみたいの？」

落ち着いた舞衣子の様子に、ヘイジは内心で驚きながら分からないと答えた。

「休職になって大阪でやった仕事が銀行マン時代とは違って凄く手触りのある仕事で、何ていうか……『寄る辺』を見つけた気がしてるんだ」

寄る辺という言葉の響きが舞衣子の耳に快い。舞衣子はこの夢の中で、時間が本当に自分がいたいと思える頃に戻ったと思える夢の中で、本当の自分でありたいと思った。そしてその中であって欲しいヘイジを見たいと思った。それはどんな時でも飄々として、今をしっかりと生きていることが感じられるヘイジだ。

どこにも無理な力がなくて風に吹かれる柳のようになびいているけれど、土台は決して揺るがない安心がある。そうして周りを自分の方に向かせて動かしていく。

「平ちゃんは変わらないと思うよ」

その舞衣子の言葉にエッとヘイジは言った。

「どんなところでもどんな風に吹かれても平ちゃんは変わらない。小さなところでも大きなところでも平ちゃんは周りを動かしていける。周りが平ちゃんと助けてくれる。だから今まで見たことがない景色のところへ行っても大丈夫だと思うよ。日本で一番大きな銀行の頭取というものが見る景色、そこにどれだけ大勢の平ちゃんを支えてくれる人たちがいるのかを見る景色、そしてその大勢の人、仲間やお客さんを平ちゃんが笑顔にする景色、それを私も見てみたいと思うな」

ヘイジはあぁと、その舞衣子の言葉に陶然となっていた。自分の一番の仲間、それは自分の一番大事な存在……そしてそのことが自分の力の源であること。それを気づかされたと思った。

「分かったよ。舞衣ちゃんの言葉で分かった。やってみるよ。そして本当に素晴らしい景色を舞衣ちゃんと一緒に見られるように頑張ってみるよ」

舞衣子は自分が夢の中で泣いているのを感じた。

その涙が凄く温かい。こんな経験は夢の中でもしたことがない。

「エッ?!」

舞衣子はこれが現実だと気がついた。

「平ちゃん。私はちゃんとここに平ちゃんといるよね?」

ヘイジはそんな舞衣子の肩を笑顔になりながら抱いていた。

「夢じゃないんだね。平ちゃんが東西帝都EFG銀行の頭取になるのは?」

「あぁ……本当なんだよ」

中庭のベンチに座る二人を夕日が染めていく。そんな中でこれが現実だと知った舞衣子は、涙が止まらなかった。それはこれまでの人生の、ヘイジと夫婦になってからの人生のあらゆるものが詰まった涙だった。その温かい涙に舞衣子は自分が心から救われたと感じていた。


ヘイジは自宅に戻った。

明日、役員会で頭取の就任の受け入れを表明し正式な辞令の運びになる。

ヘイジはTEFGの頭取になって自分がやりたいことをノートに書き記していった。

そこに先ず『寄る辺』と書いた。

大阪で立ち上げたシャッター街再生のプロジェクトで持った『寄る辺』という感覚。

そこに集まる人たちにとって頼りになり、その場にいると心が和み、そして本当の自分でいられる安心感のある場所。

（僕が頭取になってからの東西帝都ＥＦＧ銀行はそんな『寄る辺』を目指そう。そしてＲＦＨをそこで目指していこう。日本最大の銀行が『寄る辺』となる日本。その金融や経済、そんな日本という社会を見てみよう。僕がその礎となる。弱小銀行からスーパー・メガバンクまでを経験して辛酸を嘗めることも途轍もない喜びも知っている僕が……）

そうして、具体的にやることをノートに書いていった。それはここまでの日本を知り、これからの日本を変えることになっていく。

少子高齢化社会をどう支えどう変えるか。戦争や自然災害にどう対処するか。

巨大な銀行を小さな巨人が動かす。

◇

モンタギュー卿は英国最大の軍産複合体であるバレット＆スミス社（Ｂ＆Ｓ）のロンドン本社ビル会議室にいた。

モンタギュー卿を含め、五人の人間が黒革張りの大きな椅子に腰掛けていた。

「では皆さまこちらに……」

老執事のような雰囲気の男性秘書が五人を案内する。

壁一杯に広がる大きなトラファルガー海戦の絵が上にスライドすると、後ろから隠し扉が現れた。それはエレベーターのドアで乗り込むとボタンは一つしかない。扉が閉まりボタンが押されると高速で降下を始めた。

「……」

エレベーターは大深度地下に位置するフロアーで止まった。ドアが開くと長い廊下がのびていた。廊下の途中左手と突き当りに重厚な扉が二つある。

途中の部屋にはＤＦＨ【Ｄｏｏｒ ｆｏｒ Ｈｅｌｌ】（地獄への扉）とプレートが掲げられ、奥の部屋はＤＦＤ【Ｄｏｏｒ ｆｏｒ Ｄｅａｔｈ】（死への扉）と記されている。

五人はＤＦＨ【地獄への扉】を開けて中に入った。そこは完全防音そしてあらゆる電波の遮断が保持されている部屋でＭＣＭ（ミリタリー・コングロマリット・マフィア）の会合だけに使用される。Ｂ＆Ｓ本社ビルの大深度地下フロアー、限られた者だけが存在を知る二つの部屋、その一つに五人の男が集まった。

アメリカ、イギリス、フランス、ドイツ、それぞれの軍産複合体の代表とモンタギュー卿の五人だ。全員ポケットからスマートフォンを取り出すと扉のそばの鉛の箱の中に収めた。

会議室のような部屋の中央に円卓が設えられていて五人は所定の席に座った。

部屋の壁にはボッティチェリの絵画『ヴィーナスの誕生』とゴヤの『我が子を食らうサトゥルヌス』が掛けられている。どちらもオリジナル。ウフィツィ美術館やプラド美術館に展示されているのは精巧な複製画であることはＭＣＭの幹部しか知らない。

「今日の討議の内容はロシアと中国、日本と韓国の代表には私から事後報告することで了承を得ています」

モンタギュー卿の言葉に全員が頷く。誰一人として手帳やメモを出す者はいない。ここでの会話は、録音は勿論メモすら残さないのが不文律となっている。全ては出席者の記憶とモンタギュー卿への信頼で成り立っている。

モンタギュー卿は続けた。

「我々はＨｏＤを甘く見ていたようです。死の商人である我々の力を過信していたとも言えるかもしれません。ペンは剣よりも強し……核兵器より強いのは情報です。情報というもので我々が後手に回ることがあってはならない。ですが……先日、拙宅を訪れたＨｏＤの幹部が私の個人情報を、それも手に入れるのが不可能と思われる情報を手に入れ、その事実を私に示しました。強い脅しを私に掛けて来たということです」

話をしながらモンタギュー卿はマジシャンの言葉を思い出していた。その情報は自分自身と絶対的な信頼を寄せるナンシーしか知らない事実だ。

「『ヨハネ黙示』の四つの活物では鷲、馬は黒を選んだ」

「……四つの活物のうち私は牛、馬は赤を選びます」

四人はモンタギュー卿の話に緊張した。

「我々は世界最強の諜報システムを持っています。それはCIAやMI6を遥かに凌駕するものです。世界のどの国よりも、そしてどのIT企業よりも早くからAI技術の開発に取り組み、最先端のAIを兵器開発に使用すると同時に兵器としてのAIの開発をも進めた。あらゆる戦闘状態の中で最適な作戦を最適な武器と兵士で行えるように、リアルタイムで指示を可能にする戦術AIを創り、そのマザーとなる戦略AIの開発も行って来ました。しかし、そんな我々を情報戦でHoDは凌駕しているという事実が判明したということです。マネー世界を裏で操るHoDは我々に宣戦布告した。奴らがヘブンズ・ヘブンという世界最富裕国家を創り軍事力を持つこと。我々の直接的な顧客となることは我々にとって諸刃の剣となります。HoDに我々のハーツ&マインドを握られれば終わりです。表の世界で死を操る我々が裏のマネー世界に支配されることは絶対にあってはならない。戦略AIはその我々にHoDの動きを止める目的でロシアによるウクライナ侵攻を指示し、続いてパレスチナでの戦争を行うよう指示、それに従う形で実行させたのはご存知の通りです。そしてこれは第三次世界大戦への拡大を留保しているということです」

アメリカ代表が訊ねた。

「マザーＡＩの情報収集能力、諜報能力に問題があるとは思われませんか？」

モンタギュー卿は首を振る。

「私はマザーＡＩには全幅の信頼を寄せて良いと思っています。問題はヒューマンエラー、複合的なヒューマンエラーが我々の側にあるのだと思っています」

そう言いながらも、自信が揺らいでいる自分が腹立たしいとモンタギュー卿は思っている。

「第三次世界大戦となり世界が戦争経済に突入するとして……ＭＣＭの利益はどの位まで極大化するのでしょうか？」

ドイツ代表の問いに、モンタギュー卿はその考えがヒューマンエラーをもたらすと応じた。

「利益、儲けという概念を今は棄てなくてはいけません。損得抜きで究極の闘いに当たらないとＨｏＤの思う壺です。分かりますか？　奴らは金（ゴールド）を握っている。もしヘブンズ・ヘブンが兌換《だかん》紙幣を発行してそれが基軸通貨になったら……世界はＨｏＤの意のままに動くということです。我々もＨｏＤの軍門に降《くだ》ることになる。だから我々は我々の最大の武器である戦争を起こした。これをどう拡大させ第三次世界大戦にまで持って行き、それをどうコントロールしながら終息させるか？　これはマザーＡＩが描くシナリオに従うしかありません」

イギリス代表が緊張の面持ちで訊ねた。

「ベラルーシに移送した戦術核の使用をロシアに認めさせたことはＨｏＤへの脅しということでしたね？　ウクライナとベラルーシに黒い雨を降らせることでＨｏＤの心胆を寒からしめる。それがマザーＡＩからの指示内容でしたよね？」

その通りです、とモンタギュー卿は頷いた。

「その場合、偶発的にロシアとＮＡＴＯが戦争となる確率は61・8％だということでしたよね。モンタギュー卿」

フランス代表の訛りのある英語が響いた。

「それが現実となった場合、ロンドンとパリが核攻撃を受ける確率16・8％を受け入れるということでしたね？」

そのフランス代表にモンタギュー卿は鋭い目を光らせて言った。

「我々は究極の死の商人となるということです。核という新たなステージに戦いが突入した時でも我々はコントロールし続けられることを世界各国の首脳に、そして何よりＨｏＤに知らしめなければならないということです」

アメリカ代表が冷たい笑みを浮かべた。

「肉を切らせて骨を断つ。ウクライナとベラルーシの間で限定核戦争をさせて静観するという程度では収まらない、全面核戦争を覚悟せよということですね？」

その通りだとモンタギュー卿は言った。

「来年の今頃、ここにこうしていたら核ミサイルに直撃される可能性があるということです。それでも我々は生きていく。いや無限に生きて死の商人の面目を保ち続ける。その胆力をHODに対して見せつけるということです。お忘れになるな。我々は世界各国の政府首脳を常に傀儡《かいらい》として使えるということを……我々の究極の武器は我々自身が死を恐れていないのを見せつけることです」

そうしてモンタギュー卿は立ち上がった。

「さぁ、この『地獄の部屋』を出て『死の部屋』に行きましょう。久しぶりに皆さんもその有り様を見ておきたいでしょう？　今の我々はあの部屋に入ることで自分たちの真のアイデンティティーを知ることが出来る。真の力を知ることが出来る。それを我々は理解しておかねばなりません」

皆はそのモンタギュー卿に従って立ち上がった。

部屋の外に出ると長い廊下の突き当りの部屋に向かって五人は歩いた。

DFD【死への扉】というプレートの掲げられた部屋の扉は、『地獄の部屋』のそれよりもさらに重厚な造りで大金庫の扉のように大型の丸いハンドルを回して中に入る。

モンタギュー卿がハンドルを回した。

そこは世界最大最強の核シェルターなのだ。

五十人の人間が、二年間快適に暮らすことが出来る設備が整えられている。小型原子炉による発電装置を備え、空気や水の完全浄化が行われる。食料はあらゆる食材や料理が冷凍保存されている。中の広さはサッカースタジアムの三倍、居住施設だけでなく様々なスポーツやエンターテインメントや慰安、そして安楽死の設備まで揃っている。

重厚な扉が開いた。

中に一人の女性が立っていた。

「案内を頼むよ。ナンシー」

モンタギュー卿は笑顔でそう言った。

◇

桂光義はオフィスのある丸の内から、クルマを運転して霞が関に向かっていた。首相官邸で開かれる新資本主義会議、その予備会議に出席する為だ。

(なぜ俺が呼ばれる?)

ＲＦＨバッシングの嵐に桂もさらされ、金融庁へ呼び出され、身分を明かさないが公安と思える男たちから取調べまで受けた自分が何故と……官邸からの連絡が不思議だった。

だがその予備会議には桂と東西帝都ＥＦＧ銀行元頭取の岩倉、そして東京商工大学教授の矢吹博文も呼ばれているという。

「なんだ？　ＲＦＨに関わった人間たちを集めて何をするつもりなんだ？」

桂は岩倉や矢吹に連絡を取り、彼らも訳が分からないと出席をためらう風だったが桂の「鬼が出るか蛇が出るか行ってみようじゃないか」の言葉で集まることになっていた。

官邸のゲートでの検問を終え、所定の場所にクルマを駐車すると直ぐに秘書官が迎えに来た。

そうして官邸内の会議室に案内された。

（！）

桂は驚いた。首相と官房長官がそこにいたからだ。首相と官房長官、桂と岩倉そして矢吹の五人という奇妙な陣容に桂だけでなく岩倉や矢吹も驚きを隠せない。

冒頭、首相は自分が本当に信じられる金融関係者だけを集めたと語った。

「内閣情報調査室からの情報で新資本主義会議のメンバーである日銀の団藤眞哉総裁とシカゴ大学の榊淳平教授はＨｏＤの人間である可能性が高いと分かりました」

桂は「今頃そんなことを……」と思ったが事態が好転しているものと前向きに捉えた。

「日本も戦争経済に突入しかねない今、本当に信用信頼の出来る方々のお話を伺い、お力をお借りしたいと思ってお集まり頂いた次第です」

首相はそこから団藤によって主導され日本を外国に売り渡す可能性のある転換国債への懸念を語り、桂はこれまで自分が秘密裏に行った『国株』転換の阻止について話した。

「そうだったのですか……桂さんには本当に感謝しなくてはいけないのに……」

官房長官が謝意を示しながら金融庁での取調べに対しても謝った。

「あれは金融庁の人間ではありませんよね？」

桂の言葉に官房長官は御明察の通りだと言ったがそれ以上は語らなかった。

(やはり内閣情報調査室の人間か……)

政府内でインテリジェンス活動を行う組織でその実態はベールに包まれている。

「実はＨｏＤに関する確度の高い情報がこのところ多く我々の知るところとなっています。おそらく……」

そこにＭＣＭが絡んでいると官房長官は語った。桂は今世界の裏でＨｏＤとＭＣＭが闘っていることを確信した。

「我々が摑んだ情報の中に、前金融庁長官の工藤進と元金融庁長官の五条健司が生きていて、

ＨｏＤで活動を行っている旨もありました。それだけでなく……」

大蔵省時代からの財務省の官僚、そして日銀職員の中で物故者とされている者たちが大勢生存している可能性も述べた。

（闇の金融の存在を炙り出してその組織を、ＨｏＤを壊滅させようという意図が軍産複合体にあるということか……世界を動かす裏の世界では暗闘が繰り広げられているということなんだな）

桂は自分の推測が正しかったと思うと同時に恐ろしくなった。

（これから世界はどうなる？）

剣を動かす者が強いか、カネを動かす者が強いかを……改めて考えた。

首相が沈痛な面持ちで語った。

「先日、帝都重工最高顧問の烏丸翁に呼びつけられまして……」

このことは極秘にと念押ししてからその時のことを語った。

「世界各国の軍産複合体は第三次世界大戦へのゴーサインを各国政府首脳に伝えたとのことです。そして……核兵器の使用をも容認したと……」

皆が緊張の面持ちとなったが桂は冷たい笑みの奥で考えた。

（日本の地政学上のリスク、台湾情勢緊迫化など併せて考えると世界情勢は途轍もない危険性を孕んでいる。日本はこれからどのように動けば良いのか？　アメリカの軍産複合体が第三次世界大戦への準備を進めるとなれば、我々も従わざるを得ない。対米追従は戦後日本政府の動かざる方針であり政権が変わろうとそれは決して動くことはない）

そうして桂は首相に言った。

「日本国総理大臣として国民の安全と財産の保全を最優先に考える。その結果としての対米追従ならやむを得ないと思います。ただＨｏＤや軍産複合体にさらに好き勝手をやらせて世界を破滅させることは……」

そこまで言って桂は気がついた。

第三次世界大戦にまで軍産複合体を駆り立てたＨｏＤの力、ヘブンズ・ヘブンという超富裕国家を創り出したそのマネー支配の力、

（それを破壊すれば第三次世界大戦は避けられるということか？）

軍産複合体を壊滅させることは不可能だが、ＨｏＤを壊滅させることで〝凶暴化〟した軍産複合体を〝正常〟に戻すことは可能だと考えた。

（戦いの順序を間違えないことだ。先ずはＨｏＤを壊滅させる。そこから次の手を考えるしかないだろうな）

優秀なファンド・マネージャーとして様々な戦略を練って来た桂が世界情勢という相場を

見る中で見つけた結論だった。

その時、岩倉が言った。

「絶対に転換国債の〝国株〟への転換はさせてはならないということです。日本国の金融・経済がHoDに支配されることがあってはならない。転換国債の新規発行を禁止し、既発債は直ちに繰り上げ償還することです！」

官房長官が大きく頷いた。

「それが今日皆さんにお集まり頂いた最大の理由です。我々は……あの全国会議員預金口座乗っ取り騒ぎでHoDの恐ろしさを知りました。超法規的措置で死刑囚・工藤勉を釈放しその軍門に降った。そして今、霞が関の中に巣くっているHoDのメンバーのことを考えると本当に恐ろしくなります。彼らは物凄い戦略性を持って動き長期的な視野でここまでそれを実行して来ました。歴代の金融庁長官や今の日銀総裁がHoDのメンバーであることなど、考えるだけで寒気がします。彼らは全てを隠蔽させる強かさを持っています。闇の存在としてその行動をも闇に葬るように活動や工作を行っている。これ以上の戦略性はないと思います」

何一つHoDが起こしたことは表に出ていない、いや出すことが出来ないように仕掛けられているのだ。

官房長官は続ける。

「我々はとどめを刺される訳には行きません。転換国債を消し去ることが今の政府で真実を知っている者が行うべきことです。しかし……今の財政状況の中では繰り上げ償還を行おうにも財源がありません。そして相次ぐ災害への対応で政府の予備費も底をつき税収増も期待出来ない。その中でどうすれば良いのか？　信頼出来るお三方に知恵を出して頂きたいのです」

それを聞いた矢吹が言った。

「確か……科学技術発展機構《JSDT》によって運用が開始されたファンド、通称大学ファンドがありましたね。世界最高水準の研究の実現に向け、必要な支援を長期的・安定的に行う為の財源確保を目的とした……財政投融資から資金を借りる形で運用益を出してその資金を選ばれた競争力のある大学に注入する。規模は十兆円。当大学もその資金を受け入れるかどうかの検討を行いましたが……」

官房長官は顔を曇らせた。

「その通りですが……運用が上手く行かず、財投からの借入利息も賄えない状態が長く続いておりまして……この期に及んで資金の引き揚げさえ検討せざるを得ない状態です」

桂が苦い顔をした。

「資金運用を甘く考えるからそんなことになるんです。日本人はカネに関して無知にすぎます」

その桂に首相が向き直って言った。

「そこで真のプロのファンド・マネージャーである桂さんにお願いがあるのです。転換国債の償還に向けた資金作りをお願いしたいのです。仕組みはＪＳＤＴと同じで財投からの借入資金、規模は五十兆円です」

桂は驚いた。

「日本国の国力は落ちています。ＧＤＰは来年にはインドに抜かれて世界五位に成り下がろうとしています。しかし、桂さんのような人物を生み出したのも日本のこれまでの金融や経済だと思っています。桂さん、日本を救って頂けないでしょうか？」

その首相に岩倉が言った。

「総理、無理が通れば道理が引っ込むといいますが、ここは総理の無理に私も乗りたいと考えます。あらゆる選択肢の中でＨｏＤの売国奴たちを駆逐するには先ずはこれしかないと思います。桂さん、あなたの男気からしてこれは受けざるを得ないのではないですか？」

桂は考え込んだ。

その桂に矢吹が言う。

「桂、最後の相場師と言われているお前の最後の大仕事として受けたらどうだ？」

桂は黙ったままだった。

◇

「頭取ッ?!」

塚本卓也は驚いた。

大阪の『Ｒｅボーンスーパー』のバックヤードで、ヘイジは塚本に東西帝都ＥＦＧ銀行の頭取に就任することを告げた。

「塚本を筆頭に仲間たちに助けられてこのプロジェクトを軌道に乗せることが出来た。僕としてはこのプロジェクトを全国に広げていく仕事をしたかったんだけど……」

申し訳なさそうに語るヘイジに塚本が笑った。

「お前を助ける！　日本最大の銀行の頭取になるお前を！　そうか……あの浄土の手前でお前に引き戻されたんは、こういうことやったんやな！」

ヘイジはその塚本にありがとう、と涙を流した。仲間を信じて自分の弱さを曝け出して助けて貰いながら、ここまでやって来られたことが本当に有難く幸せな時間だったと思った。

「塚本のアドバイスで全員がどの仕事も出来るようにしてあることが今ほど有難いと思ったことはないよ。ここでは誰が抜けても仕事はちゃんと回るからね」

その通りだと塚本も頷いた。

「ヒトの為の仕事であって、仕事の為のヒトやない。分業は生産性をあげる為にヒトを道具にする。本末転倒や。逆に〝総業〟はヒトが仕事の創造にたずさわれるちゅうことやからな。ヒトは自分のアイデアを実現出来たら大きな喜びになる。仕事へのモチベーションにこれほど大事なことはないんや」

そうしてヘイジと塚本は商店街の仲間たちに別れを告げた。

「皆さんにはReボーンスーパーの精神を共有して頂いています。これほど面白い可能性のある商店街はないと思います。是非これを全国に展開していきたい。私は銀行に戻っても皆さんを全面的にお支えしますから心配はしないで下さい」

ヘイジは皆の目を見て自信が漲《みなぎ》ってくるのを感じた。

（仕事を創造するモチベーションとはこれほど人間を強くするのか……）

改めて感心しながらヘイジは大阪をあとにした。


桂光義は銀座のクラブ『環』で湯川珠季と飲んでいた。

（こんな桂ちゃんは初めて……）

珠季はバーボンソーダを作りながらそう思っていた。

桂が悩んでいる。

日本の運命を決めるファンドを、運用するか否かの返事はまだしていない。

首相官邸で矢吹博文から相場師として、最後の大仕事をしろと言われ逡巡した後で言った。

「一週間……考えさせて下さい。本当に自分にそんな責任が負えるのか……一週間、時間をかけて考えさせて下さい」

自分でそう言いながら桂は自分らしくないと思った。ファンド・マネージャーとしてあらゆることを即断即決で行って来た自分が逡巡している。

（何故だ？）

自分でその理由を明確に知りたいと思い返答を延ばした。

しかし、直ぐに分かった。

（俺に……自信がない？）

五十兆円を運用してその利益で四十兆円の転換国債を繰り上げ償還、つまり買い取るという途轍もない仕事になる。

（財務省や日銀にはＨｏＤのメンバーがいて何をしてくるか分からない。ある意味、全てを

敵に回して相場を張ることになる）

そんなことが可能なのか？

桂はフェニアムのＡＩに運用のシミュレーションを行わせた。

桂の能力を最大限発揮した場合、十五兆円の利益、つまり30％の利回りを二年で達成できるとしている。それだけでも途轍もなく凄いことだが要求を満たすには程遠い。

珠季のところで気分転換をしようとしたが逆に考え込んでしまう。

桂から話を全て聞いて珠季は言った。

「桂ちゃん、無理は駄目よ。どう考えてもそんな相場、取れっこないわ」

祖父が北浜の伝説の相場師だった珠季はその難しさを十二分に理解していた。政府が無理難題を桂に押し付けてきたとしか思えない。

桂はバーボンソーダを飲み干してグラスを珠季に差し出した。お代わりを作る珠季に言う。

「そうだ。これは無理だ。無理を通せばどうなる？　相場の神様は絶対に許さない」

桂らしい言葉に珠季は微笑んだ。

「桂ちゃんは相場の神様に見込まれたファンド・マネージャーだものね」

桂は首を振る。

「相場の神様は純粋な者にしか微笑まない。真に相場と対峙する者にしか……」

それを聞いて珠季は言った。

「でも桂ちゃん、桂ちゃんがいつも言ってたように日銀が株を買って相場に実質的に介入して来たことを相場の神様は許すの？」

桂は苦笑してから続けた。

「それが真に日本国民の為になるならと……相場の神様は目を瞑っただろう。しかし、それが日本を売り飛ばすことに繋がるなら相場の神様は決して容赦はしない筈だ」

桂自身日銀による株式購入から生じる相場の歪みについていけなくなり、自身での売買よりもＡＩを使った売買に切り替えていた。

「俺が成功して転換国債を全て償還すると同時に、日銀保有の株式も手放させることが出来れば……相場は本来の姿に戻る」

桂はそう言ってみたが……その実現には途轍もない運用を成功させなくてはならない。

それは無謀な戦いだ。財務省や日銀にはＨｏＤのメンバーがいていくらでも職権で妨害を図る可能性がある。官邸が桂の味方をしてくれるということだが官僚たちはいくらでも官邸の力を削ぐ術《すべ》を知っている。やはりこの戦いは無謀だと思ったその時、

「桂ちゃん、一人で悩んでないで仲間と話し合ったら？」

（仲間？）

桂はその言葉に不意を突かれた。

「仲間……か」

これまでＨｏＤとの戦いでは、強力な仲間たちが桂に協力してくれたことを思い出した。

「エドウィン・タン、ジャック・シーザー、ヘレン・シュナイダー、佐川瑤子……そして二瓶正平」

桂は皆の名前を呟きながら自分の心が少し温かくなったように思えた。

「そうだ。仲間、俺には仲間がいたんだ」

桂の〝気〟が晴れたのを珠季は感じた。

「鬼が出るか蛇が出るか、相場の世界の一寸先は闇だが……仲間がいる。俺はそのことを誇りに思って来たんだった」

珠季はその桂に笑みを見せた。


お台場のロイヤル・セブンシーズ・ホテルのスイートルームを桂は久しぶりに訪れた。

「君には本当に驚かされるよ。世界的ファンド・マネージャーを引退して禅寺に入ったかと思ったら……大阪で商店街の活性化に走り回っていたなんて……」

桂は珠季から情報を聞いていた。

そこにいるのはエドウィン・タンこと塚本卓也、嘗てウルトラ・タイガー・ファンドの天才ファンド・マネージャーとして世界的な相場を張って来た男だ。

「我ながらその振れ幅には驚きますわ。そやけど自分が生きて来た人生、全部自分ですわ。あらゆる面白いことをやって来てここからの自分は他人の為に生きて行こと思てるんですわ」

桂は塚本の意外な言葉に驚いた。そして、

「臨死体験……」

塚本は禅寺での修行からここまでのことを全て桂に話した。

「浄土の光……あんなものを見たら……そらもう全てがどうでもええと思えますすで」

その塚本の言葉が桂には理解出来る。

「そうか……そんな世界を君は体験したのか。ある意味……羨ましいよ」

その桂に塚本は微笑んだ。

「珠季から聞きました。えらいことに桂さんが巻き込まれてるちゅう話ですな」

桂は全てを話した。

さすがの塚本も難しい顔になった。

「五十兆円を二年で九十兆円に増やすちゅうことですかいなぁ……」

桂はその塚本に訊ねた。

「君ならどうやる？」

塚本は目を瞑って何か呟いている。

「……ユウ……フク　シツユウコウフク……」

そうしてカッと目を見開くと言った。

「ハッキリ言うて不可能ですな」

「俺もそう思う」

桂は笑った。

「だがどうだ？　天才塚本に、あの世の入口まで行ってこの世に戻って来た塚本に、不可能以外に興味を惹かれるものはないんじゃないか？」

その言葉は塚本の相場師魂に響いた。

「ここからは利他で生きる。究極の利他とも言える日本国の為に全身全霊で相場を張る。不可能に挑戦するちゅうことか……」

そしてまた暫く目を閉じてから言った。

「やりましょ。一世一代の超大相場を取りましょう！」

桂は満面の笑みになった。すると強烈に腹が減っていることに気がついた。

「ロイヤル・セブンシーズ・ホテルの名物、エドウィン・タン・スペシャル、和洋中の満漢全席を頼めるかな？」

塚本は破顔一笑した。

「桂さん！　あんた天下が取れまっせ！」

◇

東西帝都ＥＦＧ銀行本店ビルの最上階、役員大会議室に全役員が揃っていた。

ヘイジが頭取としての所信を表明する。全役員の期待と不安がその場を支配しているのをヘイジは感じた。

日本最大の銀行の頭取として自分がここにいること……バブル崩壊以降の長いデフレの中、銀行の再編が進められていく過程で最も弱い銀行に属した自分が嘗めて来た辛酸を思い起こしながらもヘイジはその過去の全てに今は感謝していた。

（人間は弱い。人間は弱く脆い。自分は弱く他者も弱い。それを全て認めて受け入れれば途轍もない力が発揮出来るものだ）

舞衣子の病気の原因となった家族寮での苛めも、人のもつ弱さのなせる業だとヘイジは思えるようになっていた。

(出自で上下関係を決めようとする人間の弱さ……それがそこにあっただけだ)

ヘイジは自分が頭取となる道のりの中で、自分の弱さを認め仲間に助けられたことが一番の収穫だったと思っていた。

(それを知っただけでも人生の意味がある)

そして今ここで、東西帝都ＥＦＧ銀行の頭取としての第一声を発しなければならない。

サラリーマンの世界でトップに立った者にしか見えない景色……ヘイジはこれからそれを見ることになる。しかしヘイジの強みは、それまでの足元をしっかりと見て来ているということだ。只管打坐でその場その場の仕事を懸命にやって来たその全てをしっかりと見直している。

(頭取になるからって特別なことじゃない。頭取という特別な自分ではなくありのままの自分が頭取になるだけのことだ)

ヘイジは全役員の顔をゆっくりと見てから口を開いた。

「この度、当行の頭取を拝命致しました二瓶正平です。こうやって皆さんのお顔を拝見すると『なんでこんな男が頭取に？』という内心をお持ちの方もいらっしゃるのを感じます」

その言葉で全員が少し緊張した。

ヘイジが役員になってからそれを快く思わないことを露骨に表したり、隙あらば足を引っ張ってやろうとする者が少なからずいたことをヘイジは分かっている。

「私はそんな方こそ真の協力者になって頂けると信じています。我々は仲間です。意見の違いはあってもTEFGを未来に向けて動かしていく仲間です。どこまでも仲間である皆さんを私は信じていますし絶対に見捨てない。まずそれを申しておきます」

トップが交代すると、役員の中には粛清人事を恐れる者たちも少なからずいる。ヘイジは先ずその恐れを解いた。そのことが全員のハーツ&マインドを掴むことに繋がっていた。

「世界は戦争という大変なものに侵食されようとしています。日本も地政学リスクが顕在化する可能性があります。そしてその日本は少子高齢化や格差拡大による社会問題、そして頻発する地震や豪雨などによる被害も甚大です。内憂外患という意味では戦後最悪の状態ともいえるわけです」

ヘイジは少し難しい顔つきになった。

「当行がビジネスで関連する企業の総売上はこの国のGDPの三分の一にのぼります。つまり当行は日本経済の三分の一を支えているといえるわけです。しかし我々は本当にそのことを自覚的に受け止めて来たでしょうか？　ただそのことを自慢するだけではなかったでしょうか？　私は頭取としてTEFGを真の意味で日本を良い方向に持って行く存在にしようと考えています。嘗ての銀行のように融資で企業の資金ニーズに受動的に応えるだけでなく、能動的にその存在感を発揮する組織にしていこうと考えています」

そこからヘイジは『霊峰』ＡＩによる様々なビジネス創造や雇用の創出について語っていく。

「皆さんは信じられないでしょうが、私は先日まで大阪のシャッター街にあるスーパーの店頭で販売員をしていました。トマトやトウモロコシの入った段ボール箱を運んでいたんです。まさにそれは地に足のついた仕事、市井の人々の生活に密着した仕事でした。そこで学んだこと……それはヒト・モノ・カネの有機的な回転です。我々銀行マンはカネを扱いますが、そのカネが繋がりを持つヒトやモノを本当に見ているかというと疑問符がつきます。確かに担保などからモノの価値を測ったりはしますがそれは無機的な要件主義から脱していない。本当に我々が融資した大事なカネが活かされているかどうか、そこにヒトやモノがどう動いて回転しているか、さらに言えばそのカネが本当に人間や社会の為になっているかを我々は常に考えていかなければならない筈なのです。私はシャッター街となっていた商店街の活性化に取り組む過程でそれを考えることが出来ました。そしてその枠組みで銀行を考えること。『寄る辺』のような存在に銀行をすること。それが頭取としての私の第一の目的です。真に人間の為の銀行に東西帝都ＥＦＧ銀行をすることです。その第一歩、ある意味それは象徴的なものとなる筈ですが……」

そこからのヘイジの言葉に皆が驚いた。

「当行がグループ企業として持っているサラ金事業を売却します」

嘗て日本経済が隆盛を極めた頃に増殖するように大きくなっていったサラ金、高利貸しとして上場までする存在となり最盛期には経常利益が二兆円にまで膨らんだ。しかしそこに悲劇的な借り手の存在を生み、取立ての厳しさから自殺に追い込まれたりする者が多発した。社会問題となっていく中でサラ金規制法が成立し多くのサラ金が経営難に陥る。それを今度はメガバンクが子会社化して傘下に収めていった。低金利下で収益の伸び悩んだメガバンクにとってそれは有難い存在となっていたのだ。

ヘイジは言う。

「ある意味、この事業は道徳的ではないと考えています。確かに昔のような超高金利や高圧的な取立ては行われてはいませんが、借り手の多くはギャンブルやショッピングなど様々な依存症の人たちである事実があります。そして若者たちに簡単にカネを借りさせることで若いうちから借金生活の癖を付けさせ、健全な経済生活から遠ざけている。この国ぐらいです。サラ金のコマーシャルと過払い金請求のコマーシャルが今もなお併存している冗談のような国は……マッチポンプのようなあり方の背後にはカネに苦しむ多くの人たちを生み出すシステムがあるということ。そういう事実に目を瞑り銀行はその利益だけを得ている。私はこういう非道徳的な金融行為を日本から一掃しなくてはならないと考えています。まず隗より始めよ。日本最大の銀行として我々がこれを行います。そうして日本にマネーモラルを構築する。そこには銀行で窓販を行っている金融商品の販売のあり方や商品の内容も再検討の対象となります。例えば……」

ヘイジの人間の為のスーパー・メガバンク宣言、『寄る辺』となる銀行への頭取としての考え方の表明はそうやって続いた。

ヘイジは頭取室に入った。

（……）

何度もその部屋は訪れているが、今は自分がその部屋の主なのだ。

広大な皇居の緑が窓の外に広がるその景色は、日本最大の銀行の頭取だけが特別な思いで眺めることの出来るものなのだ。

そして頭取の椅子。黒のイタリアンレザーの大きな椅子に腰掛けると歴代頭取の〝念〟のようなものが足元から押し寄せてくるように感じる。だが今のヘイジの頭取としての立場は歴代のメガバンクの頭取のそれよりも遥かに厳しいものだ。

（世界は絶望に向かっているように見える時に自分は頭取になった。全てに絶望して弱さを曝け出して仲間に助けを求めてから頭取になった。そんな自分が日本最大の銀行の頭取になったことの意味、それを肝に銘じて実践しなくてはならない）

ヘイジは先ほどの役員会で話したことを反芻していた。

内線電話が鳴った。

「お電話が入っております。それが……」

取り次いだ秘書の言葉にエッと驚いた。

「いかがいたしましょうか？　お繋ぎいたしますか？」

ヘイジは少し考えてから繋ぐように伝えた。

「おめでとう。まさか君が頭取になるとは夢にも思っていなかったよ」

「どうやって電話出来たんですか？」

「昨日、やっと保釈された。公安による拘束は法律があってないようなものだからね。有り得ないほど長く拘束された上に、高い保釈金を要求されたが仲間が助けてくれたよ」

その声は怒気を含んでいる。

「これからどうなさるんですか？」

相手は笑った。

「それを伝えたくて君に電話したんだ。私は今夜死ぬ。亡霊となる」

ヘイジは一瞬血の気が引いた。

「亡霊となってTEFG、日本国に復讐してやる。そして君にもね。二瓶君」

そこでヘイジの腹が据わった。

「闇の組織があなたを守るということですね。五条さんや工藤さんが……」

相手は前専務の高塔次郎《たかとうじろう》だった。

# 第七章　安売り王

桂光義は夜のテレビでそのことを知った。

「今日未明、世田谷区駒沢公園内で発見された焼死体は、東西帝都ＥＦＧ銀行の前専務、高塔次郎氏であることが判明しました。現場の状況から自殺と見られています。遺体近くに自筆の遺書があったことや……」

ニュースでは高塔が直前まで公安当局に拘束されていたことなど、一切明らかにされていない。スーパー・メガバンクの専務だった男の自殺を略歴と共に伝えているだけだ。

携帯に電話が掛かって来た。中央経済新聞の荻野目だった。

「ニュースご覧になりましたか？」

「あぁ、デジャヴのように感じている」

元金融庁長官の五条健司や前長官の工藤進の〝死〟と、それは酷似しているからだ。

「警視庁担当から情報を得ましたが、やはり焼死体からはＤＮＡの検出は出来なかったそうです。超高温になる燃料で焼かれていたとのことで、自殺と断定したのは遺書の存在と付近の防犯カメラの映像からだとのことです」

桂はそれを聞きながらなんとも嫌な感覚を胸の裡に覚えた。

「防犯カメラの映像か……奴らにはディープフェイクもお手の物だろうからな。また一人闇の中に消えていったということだ。だが必ずどこかで出て来る。おそらく今度出て来るときは全員で出て来るぞ」

その桂の言葉に荻野目は驚いた。

「首相官邸は本気でＨｏＤを撲滅しようとしている。とはいえ、奴らの力がどこまで及んでいるかは分からない。だが今がチャンスだと踏んでいる。軍産複合体とＨｏＤが戦争を始めた今がな……」

そこから桂はＴＥＦＧの前頭取の田辺が遭遇した帝都重工最高顧問の烏丸翁と日銀総裁団藤眞哉、シカゴ大学教授榊淳平とのやり取りを話した。

「内閣情報調査室がＨｏＤのメンバーリストを手に入れた。というより軍産複合体のマフィアであるＭＣＭがそれを世界各国の諜報機関にリークしたというのが正しい」

荻野目は暫く黙った後で唸るように言った。

「我々のような大新聞はこういうことを書くことが出来ない。事実を伝えるべきマスメディ

ア は本当の意味で機能しないことを今ほど残念に思うことはないですね」

その荻野目を桂は鼓舞した。

「いいか荻野目、俺はこれからＨｏＤと戦うことになる。ファンド・マネージャーとして一世一代の大仕事、おそらく俺の最後の相場となるだろう」

桂は政府の五十兆円ファンドの話をし、受けるつもりだと驚く荻野目に語った。

「闇のマネーに対抗するにはマネーだ。先ずはカネを創り転換国債を繰り上げ償還して日本を売国奴から守る。だが……」

勝算がなかなか見えないと本音も呟く。

「一緒に戦う仲間として先日もエドウィン・タンと話した。彼もやる気になってくれてはいるがまだ戦い方が見えない」

任された五十兆円を二年でほぼ倍にしてくれなどと常識で考えても有り得ない話だ。

「荻野目、俺にはお前という強い味方がいる。日本を代表する経済新聞が俺たちの味方であることはここからの戦いで肝になる」

「それは分かっています。桂さんに勝って貰わないと日本は終わる。ＨｏＤとＭＣＭの闘いが第三次世界大戦や核戦争を引き起こしたら日本などひとたまりもない。闇の組織と死の商人、どちらもこの世から消すのが理想でしょうが……先ずはＨｏＤの力を削ぐことが戦略的には正しいでしょうね」

その荻野目の言葉に桂は改めて決意した。

「兎に角、情報が欲しい。中央経済新聞のあらゆるセクションに入って来る情報で、これからの闘いに必要なものを全て俺のところに回して欲しいんだ」

勿論です、と荻野目は約束し電話を切った。


西麻布《にしあざぶ》の老舗割烹《かっぽう》の玄関前でクルマを降りたヘイジは不思議な感覚に陥っていた。

「ここへ来る時はいつも特別な時だ」

嘗て、桂と共にＴＥＦＧの乗っ取りを阻止する為の秘密裏の会合はここで行われた。

「僕はまだ総務部の部長代理だった。そんな身分で大きな場面にいることが不思議だった」

そしてその時はエドウィン・タンこと塚本卓也のスパイとしてＴＥＦＧへの背信を行う人間としてその場にいたことを思い出した。

それから年月が過ぎて今自分が頭取となってここに来ている。

「君の就任祝いと言いたいところだが……実はそれだけではない。全て会った時に話す」

そう言われて来ていた。

その店は専用の入口があり、他の客と顔を合わせることなく指定されている部屋に行くことが出来る。ヘイジがその部屋の襖を開けるとデジャヴのように桂が待っていた。

（ほう！）

桂はヘイジを見て感心した。頭取の顔になっている。地位というものが人間を造るのを桂は目の当たりにしたように思った。

「日本最大の銀行の頭取に相応しい顔になったな、二瓶君」

「馬鹿なことを仰らないで下さい。僕はさっき……ここへ前に来た部長代理の頃と何も変わってないなと思っていたぐらいなんです」

そういうヘイジの言葉が嫌味でないのがヘイジの良さだと桂は思う。

酒が運ばれて来た。

「頭取就任、おめでとう」

「ありがとうございます。でもまだ全く実感が湧かないというか……フワフワしてます」

「俺も頭取になった時はそんな感じだった。やはりどこか現実感がない。だがそれがじわじわと様々な事柄で空間が埋められていく。そして足元に水が迫ってくるような感じを持つ。それが頭取の椅子に座った人間が持つ感覚だと思う」

ヘイジはそうでしょうねと素直に頷いた。

そして早速ですがと……高塔からの電話のことを話した。

「そうか……高塔君が君に。ある意味で宣戦布告ということだな。ＨｏＤの全面戦争の」

ヘイジはこれから一体どうなるのか……と不安を隠さない。

「大丈夫だ！」

桂のその力強い言葉に、ヘイジはヘッという表情になった。

「二瓶君には俺がついてる。君には俺以外にも助けてくれる仲間がいる。だから心配するな。必ず皆が君を助けてくれる」

ヘイジにはその言葉が天の声のように響いた。そしてありがとうございますと頭を下げた。

「珠季から聞いた。大阪で凄く立派な仕事をしていたみたいだね」

ヘイジは微笑んだ。

「はい。地に足のついた仕事を生まれて初めてやった気がしています。そこでやっと気がつきました。銀行マンというのは本当にカネの一面しか知らないんだなということを……」

そうしてヘイジは桂に大阪のシャッター街再生プロジェクトのことを話して行った。

「ＰＥ、プライベート・エクイティ？」

「そうなんです。我々が活用したのはＰＥなんです。銀行からの借り入れだけでなく商店街のお店、小規模事業者たちにＰＥを発行させてそれを投資家に買って貰うことで事業者に資金提供する」

桂はそれを聞きながら自分が銀行員でありながら相場の世界しか知らなかったことに改めて気づかされた。

「PEは本当に無限の可能性を事業者に持たせる道具なんですね。当然事業者もPEの50・1%を保有して事業を維持存続出来るようにする訳ですが、将来その事業を大きくして株価が何倍にもなって売却出来る可能性もある。そう考えると働くモチベーションも全然違って来るんです。そして投資家にとっても買った株を何倍もの値段で転売出来たり、上場して途轍もないおカネを手に入れることだって可能性としてあるとなると……」

ヘイジはそこまで喋って桂の表情がどんどん変わっていくのを感じた。

(この表情は!)

それは桂が相場師として真の相場を張る時に見せる緊張の表情だった。

「そうか……不可能じゃないかもしれん」

そう呟く桂をヘイジはじっと見ていた。それは桂が相場を張る時の熟考している姿であることをヘイジはよく分かっている。

ヘイジは驚いた。

桂の背中から蒼白い炎のようなものが揺らめいているように見えたからだ。

（凄いッ!!）

次の瞬間。桂はそれ以上ない不敵な笑みを浮かべた。

「二瓶君、俺はこれから人生最大の相場を張る。これが俺にとって最後の相場になると思う」

ヘイジは瞑目した。

「戦う相手はマーケットだがその先にいるのはＨｏＤだ。そしてこちらの実弾は五十兆円」

ヘイジは息を呑んだ。

「戦争への武器弾薬を詰め込むのにそれだけのカネが用意されている。日本の相場史上最大の勝負をする。これは不可能を可能にする闘いだ。その為に必要なのは仲間だ。その一人が二瓶君、君だ」

ヘイジは大きく頷いた。

「桂さんへの全面協力、東西帝都ＥＦＧ銀行頭取としてお約束します」

桂は満面の笑みになった。

「よく言ってくれた」

「男の子ですから」

二人は声をあげて笑いながら握手をした。

◇

ヘイジは新頭取となって先ず、取引先への挨拶回りで忙殺された。

恒例の帝都グループ企業への社長訪問で、ヘイジが驚いたのが帝都商事の峰宮社長の対応だった。田辺前頭取からの引継ぎでも峰宮社長の意向を聞かされていたが、ヘイジに対して驚くほど高い評価をしてくれている。

「次の頭取には二瓶君を……」

そう言ってくれていたという峰宮にヘイジは感謝しながら、挨拶に訪れた時、アイスマンの異名で表情を変えない峰宮が懐かしい友を迎えるような表情を見せてくれた。

「二瓶頭取、ご就任おめでとうございます。これは帝都グループ企業だけでなく日本経済にとっても奇貨居《お》くべきもの。これは少し失礼な言い方だったかな？」

ヘイジは微笑んだ。

「峰宮社長には大変なご支援を頂いたと聞いております。社長のご期待に背かぬよう頑張ります。何卒引き続き宜しくお願い申し上げます」

そこからはＲＦＨの再導入への見通しなどを二人は語っていった。そして峰宮が二瓶頭取にとって早速大きな仕事になると思うが、と前置きしてから訊ねて来た。

「帝都鉄鋼へのご訪問はいつ？」

「明日の午後、ですが？」

峰宮が難しい顔になった。

「当社にとってもあの案件は絶対に成功させたいものなんだが……」

ヘイジは頷いた。

「あの案件の成功は帝都グループだけでなく、日本国の為でもあると思っています。私もTEFGのトップとして必ず成功して貰いたいと思っていますし、全面的にお支えするつもりです」

ヘイジの言葉に峰宮は安堵したようだった。

「帝都商事も万難を排して帝都鉄鋼を助けるつもりです。私も自分の持つ全ての力を使う」

ヘイジは微笑んだ。

「峰宮社長のお言葉は力強いです。明日の織田《おだ》社長へのご挨拶でもそのお言葉をしっかりとお伝えして来ます」

帝都鉄鋼。日本最大の製鉄会社として君臨し、長く日本を代表する企業だ。

明治の初め官営製鉄所として発足したが帝都に払い下げられた後、戦前戦後と合併を繰り返しながら巨大企業に発展。バブル経済が崩壊し日本の鉄鋼産業が危機に瀕した際に、リーダーシップを発揮する形で業界の再編を進め、鉄鋼関係企業の倒産を防いで来た功績を持つ。その後は国際化の成功によって製鉄会社として世界第二位の生産高と世界第一位の株式時価総額を誇っている。

その帝都鉄鋼が昨年、米国最大の製鉄会社グレート・ステート・スチール（GSS）の買収を発表した。買収総額は二兆円。GSSは嘗ては米国を代表する企業ではあったが、長年に亘る業績不振と労使紛争から、いつチャプターイレブン（米国の破産申請）となってもおかしくないとされている存在で、帝都鉄鋼による買収は企業と従業員の雇用を守る救済の意味合いが強いものだった。

だが事態は意外な展開を見せる。

「GSSは米国の魂だ！　魂を日本に売り渡すな！」

次期大統領の呼び声の高い地元オハイオ州選出の上院議員がそう声をあげて世論を煽《あお》り、それに大統領が呼応するという展開となっていった。ウクライナや中東の戦争によって高まりつつあるナショナリズムを煽る形となって買収への反対運動と帝都鉄鋼バッシングが始まっていた。

ヘイジは資料を読みながら銀行としての対応を考えていた。帝都鉄鋼の二兆円の買収資金の内、一兆円をＴＥＦＧが融資することになっている。

帝都鉄鋼の織田社長は新任でヘイジは面識がなかった。

（どんな人物なんだろう？）

経歴を見ると中国での仕事が長い。ＧＳＳ社買収は織田社長が積極的に主導してのプロジエクトとなっている。

（……織田社長は大和《やまと》金属出身なのか）

帝都鉄鋼が十五年前に吸収合併した金属大手の大和金属、その出身者が帝都鉄鋼の社長になっているのだ。

（僕と似ているかもしれないな）

ヘイジは想像を巡らせながら丸の内の帝都鉄鋼本社に向かった。


「いやぁ、ご心配かけて申し訳ない」

それが帝都鉄鋼社長、織田誠一《せいいち》の第一声だった。

「いやでも、大丈夫。大丈夫ですからぁ」

少し軽い感じでそう続ける。細面で白髪、鉄屋というよりも銀行にいるような感じの男だった。

名刺交換をしてソファに腰掛けると、織田は真剣な表情で言った。

「二瓶頭取は本当に凄いですね。単なるエリートではなく弱小の名京銀行出身でありながら東西帝都EFG銀行頭取にまで昇り詰められた。ご本人の実力は相当なものと拝察しますが、かなりのご苦労がおありだったでしょうね」

ヘイジは微笑んでそれに軽く応える。

「実力なんてとんでもない。周りに助けて貰ったのと運が良かっただけです。確かに嫌なことは多々ありましたが、今となっては昔の話です。それより織田社長は大和金属時代から中国で長くビジネスをされて来てらっしゃる。それこそ大変なご苦労をなさって来られたのではないですか？」

織田は軽く頷く。

「通算すると十七年中国におりました。北京、上海、広州と中国の激動の時代、楽しいことも嫌なこともありましたが……総じて面白かった。そして人に恵まれたラッキーなビジネスマン人生だったと思います」

ヘイジはそれは本音だと思って、思い切って掘り下げた。

「僕も織田社長も純粋な帝都の人間ではない。『帝都に非ずんば人に非ず』の世界で生きて来たということでは同じだと思いますが……その中でも良き人たちに助けられて来たということですね？」

織田は大きく頷いた。

「その通りです。帝都の名前だけで、意味のないプライドを振りかざして生きている人間もいれば、帝都本来の器の大きさを体現するような人もいる。私は後者に恵まれた。二瓶さんもそうなのでしょう？」

その通りですとヘイジは微笑んだ。

そこから互いのこれまでの足跡を披露し合って人となりの理解を深めていく。

(この人が出世したのが分かるな)

ヘイジは織田の経歴よりも敵を作らない不思議な雰囲気が、この人の強みだと感じた。

(人の言葉を遮らずにちゃんと素直に呑み込んでいらっしゃる。だから人はこの人に対して壁を作らないんだな)

そうしてGSS買収に話は及んだ。

「正直、こういう反応があることはある程度予想していました。ただ同盟国である日本に対して政治レベルでの反応は意外でした。GSSの株主も労組も買収には同意の方向であったのに……ちゃぶ台返しのような感じでここからどう持って行くか……御挨拶の冒頭で大丈夫と言いましたが本音では困っています」

　素直な織田にヘイジはさらに好感を持った。

　政治的な動きを追い風に、安値でGSSを買おうと動く米国内の同業がおり、そこにウォール・ストリートのカネが付けば帝都鉄鋼による買収は流れかねないと言う。

「そうなるとGSSにとっても従業員にとっても株主にとっても良い結果にはならないんですよ。ウォールのカネが入れば、容赦のない合理化で首切りの嵐となってGSSはバラバラに解体されてしまう。当社の買収とは天国と地獄の差なんです。しかし、似非《えせ》ナショナリズムを利用しての金儲けに分があるのが今の米国とも言えますから……」

　ヘイジは少し考えてから織田の真意を知りたいと思った。

「織田社長がGSS買収を社内で主導された最大の目的は何なんですか？」

　織田はそのヘイジを見据えた。

「私は大和金属時代、『安売り王』の罵声をライバル会社、特に帝都鉄鋼から浴びてました。本社の意向を無視してでも、お客さまを喜ばせたい、お客さまが大事だったからです。私の口癖は『お客さまファースト。それのどこが悪い』そうしてお客さまを喜ばせれば、必ず大きな見返りがあると分かっていた。GSS買収は米国のお客さまの為なんです。帝都鉄鋼が大和金属を吸収合併した後で行った日本流の合理化に私は全面的に協力した。その成功の結果は帝都鉄鋼や旧大和金属だけでなく全ての関係者、特にお客さまに大きく還元出来た。全ての関係者がハッピーになった。ＧＳＳにもその成功体験を持って貰いたいんです。それは誰よりも米国のお客さまつまり米国民の為になることが私には分かっているからです。だから成功させたいんです」

その織田にヘイジは言った。

「織田社長、ひょっとしたらＴＥＦＧが問題解決の鍵を握っているかもしれません」

その言葉に織田は驚いた。

◇

ヘイジは東京からＪＲの特急を乗り継いで、北関東にある坂藤《ばんどう》駅に降り立った。ヘイジにとって大事な地である地方都市の坂藤……そこは嘗て戦前・軍国日本の大きな秘密を抱えていた場所だった。

本土決戦で敗北必至となった段階での一億玉砕作戦、その一環として関東全域の水源となっている河川に猛毒を流す計画が準備されその中核施設が坂藤にあった。猛毒の製造と貯蔵がこの地で行われ、戦後もその事実は秘《かく》されたままだった。そして軍のお粗末な管理によって土壌や大気が汚染され長く住民の健康被害が続いていたのだ。
嘗てヘイジがそんな坂藤の地に出来たスーパー・リージョナル・バンク坂藤大帝銀行、その後のグリーンTEFG銀行の頭取となってその事実を知り様々な人々の協力を得て問題の根本解決を行ったのだ。

大きな秘密を抱えていたが故に、閉鎖都市として存在を続けて来た坂藤、戦後その地の運営に君臨していたのが坊条家《ぼうじょう》だった。

坂藤の秘密を一手に引き受け土壌や大気の汚染除去を秘密裏に行っていた。
独自の経済システムで閉鎖都市を運営し、古き良き昭和戦前を体現していた。そしてそれは坊条雄高《ゆたか》という人物が戦後創設した同族企業によって管理されて来ていた。

坊条グループは各種製造業から流通、飲食業まで幅広く展開し、坂藤では大帝券、D券というクーポンが市民の間で時限通貨として流通している。
日本の中で極めて特殊な都市として治外法権のようなものを維持し続けられたのには理由があった。

それは戦前の満州国、大日本帝国が傀儡として創り上げ運営していた国家に起源がある。
満州国、国務院総務庁で経済統括部長であった坊条雄高の父、坊条雄二郎《ゆうじろう》が昭和二十年四月、太平洋戦争での日本の敗色が濃い中、ソ連軍侵攻を察知して満州中央銀行が保管していた膨大な金塊を関東軍機密部隊の助けを借りて日本の坂藤の地に移送、その金を元手に経済官僚が理想とする管理経済都市を誕生させたのだ。

特別地域の維持を担保する為、関東一円の地下水脈に猛毒の化学物質をいつでも流せる設備を廃棄せずに維持し続けることで、中央官庁とそれを裏で動かす闇の組織をも黙らせて来た。

しかし、化学物質による汚染除去などが自力では難しくなり、隠蔽された都市のままでいることが限界となったところで、グリーンＴＥＦＧ銀行の誕生を機に坂藤は変革を迎えたのだった。

ヘイジはその変革に立ち会い、難しい問題を仲間たちと共に解決の方向に導いたのだ。

「やっぱりここは違うな」

ヘイジはそう呟いた。

そこは地方都市ではあるが他の街とは明らかに景色が違う。見慣れたナショナル・チェーンのロゴが殆ど見当たらず『坊条』や『ＢＪ』が付いた店舗が目に飛び込んで来る。ＢＪストアーや坊条自動車販売等々、まったく別の国にやって来たように思える。

坂藤市の産業は坊条グループで成り立っている。坊条建設、坊条倉庫、坊条運輸、坊条石油、坊条化学、坊条商事、BJストアー、BJレストラン等々、坂藤の市民の生活の全てを賄っている。坊条グループの存在によって失業率は全国最低、域内新卒採用に至ってはほぼ百パーセントの内定率を誇っている。

坊条グループは全て非上場でビジネス需要、売上は坂藤市内とその近郊からが殆どだ。例外は坊条化学と坊条薬品で全国展開する企業向け売上を持っている。

坂藤には過去も現在もサラ金は一軒もない。グリーンTEFG銀行でもカードローンの残高は限りなくゼロに近い。それには坂藤の地ならではの気質があるとされている。借金を恥とし貯蓄に励む。そこでの銀行の役割は預かった金を守ること。銀行はそれをやり続けていた。

「人とカネの関係での理想の一つがこの地にはある。それはこれからの日本、そして世界にも必要になる筈だ」

ヘイジはそう考えながら改札を出た。

そこには見知った顔が待っていた。

坂藤大帝本部長の深山誠一《みやませいいち》だ。

「二瓶ヘッド、いやもう本当の頭取ですね。二瓶頭取、お待ちしておりました」

ヘイジはその深山に苦笑いをして言った。

「やっぱりヘッドにして下さい。皆さんとはその方が良いです」

ヘイジはグリーンＴＥＦＧ銀行の頭取時代から「頭取」と呼ばれることを嫌い、皆に使って貰っている呼称が「ヘッド」だった。

「野球のヘッドコーチのようにフットワークが軽そうで良い」

そうして迎えのクルマに乗り込むと直ぐに走り出した。車窓からの坂藤の景色はいつ来ても日本の中なのに日本とは思えない。

道路は戦前満州の計画都市大連を模している為に広く碁盤の目に整備されている。昭和三十年代から都市再開発がなされての整然とした形がここにある。

坂藤市はＪＲ坂藤駅を起点に北と南に向かって放射状に二本ずつ広い道路が通り、その道路を繋ぐように碁盤の目状に道が設けられる形で都市が形成されている。

航空写真で見ると大きなＸの文字の中心に駅が位置しているのが分かる。

市の北側には官庁、ビジネス街、繁華街があり、さらに北は工場群になっている。南側には野球場やサッカースタジアム、広大な市民公園があり、隣接する住宅街のさらに南に田んぼや畑が広がっている。

坂藤駅からは路面電車が縦横に走る形で市民の足となっている。クルマは坂藤市のメインストリートに入り北へ進んでいた。道路の両側には広い歩道と商店が並んでいる。

ヘイジが商店の並びに目をやるとやはり全国チェーンの店は全く見当たらない。

地元の商品や製品、そして個人商店を支援するのが坂藤市の方針になっている。それが地元ならではの商圏を作り、地元ならではの景色と空気を作り出す。

大型の店、百貨店やスーパーは全て坊条系、個人商店の仕入れなど流通面で援助しているのは坊条商事……どの商店も坊城グループの一員といえないこともない。

ヘイジは最初に坂藤を訪れた時には違和感と疑問を持った。

「ここは桃源郷か？　それとも閉鎖された管理都市なのか？」

そのことを思い出しながらヘイジは先日来読み続けて来た資料の内容と照らし合わせながら確信を持っていた。

「この地のあり方、必ずこれが使える」

そうしてグリーンＴＥＦＧ銀行坂藤大帝本部に着いた。嘗ての坂藤大帝銀行本店だ。

ギリシャ風神殿造りは超高層ビルに建て替える前の帝都銀行本店を思い出させる。

古き良き銀行が持っていた重厚な印象そのままの石造りの建物。決して大きくはないが威厳という言葉を思い出させるそれはザ・バンクという雰囲気を醸し出す。それは旧大帝銀行本店の建物でイングランド銀行本店を模して造られたと聞いた。

ヘイジと深山は中に入り大理石の床やイオニア式の柱を見ながら奥へ進んで行った。

古めかしいエレベーターに乗り込むと三階の本部長室、旧頭取室に向かった。

「どうぞこちらへ」

深山に促されて本部長室隣接の応接室に入った。

重厚な板張りの内装、格天井《ごうてんじょう》には装飾ギリシャ文字が描かれている。マントルピースが設えられていてその上には歴代頭取の肖像画がずらりと並ぶ。

ヘイジも危うくそこに肖像画を飾られそうになったが固辞した。

「この部屋は旧大帝銀行の歴史のままにしておきましょう。タイムカプセルとして保存する形にしましょう」

地域を代表する銀行の古き良き時代の姿を留めておくのも必要だと思ってのことだ。

ヘイジは本当にこの坂藤の地に銀行マンとしてたずさわれたことに感謝していた。

「この地のあり方、土地の風土と文化を維持することの大事さ、そして人々が幸福に暮らす為に何をなすべきか……そこに産業や金融がどうあるべきかが詰まっている」

そして今、その坂藤を守って来た人間たちがヘイジにとっての大きな武器になる。その人間たち、三人の男が部屋に入って来た。

坊条グループの総帥、坊条雄高の三人の息子……坊条美狂《みきょう》、清悪《せいお》、哀富《あいと》の三人だ。

三人とも笑顔でヘイジに近づいて来た。

「二瓶ちゃん。やっぱり君は凄いな。本当に頭取になった」

長男の美狂だ。大柄で恰幅が良く七十近い年齢だが脂ぎってギラギラしている。

「兄の言う通り本当に凄いですよ。でも東西帝都ＥＦＧ銀行はちゃんと人を見る目があるということですね」

そう言ったのは次男の清悪、六十代半ばだが中肉中背で俳優のような涼しい顔立ちだ。

「二瓶さんが……我々のヒーローが日本最大の銀行の頂点を極めた。僕は嬉しくて……」

そう言って涙ぐむのが三男の哀富、還暦に手が届くが少年のようなか細さがある。

(この三人が世界を驚かせる)

ヘイジは三人を見ながらそう考えていた。

◇

モンタギュー卿は狐狩りの最中だった。

猟犬が追う狐を馬に乗って狩る英国の古くからのスポーツハンティングだ。

狐を見つけた合図のラッパの音に向かって突進する。子供の頃から興奮を覚えた紳士の嗜《たしな》みをモンタギュー卿は新たな気持ちで楽しもうとしていた。馬に拍車を掛けて森の中を疾走させると全身の血が沸々と滾《たぎ》って来るのが分かる。狐狩りは単なるレクリエーションではない。そこには歴史に裏打ちされた明確な序列、社会の成り立ちが表されている。

(これは貴族のゲームなのだ)

階級による役割分担、それが明確にある。

狩りの参加者である貴族たちはフィールドと呼ばれ数十頭の猟犬を世話する使用人のハンツマンを伴っている。そして貴族の中で最上級の家柄の者がマスターと呼ばれ、狩りの総指揮を任される。モンタギュー卿はマスターとして全員を己の手足のように動かしていく。

「タリホー!!」

狐を見つけた合図の声が聞こえた。

さらに拍車を掛けて馬を加速させる。

(このような……古き良き時代、貴族が貴族として生きられた時代が消え去ってどのくらいになるのだろう?)

モンタギュー卿はふとそう考えた。

するとランボー『地獄の季節』の一節が頭に浮かんだ。

俺は正義に向かって武装した。

俺は逃げた。おぉ魔女よ。おぉ悲しみよ。
おぉ憎しみよ。お前たちにこそ、俺の宝は
委ねられたのだ。
俺は心の中のあらゆる人間らしい希望を
抹殺するに至った。あらゆる歓びの上で、
これを扼殺すべく、獰猛な獣の
静かな跳躍を試みたのだ。

そう口ずさんでから強く言葉を発した。

「フリーズ！」

モンタギュー卿を乗せた馬は止まった。

「ふぅ……」

ゴーグルを外すと、そこはグリーンスクリーンに囲まれたグラウンドだった。

乗っていたのは馬型ドローン、戦闘用に開発された四足歩行の大型ドローンだ。

降りるとナンシーが近づいて来た。

「いかがでした？」

モンタギュー卿は差し出されたタオルで汗を拭った。

「まずまずだね。疾走感は申し分ない。後は森の中の匂いをもう少し強く再現してもらえれば良いね」

「承知しました。空調のアロマを調整します」

そこはロンドン、英国最大の軍産複合体B＆S本社ビルの大深度地下フロアーにある『死の部屋』の中だった。世界最大最強の核シェルターで五十人の人間が二年間、あらゆる面で快適に過ごすことが出来る設備が整えられている。

直ぐそばのテーブルの上にはスポーツドリンクと並んでティーセットが用意されている。

モンタギュー卿はドリンクを一気に飲んでからポットのお茶をカップに注いだ。

最高級のダージリンティーの香りが広がる。英国貴族にとって、お茶はリラックスの為の必須の飲み物だ。モンタギュー卿は温かいお茶でホッと一息ついた。

「ナンシー、現状を映し出してくれないか？」

「承知しました」

グラウンドのグリーンスクリーンにウクライナとパレスチナ、双方の最前線と街の今の様子が映し出された。

どちらも地獄の様相を呈している。ポップアップ画面でこれまで各々の戦争で使用されて来た様々な武器の種類と数量、金額がリアルタイムで表示され在庫数、さらには予定注文数までが分かる。

「地獄とそこに至る金額、数字か……」

モンタギュー卿は死後の世界を信じている。

十八世紀の思想家で科学者そして神学・神秘学者でもあったエマニュエル・スウェーデンボルグの著作を愛読して来ていた。

スウェーデンボルグ自身が体験したことを記したとされる『霊界日記』の中で描かれたもの……そこに描かれている地獄は戦争によって荒廃した街の姿そのものだ。

「私が今の地獄を創った。そして死後に私がいくであろう地獄もこのようなところだ」

スウェーデンボルグによれば現実世界は霊界を映したものである。そうであれば今のウクライナやパレスチナは地獄を模したものということになる。

モンタギュー卿は自分が超越的な何かにその地獄の姿を教えられ、現実世界に創り出しているのだという思いを持つことがある。

「全ては私の運命であり。その運命を強いられる私は全能の存在なのだ」

モンタギュー卿はそう考え、自らがオメガマン、つまり人類最後の人間であるとも考えていた。そしてそれが核兵器の使用をためらわないことに繋がっていた。

「ここは良い。『死への扉』の先にある空間。ナンシー、私はあらゆる意味で私の為に用意された空間だと思う。この空間がある限り私は無限の力を約束されている。真の地獄を創り出す人間、黙示録を実現させる人間として……」

ナンシーはモンタギュー卿のカップにお茶を注ぎながら言う。

「でもそれは〝負け〟を意味しませんか？　ＨｏＤに敗れて相打ちのように世界を破滅させることを想定されているのでしたら、やはりそれは〝負け〟を意味しませんか？」

いや違うとモンタギュー卿はカップに口をつけてから言った。

「ハッキリ言うよ。私は無神論者だが私が好む世界は良き宗教心が民族国家を支配する世界だ。第二次世界大戦までのアメリカ、ＷＡＳＰ（ワスプ／ホワイト・アングロサクソン・プロテスタント）が政治や軍事、経済を支配していたアメリカがひとつの理想だ。社会学者のマックス・ウェーバーが指摘したように、プロテスタンティズムが経済を支配している時代は倫理が強調されて勤労に価値が置かれ、マネーは賎しいものとされていた。もっと古く言えばシェイクスピア『ヴェニスの商人』の世界、そこでもマネーを扱うものは純粋なカソリックの宗教心から忌み嫌われていた。しかし、それがユダヤ教の世俗的合理性に資本主義が侵されてから変わった。〝強欲〟が支配する世界が正当であるとされた。皮肉なもので軍産複合体はそれによって大きく強くなっていく。本来は〝強欲〟とは無縁である筈の軍産複合体、そしてMCMだがいつの間にか〝儲け〟を優先するようになった。その最初の過ちはJFK（ジョン・F・ケネディ）の暗殺だ。自分たちの〝儲け〟に反する行動を公然と示した米国大統領をMCMは近衛兵団を使って暗殺した。私の祖父は当初反対したが、米国最大の軍産複合体ダニエル・グラント社のトップに押し切られてゴーサインを承認した。その後の世界は軍拡の無限連鎖で今に至った。軍産複合体の利益総額は第二次世界大戦前の百倍を超えた。ある意味、我々は大きくなりながら常にマネーに負けて来たということなのだよ」

ナンシーはじっとモンタギュー卿のその言葉に耳を傾けていた。

「では、マネーを扱うHoDには勝つことは出来ないということですね？　剣を人間が動かし、その人間をマネーが動かす限り」

その通りだとモンタギュー卿は頷いた。

「しかし、私は少なくともHoDにMCMを支配させることは許さない。MCMメンバーでありながら、ヘブンズ・ヘブンへの移住を決めた者が少なからずいたことを知って私は戦争を決意した。それは最終戦争、アルマゲドンにまで至る戦争だ。マネーなど何の意味もなくなる世界を私は皆に見せることでHoDから離れるように促したのだ」

ナンシーは反論した。

「しかし、ヘブンズ・ヘブンが核シェルターを完成させたら？　この『死への扉』の先と同じものを持ったとしたら……ＭＣＭとＨｏＤは究極に於いて互角ということになりませんか？　アルマゲドンにも彼らは耐えられる」

　モンタギュー卿は微笑んだ。

「奴らにそれだけの胆力はないよ。マネーに支配されている者はマネーのことだけを考える。マネーの使える世界、マネーを持つ者が優位である世界。ファーストクラスがあり、エグゼクティブ・サービスがあり、燦々と太陽の光を浴びることの出来るどこまでも美しく静かなプライベート・ビーチを欲する。しかし、真のＭＣＭのメンバーは違う。究極のノブレス・オブリージュの持ち主たちだ。闘いの為にどれほどの泥水を啜っても生き抜ける者たちだ。生まれながらにして選ばれし者であるとはどういうことかを教えられて来た者たち……剣を作り続け、剣を磨き続ける者たち。美しき者たちなのだよ」

　ナンシーは納得した表情を見せた。

「ＨｏＤの主要メンバーの素性と居場所は全て洗い出してあります。常に先手を打てるようには整えてあります」

　ナンシーの言葉にモンタギュー卿は頷いた。

　ナンシーが何か呟いている。

「……私は死刑執行人を呼んだ。いまわの際《きわ》に奴らの銃の台尻に嚙みつくためだ。俺は災いを呼んだ。砂で、血で窒息するためだ。不幸は我が神だった」

モンタギュー卿は瞠目した。

それはランボー『地獄の季節』……先ほど自分が馬上で呟いた詩の続きだったのだ。

◇

中央経済新聞の一面に大きくキャンペーン記事が載った。

『転換国債の早期繰上償還を求める』

——財務省と日本銀行が協調した形で四年前に発行された転換国債（ＪＧＣＢ）、それは現在四十兆円の残高で推移している。国の実質的な経済力を国債の発行残高と株式市場の時価総額を足したものと見做すＮＦＰ（新財政理論）を理論的支柱として生まれた転換国債、当初は発行から三年で〝国株〟への転換を目論んでいたが転換は行われず債券としての残高は発行当初のままだ。額面四十兆円の転換国債の担保として日銀が保有するＥＴＦも拠出されたままとなっている。

小紙は日銀が金融緩和政策の一環としてＥＴＦ買い取りを開始した当初から、そのあり方に懐疑的な見方を取って来たが、転換国債に対しても同様の姿勢で臨んでいる。最大の理由は、本来不特定多数の市場参加者による自由で公正な売買が約束される株式市場に中央銀行が介入することへの悪影響である。一時的な株価の上昇に繋がっても、市場での価格形成を大量の株式買いで歪めていくことは有形無形に悪影響を及ぼしているからだ。

その日銀が購入したETFを担保に発行されている転換国債、当初はETFの出口戦略と〝国株〟を創出しての上場益での財政寄与の二兎を追うものとされたが、その存在自体が危ういと小紙は警鐘を鳴らして来た。外国人投資家に国株を大量保有された場合、経済・金融政策そのものを海外のアクティビストの意向に左右される事態を招きかねない。強い言葉となるがそれは売国的行為である。

政府もこのような認識を真剣に捉え、転換国債の早期繰上償還を行う考えであることが関係筋からの情報で分かった。財源として財政投融資を活用したファンド運用益が考えられており、官邸主導でその実現に向けて動き出している。同様のあり方では科学技術発展機構（JSDT）によって運用が開始されたファンド、通称大学ファンドがあるが、ここまで芳しい結果を生んではいない。その反省を踏まえ、真のプロフェッショナルによる運用を今回は行うものとしており、その運用への期待が高まる。

東京・日本橋本石町《ほんごくちょう》にある日銀本店。

総裁の団藤眞哉は職務を終えて地下駐車場から専用車に乗り込むと、運転手に指示して自宅とは別の場所に向かった。

港区六本木のアメリカンクラブ。到着すると団藤はラウンジを抜けて連絡を受けている部屋に向かった。ドアを開けてパーティションの向こうに座っている人物を見て団藤は驚いた。

「に、日本にいらしてらっしゃったのですか……」

亡霊を見るような表情の団藤に男はニコリともせずに言った。

「君が心配になってね。ここまで全てを上手くやって来てくれたが、様々な不測の事態で窮地に陥っていることに、居ても立ってもいられなくなったのだよ」

団藤は申し訳ありませんと頭を下げた。

「いいんだ。ＭＣＭが本気で我々に対抗しようとして来たのはＨｏＤの誤算だ。君の所為ではない」

マジシャンはそう言った。

「それにしても……よく日本に、そして東京にお姿を現されましたね」

マジシャンは微笑んだ。

「私は米国籍の日系人、マイケル・タチバナ……属国の日本には米国人の私に簡単に手出しは出来ない。便利なものだよ米国籍というのは……このアメリカンクラブのように世界各国に治外法権の場所がある。君も早く死んで米国人として蘇ることだな」

皮肉めいた口調でそう言うマジシャンに団藤は笑えなかった。

「君とプロフェッサーを烏丸翁が呼びつけ最後通牒を突きつけた。我々もそれに応えなくてはならないとあの総会で私は皆を鼓舞したつもりだ」

その通りでしたとバーチャルで参加していた団藤は言った。

「ロシアによるウクライナ侵攻が始まってから我々はデミのアドバイスに従って転換国債をフリーズする形を取って来た。私も何故デミがそのようなアドバイスをして来たのかが理解出来なかったが……さすがはデミだと思った。官邸が動き出しただろ。我々が予想もしなかった罠に日本政府が掛かったということだ。これは我々の想像を超えている。デミの見事な読み勝ちということだ。デミからの情報では官邸主導の財政投融資での資金運用、桂光義がファンド・マネージャーとして任命されたとのことだ」

団藤は中央経済新聞の記事から様々に想像を巡らせて、さもありなんと思った。

「デミは？　桂は失敗すると？」

マジシャンは頷いた。

「その結果、日本政府は更なる転換国債の発行を余儀なくされ、米国を始め欧州各国も戦争経済継続の為の財政拡大に転換国債の発行に踏み切ると予測している。労せずして我々の支配する世界が出来上がるということだ」

団藤はそのマジシャンを頼もしく思った。

「で？　私は日銀総裁としてこれから何を？」

マジシャンは少し考えた。

「君がＨｏＤの一員であることは公然の秘密として政府関係者や桂たちには知られているからね。その一挙手一投足は全て監視されていると考えて貰った方がいい」

それは心得ております、と団藤は居住まいを正した。

「逆に言えば君を囮《おとり》にして色んなことが可能だということになる。裏を知られながら表に出ているということは様々な使い道があるということだよ」

冷徹なマジシャンの言葉に団藤は頷くしかない。

「表では君なりの正論を吐いてくれ。『ＨｏＤの意図は変わっていない。転換国債をさらに発行させようとしている』と思わせるようこれまで通りでいてくれ」

分かりましたと団藤は頭を下げた。

「それで……ＭＣＭとの戦争ですが、どうされるおつもりです？　烏丸翁の脅しは只の脅しではないと思います。核兵器が使用された時の各国政府をＨｏＤはどうコントロールされようと？」

マジシャンは少し考えた。

「核兵器は絶対に使わせんよ。その為にＨｏＤはこれから核の発射コードを握っている連中を買収してそれを手に入れる。ＭＣＭに核のボタンはない。ボタンを押すのはＭＣＭの傀儡の政治家や軍人だ。ロシアもベラルーシもそんな傀儡たちからコードを手に入れる。奴らはスラブ民族で身内主義だ。国家や民族の結束などという考え方はない。身内の中で良い顔が出来れば良い。身内に利益が配分できれば良いということだ。欧米の政治家や軍人よりも御しやすい。それにヘブンズ・ヘブンがある。世界最強で最も安全な国家での永住を約束してやればどんなものでも奴らからは手に入れることが出来るからね」

団藤は少し安心した。

「とかくこの世はカネ次第。ということですね？」

その通りだとマジシャンは笑った。

「世界が存在すれば、人間が動かす世界が存在する限り我々が負けることはない。『名誉もいらず、カネもいらず』などという馬鹿は極少数だ。我々はカネの究極を支配している。ヘブンズ・ヘブンの中にね」

同じ頃、ヘブンズ・ヘブンの地下深くにある広大な倉庫、いや大金庫の中にフォックスはいた。

(既に地球上に存在する金地金（インゴット）の半分以上がここにあるということか……)

眩《まばゆ》いばかりの黄金の輝き、フォックスは自分が目にしている光景が現実なのかと疑う。無数のインゴットで形作られた巨大な柱の数々、その存在が放つオーラは太古の昔から人間を虜《とりこ》にして来た金（ゴールド）という存在の持つ力をこれでもかと感じさせる。

次々と専用コンテナで運ばれて来る金塊を見ているとフォックスは自分が神になったように思えて来る。

(歴史上どれ程力のあった王でも、これだけの金塊に囲まれたことはないだろう。もし神が存在するなら……こういう光景の中に身を置いている筈だ)

その後、フォックスは宿舎である七つ星ホテルのスイートルームに戻った。

「？」

直ぐにリビングに置かれているアナログの黒電話が鳴った。受話器を取ると女性の声がした。

「あなたに貸しを返して頂きます」

フォックスは少し緊張した。

「メモを取って下さい」

言われるままにフォックスはノートとペンをテーブルの上に置いた。

「米ドル換算で二十億ドル相当の金地金を来週までに用意して下さい。それを来週水曜ヘブンズ・ヘブンに入港するクルーズ船の食糧庫に分散する形で積み込んで下さい」

フォックスは了解しましたと応えた。そしてどこか軽い調子で言った。

「私への要求としては容易《たやす》いものですね。カネなど幾らでもお安い御用ですから……」

女性は笑った。

「カネを笑うものはカネに泣く。おカネは大事ですよ」

フォックスは苦笑した。

# 第八章　エンジェル

桂は週末、クルマを飛ばして北鎌倉の慈暁寺《じぎょうじ》を訪れた。尼僧となっている佐川瑤子と会う為だ。寺の小間で二人は話が出来た。桂は今世界で起こっていることを全て法衣姿の瑤子に語った。

「私は俗世のあらゆることから離れて自らを見詰め直したいと思い、己に引導を渡して剃髪、得度しました。それからもう長い年月が経ちました。様々な意味で私は仏の下で苦しみから解き放たれる思いで生きて参りました。それは恵まれた環境があったから。自分が棄てた俗世、世界というもの……その世界が大変なことになってしまっている。格差の拡大、社会の分断、そして戦争……そんな俗世から隔絶された、恵まれた環境のこの寺で修行に励んで参りましたが……本当にこのままで良いのかと自問自答しております。自分がやるべきことは今の地獄のような世界を少しでも良くする力があるならそれをやるべきではないのか……そう思っております」

桂は言った。

「急速に世界は非道《ひど》い状況になっている。第三次世界大戦が現実のものになろうとしている今、我々に少しでもそれを回避する術があるなら、そしてその術にたずさわることが出来るなら、今どんな状況にあろうとその立場から逃げてはいけないと思う」

瑤子は桂が澄んだ目でそう言うのをじっと聞いていた。

「佐川くん、君の力がいる。生きている相場をプログラム化する君の力が……。どれほどAIが発達しようと、相場に対する人間の感性は最後の最後で必要になると私は考えている。私自身運用にAIを使って来てそれを実感している。マネーの世界は常に環境の変化を伴う。エントロピー増大の中にあって、今ある環境は一瞬で別の環境に変化しながら相場を決定する全ての要素に影響を及ぼしていく。それを無数の要素の分析に長《た》けたAIが行えるという理屈は正しいが現実は違う。試合に勝っても勝負に負けることにもなりかねない。

私が挑もうとしている相場は結果次第で世界を救うことが出来る。そして前代未聞の大相場になる。私一人ではとても戦いきれない。しかし、私には仲間がいる。その一人が佐川くん、君なんだ」

瑤子は両手を合わせて目を閉じた。

そして立ち上がると小間の障子を開け放った。

「ほぉ……」

桂は思わずため息をもらした。

そこには石組と白砂で作られた美しい枯山水の庭が広がっていたからだ。

広がっているように見えるが狭い庭に多くの石組を配し、中国の北宋画に見られる山水の景観を具現化したものだ。

山や川、滝や海が石や砂で表現され、本物以上に自然の広がりを見る者に与える。滝口を模した大きく聳《そび》える二本の細長い石からは水の音が聞こえるようだ。

「私は何故この寺にこの庭があるのかを入山した時からずっと考え続けて参りました」

桂はその瑤子の美しい横顔を見詰めながら聞いていた。

「想念の世界、人が美の理想とする景観を自然の岩石や砂を使って再現する。それは何を意味するのか？ 私がこうして見ているものは何なのか？ 石なのか砂なのか、それらが景観として溶け込んだ何か別のものなのか？」

桂は訊ねた。

「で？ 佐川くんの結論は？」

瑤子は首を振った。

「日々変わります。その時その時の心のありようで変わる。真に悟りを得たら明確な景観が見えると思っていましたが……そんなものはありません。生々流転、生きているということの意味だけがあると思いました」

桂は瑤子らしい聡明さだと思った。

「ここが潮時かもしれません。還俗して私としての意味を見つける。桂さんと共に世界を救う相場を張ることが私の今としてあると感じています」

桂はありがとうと言った。

「佐川くん、君は強い。仏の道というおそらく常人には計り知れない世界の中で自分を磨いて来た君がここで俗世に戻る決意をすること。そこには途轍もない強さがあると思う。まさに仏に逢わば仏を殺し、祖に逢わば祖を殺す。私も覚悟を新たに出来た」

その桂に瑤子は鋭い目を向けた。

「この相場、取れなければ桂さん、あなたを殺しますよ」

桂は本当に匕首《あいくち》を喉元に突き付けられたように感じた。

「君に殺されるなら本望だ。だがな、私は殺されることはない。何故ならこの相場は必ず取る」

その桂の背中から立ち昇る蒼白い炎のようなものを瑤子は幻視した。

（やはりこの人は本物だ）

瑤子はすっと手を合わせた。

「桂さん。この相場、絶対に取りましょう」

その言葉に桂は大きく頷いた。


翌週、桂はアメリカ西海岸に渡った。サンディエゴ。港に多くの軍艦が停泊していて軍港ではあるが風光明媚な街だ。

桂が会いに行く人物、それはアメリカ最大の個人投資家、ジャック・シーザーだった。

イタリア移民として貧しい環境から身を起こし、巨大外食チェーンを四十代で創り上げた後に事業を売却、手にした巨額の資金で様々に派手な相場を張り一世を風靡《ふうび》した。だが六十代となった九〇年代以降は表に出ることがなくなった。

今も金融市場が大きく動くたびに「シーザー・マネーが動いた」と取りざたされるが……事実かどうかは分からない。

九十歳近い年齢の今では日本円換算で十兆円の資産を持つと噂されていた。

サンディエゴの広大な敷地にある壮麗なシーザーの邸宅はシャングリラと呼ばれ、今は桃源郷に暮らす謎の人物とされている。

桂はホテルにチェックインを済ませると、指定された住所に徒歩で向かった。ホテルからほど近い古くみすぼらしい建物だ。

（初めてここに来た時は本当にここなのかと思ったものだ）

桂は玄関ドア横のインターフォンのボタンを押し名前を告げた。開錠され建物の中に入ると暗く長い廊下になっている。いつ来てもフィルム・ノワールの世界に入り込んだように思える。

廊下の途中に年代物のエレベーターがあり、それで三階まで上った。

（３０４だったな）

桂がドアをノックすると中からドアが開けられた。

「ミスター桂、またお会い出来ましたね」

一九二〇年代のハリウッド女優と見まがうような美しい女性秘書がそこに立っている。髪形や化粧の仕方、タイトなビジネス・スーツ……今の時代のそれではない。

「ミスター・シーザーがお待ちです」

女性はそう言って擦りガラスをはめ込んだドアの向こうにある部屋に案内した。

そこは古いアメリカ映画に出て来る私立探偵の事務所そのもの。二十世紀の初めに建てられた安っぽい煉瓦造りのビル、その中にある貧乏探偵事務所……ダシール・ハメットやレイモンド・チャンドラーの小説世界が好きなシーザーのプライベート・テーマパークなのだ。

窓際に大きな机が置いてあり、そこに一人痩せぎすの老人がスーツ姿で座っていた。

「またサンディエゴまで来てくれて嬉しいよ。マイク」

桂は外国人にはマイクと呼ぶようにして貰っている。

桂はそのシーザーと再会の握手をした。

(相変わらず凄い握力だ)

そう思う桂に「飲み物は以前と同じペリエで良いかな?」とシーザーは訊ね桂は頷いた。

(そして凄い記憶力だな)

桂の前には氷の入ったグラスとペリエの大きなボトルが置かれ、シーザーにはクラッシュ・アイスが詰まったロンググラスとペプシ・コーラ、そしてメーカーズマークのミントジュレップのボトルが置かれた。

シーザーはグラスにコーラとミントジュレップを交互に注いだ。桂は炭酸水で喉を潤してから言った。

「サンディエゴは相変わらず天国ですね」

シーザーは一口飲んでから笑って言った。

「そうそう天国だよ。住み続けると飽きると思ったが……この年齢になると温暖な気候は有り難い」

そのシーザーに桂は単刀直入に言った。

「生涯最大、最難関のディールをやります。第三次世界大戦から世界を救うディールです。一緒に戦って頂けませんか？」

シーザーはその桂を凝視した。

「今、私はもう歳だと言ったのだが……耳に入らなかったかね？」

桂は首を振った。

「あなたは相場師だ。死ぬまで相場師の筈ですよね？」

その言葉にシーザーは薄く笑った。

「もう一度、一緒にあの音を聞けというのかね？　自分の血の気が引く音を、相場の世界で相場に殺される寸前まで行った人間だけに聞こえる地獄の門が開くあの音を……」

桂は大きく頷いた。

「あなたと私はあの音を聞いた。そしてまだ生きている。あの音を聞いた人間で生きているのは我々ぐらいの筈だ。そんな奇跡の人間に生涯最後に与えられた使命。それを果たしませんか？」

シーザーの皺深《しわぶか》い目の奥が光った。

◇

オハイオ州リバーサイドシティ、アメリカ最大の製鉄会社グレート・ステート・スチール（GSS）の本社と主要工場がその周囲に点在する地方都市だ。

嘗ては五十万人が暮らしていたが、今は三十万人を切るまでに落ち込んでいた。「鉄は国家なり」がそこここで叫ばれたGSS帝国の城下町だったころからおよそ半世紀でラストシティ（錆びついた街）と呼ばれるまでの凋落を見せた。

帝都鉄鋼社長の織田誠一がその地を初めて訪れたのは、まだ中国大和金属の社長だった十年前、当時のGSS社長から大和金属に対して秘密裏に売却が打診され、そのデューデリジェンスに東京の本社から命《めい》を受け中国からの渡米だった。

「織田が一番良くわかる筈だ」

東京の本社社長のその一声の人選の結果だ。

織田はただの『安売り王』ではない。中国での生産や在庫管理、流通面の徹底した見直しで効率を上げると同時にコストを極限まで削った上での安売り、つまりそれは『顧客への利益還元』だった。「お客さまファースト。それのどこが悪い」その口癖は本社まで響き渡っていた。

　その織田がオハイオに来てＧＳＳの内情を目の当たりにした。

（似てるな）

　それが十年前の織田の第一印象だった。大和金属とＧＳＳが共に旧態依然とした生産設備と人員構成で、大いに合理化の余地ありというのが織田の認識で、それはデューデリの後の買収推進の結論に繋がった。

（日米同時に合理化を進める。その過程で大きな相乗効果を出すことも見込める）

　それを織田は具体的な工程表にまで落とし込んで役員会に掛けた。

「ん？」

　その役員会に見知らぬ人物がいた。

（あれは……確か）

　それは当時の帝都鉄鋼の副社長だった。

（何故こんな重要な会議に？）

　その時点でまだ織田は知らされていなかった。帝都鉄鋼による大和金属の吸収合併が既に合意済みだったのだ。

　その十年後、織田が帝都鉄鋼の社長に抜擢されたのは、この時の『工程表』がものを言ったからだ。帝都鉄鋼に吸収された後の大和金属の合理化は織田に任され、見事にそれをやり切ったことの手腕が高く評価されてのことだ。

(GSSが俺を帝都鉄鋼の社長にしたようなものだ)

その織田が再びオハイオの地を踏んだのが一昨年、帝都鉄鋼による大和金属の吸収合併で白紙に戻った形だったGSSが再度売却を打診して来てのことだ。その時、織田はGSSの全役員や組合、そして大株主とも会って全員が帝都鉄鋼による買収に前向きであることを知って走り出した。

そこへ横やりを入れて来たのがポピュリズムの流れに乗った地元上院議員のロナルド・ヘンダーソンだった。次期大統領候補の呼び声の高い人物で〝アメリカファースト〟の政策を掲げその中に帝都鉄鋼によるGSS買収阻止があった。『アメリカの魂を売るな!』のスローガンで有権者とメディアを煽っていた。

それまで織田には絶対的な自信があった。

(帝都鉄鋼によるGSS買収で一番得をするのは米国民だ。お客さまファーストがこれほど効く買収はない)

米国の鋼板の価格は高い。国際的な基準で見ると倍の値段で完全な保護産業なのだ。

(それでも利益が出ずに顧客にも従業員にも株主にも報いていない)

織田は大和金属の合理化を陣頭指揮したことで相当な自信を持っている。

「大和金属では一切雇用には手をつけず、全従業員を満足させて合理化を進めた。ＧＳＳでもレイオフはせずに設備や在庫、流通の合理化だけで鋼板価格が半値になっても今より利益が出せる。顧客は大満足で従業員も潤い、株主にも株価の上昇で報いることが出来る」

だがヘンダーソンは感情に訴える。ワンフレーズの「アメリカの魂を売るな！」の繰り返し……さすがの織田も思考停止に陥っていた。

それに救いの手を差し伸べたのが東西帝都ＥＦＧ銀行の新頭取・二瓶正平だ。

「ＴＥＦＧが問題解決の鍵を握っているかもしれません」

その二瓶から連絡があった。

「織田社長の次回訪米の時にうちのチームを同行させて下さい。トラブルシューター、いやフューチャー・クリエーターといえるチームです」

二瓶によるとそのチームは織田より先に現地に入って調査を始めているという。

（一体……どんなチームなんだろう？）

織田はそのチームとリバーサイドシティで定宿としているホテルで会うことになっている。

（……なんだこの連中は？）

そこには男が三人、女がひとり……。ミーティングルームとしてホテルに押さえてある部屋で、その四人と会った織田は人違いかと思った。

男は全て六十代以上の年齢に見え、逆に女はその男たちの孫といってもいいような二十代半ばくらいなのだ。

織田はＴＥＦＧのＭ＆Ａチームを予想し……三十代から四十代の優秀な銀行マンで構成されているとばかり思っていた。

（だが……）

ビジネスの世界で百戦錬磨の織田はその四人からただならぬ〝凄み〟を感じ取っていた。

「あの……皆さんは本当にＴＥＦＧの方なのでしょうか？」

その織田に最も年かさでがっしりとした体格で押し出しの良い男が答えた。

「あぁ、二瓶ちゃんに頼まれてね。帝都鉄鋼を助けてやってくれと……」

（二瓶ちゃん？）

その言葉遣いや態度に怪訝な表情を見せる織田に俳優のような容姿の男が言った。

「ＧＳＳ買収をスムーズに行えるようにする。今の米国の帝都鉄鋼バッシングの世論を変えてそれを可能にする。この買収が米国民の為になることを目に見える形で示す。それが二瓶頭取から我々へのミッションです」

そして年は取っているがどこか少年のようなか細さのある男が微笑んだ。

「一週間前から我々はこの地を見て回りました。それで確信しました。このリバーサイドシティは再び豊かさを取り戻せると……」

その男のか細い雰囲気とは不似合いな強い言葉に織田は少なからず驚いた。

「これが我々がまとめた現状の認識と目標。そして今後の対応の工程表になります」

そう言って、まだ幼さの残る感じの浅黒く日焼けした女性がファイルを織田に手渡した。

「そのお嬢ちゃんは凄いよ。一騎当千とはその子のことをいう」

女性は恰幅の良い男の言葉に「褒められているのか子供扱いされているのか分かりませんね」と笑った。

（エッ?!）

織田は手渡されたファイルの表紙を見て驚いた。

『リバーサイドシティ・リノベーションプラン、アメリカファーストシティの創造』

織田はその頁を繰っていった。その内容は想像を遥かに超えたものだった。

「こッ、これは?!」

俳優のような容姿の男が織田に言った。

「ＴＥＦＧはこのプランに一千億円出資する予定です。アメリカの夢を取り戻す。我々はこの地を調べてケイパビリティがあることが分かりました。二瓶頭取が『リバーサイドシティは坂藤の地に似ている』と仰った慧眼《けいがん》には頭が下がります」

「坂藤？」

聞きなれない地名に織田は首を傾げた。

そこにいたのは坊条家の三兄弟、美狂、清悪、哀富の三人だった。そしてその三人をサポートする為に派遣されたのが吉岡優香。辞表を撤回し、ヘイジの為にＴＥＦＧで働くことを選んだ吉岡に任された巨大ミッションだったのだ。

四人は織田に説明を行った。

リバーサイドシティは嘗て鉄の町として隆盛を誇ったが、その後の鉄鋼産業の凋落でさびれて閉鎖されたような地方都市に成り下がっている。しかし、交通網は道路・鉄道・空路共に整備されていて東西南北のどこからもアクセスが良い。ただ使われていないだけなのだ。

工場地帯と住宅地のあり方もバランスが取れていて、既に使われなくなった工場の跡地も土壌改善をした上での利用で様々な発展が見込めることが分かる。

そこには坂藤の地で戦後行われて来た閉鎖都市開発のあり方をそのまま導入できるものが多くノウハウを知り尽くしている三人がリバーサイドシティを現地調査した結果、折り紙をつけたのだ。そしてそこに吉岡の能力が加わった。『霊峰』を使っての同心円ネットワークビジネスプランの生成ＡＩ版活用で様々なビジネスチャンスが生まれることを示した。

「全米の人気店を集めたモール……嘗て地元の人たちを楽しませた伝統ある競馬場を中心にエンタメパークの誘致、そして……」

そこにある『クーポン発行と活用』という項目が織田には分からない。

「これが地元の人々と産業・企業を結びつけるものになります。地元で新たに創造されたり活性化したりする産業・企業から出る利益、それを地元の人々に還元する道具、真の地元ファースト、そしてアメリカファーストに繋がるものなんです」

説明する吉岡の瞳は輝いていた。

◇

財務省の大会議室では国債発行に関する会議が開かれていた。

財務大臣と事務次官、そして日銀総裁と副総裁が集まる定例の会議にその日は官房長官も出席していた。

「本日の議題は転換国債の早期償還について、ということでお集まり頂いておりますが、ご存知の通り償還財源として財政投融資を利用してのファンドを創設し、その運用益を償還に充てて可及的速やかに償還を行うことになっております」

事務次官の言葉に日銀総裁の団藤が口を開いた。

「待って下さい。何を勘違いされたのか政府は転換国債を増発すべきなのに、早期償還を行う方針を打ち出された。まずその理由を明確にして頂きたい」

それに対しては官房長官が応じた。

「ここでの話は公にされない前提でお話ししますが、嘗て全国会議員の預金口座がハッキングされた事件を主導したとされる組織ＨｏＤが、既発転換国債四十兆円の殆ど全てを保有している可能性が高いとする内閣情報調査室からの報告は皆さまご存知の筈です。ＨｏＤは南太平洋の国、嘗てのニューカレンダルを買い上げヘブンズ・ヘブンという超富裕層の為の国を創設、そこへ富の移送を行っています。歴史的にスイスに保管されていた金地金を日々空輸によってヘブンズ・ヘブンに集めているとのことです」

団藤は笑った。

「またそういう都市伝説ですか？　官邸は一体どうなっているんです？　本当にそんな組織があるのなら国際社会が放っておく筈ないではないですか？」

その団藤に鋭い目を向けて官房長官は言い放った。

「世界中の官僚組織にその力を及ぼしているＨｏＤにとっては容易いことのようです。あらゆる捜査当局も官僚組織です。自分たちの都合の良いように裏で動かして来たということでしょう」

　そして官房長官はなんともいえない目をして続けた。

「内閣情報調査室はそのＨｏＤのメンバーの名簿を手に入れました。それで驚くべき事実が判明しました」

　団藤は平静を装ってその官房長官を見た。

「元金融庁長官の五条健司、前金融庁長官の工藤進、東西帝都ＥＦＧ銀行前専務の高塔次郎の名がそこにありました」

　団藤は驚いた様子になった。

「ちょっと待って下さい。全て死んだ人物じゃないですか？　おかしな話ですね。そんなことを信じろと言う方がおかしいでしょう？　都市伝説のような闇の組織やおとぎ話のような南の島の国の話、そして死者たちがまるで生きているような話など……」

　そこで官房長官は落ち着き払って「ここだけのことにして下さい」と言って、ある写真を見せた。

　皆は驚いた。そこには死んだ筈の五条健司が、写っていたからだ。

「これは羽田空港入国管理局からのものです。米国籍のパスポートを所持し名前はマイケル・タチバナとなっています」

全員が押し黙った。

「こうやって死んだ筈の人間が蘇っている。それも米国人となって堂々と日本に入って来ている。ある意味、これは日本政府への挑戦だと思っています」

団藤はその官房長官に訊ねた。

「何故逮捕しないんです？　どんな理由をつけてでも逮捕して尋問すれば良いではないですか？」

官房長官は首を振った。

「パスポートも全て本物で偽造ではありません。米国籍の人間をおいそれとは逮捕出来ない。そして、その人間が本当は五条健司だとしても既に死んでいると公的には認定されている。扱いは極めて難しいということです」

団藤は「そら見たことか」と思った。

(全てマジシャンの言う通りだ。結局は我々の思惑通りに進むということだ)

そこから財務次官が言った。

「手は出せないとしても、我々はこれ以上のＨｏＤの活動を野放しにする訳にはいかない。特に転換国債を悪用しての国の乗っ取りだけは絶対に避けなくてはなりません。お分かり頂けますか？　団藤総裁」

団藤は難しい顔をして黙っていた。

「早期繰上償還に向けては既存保有者の権利は守らなくてはならない。たとえ保有者が悪意を持った存在であっても、です。日本は法治国家です。そこで既に発行した転換国債の早期繰上償還の条件として付帯条項を付け加えることとしたいと考えております」

それは次のようなものだった。
・既発転換国債の担保とされている日銀保有ＥＴＦに、追加担保として上場投資信託を加える。
・新たに加えられた担保である上場投信の評価額が既存担保の日銀保有ＥＴＦの評価額を超えた場合、既発転換国債は超長期国債に切り替わり、既存担保であった日銀保有ＥＴＦは担保から外されることとなる。
「これであれば転換国債の価値は下落せず、早期繰上償還にも既存保有者からは異存はないと思いますが、団藤総裁如何でしょう？」

団藤は内心ほくそ笑んだ。

（なんだ。ＨｏＤに不利なことは何もない）

そして落ち着き払って言った。

「問題はないでしょう。ただ私としては、今も転換国債は財政不足を補う大きな意義を持った存在であるとの認識は変えておりません。出来れば追加発行を財務省に行って頂き、日銀保有ETFの完全な出口戦略を実現させて頂きたいものです」

団藤はこれまで通りの発言に終始した。アメリカンクラブでのマジシャンの言葉が効いている。

「暫くは君なりの正論を吐いていてくれ。『HoDの意図は変わっていない。君はどこまでも転換国債をさらに発行させようと動いている』とこれまで通りやってくれ」

団藤はここにいる全員が自分がHoDのメンバーであることは先刻承知だと思っていた。

（毒を食らわば皿まで。さぁ、ここからは力勝負だ）

そう思って周りをゆったりと見回した。

不敵な笑みを浮かべる団藤に全員は黙ったままだった。

そうして会議は終了した。

全員が退席した後、官房長官と財務次官だけが会議室に残った。パーティションの裏から男が現れた。

「あれで良かったのですね？」

「ええ……これで大丈夫です」

不敵な目でそう言ったのは、桂光義だった。

ヘレン・シュナイダーは、羽田空港に降り立って感慨にふけった。

「前回東京に来た時、桂光義に敗れ、そして私は逮捕された」

桂との相場での勝負の後、情報操作による相場犯罪で逮捕され収監、巨額の罰金を支払って自由の身になった。そしてそれから……桂との再びの戦いを経て真の友情を結べる関係にまでなっていた。その桂がニューヨークのヘレンを訪ねて来たのが一週間前だった。

「ヘレン、君に仲間としての頼みがある」

（仲間？　私が……）

それまでの人生で「仲間」という言葉で自分が呼んで貰ったことなどなかった。

富豪の娘に生まれてさらに天才故の孤独、それがヘレンという存在そのもので自分もそれが運命だと思っていた。

ヘレンが他人に心を許したのは桂で二人目だ。最初は自分の恋人となった佐川瑤子だ。ビジネススクールのクラスメイトであった瑤子とは直ぐに恋におちた。しかし、その瑤子は仏門に入ってしまい……もう会うことは叶わない。仏道に従うとはどんなことか分からないヘレンには修道女となった瑤子のイメージだけが頭に浮かぶ。

（瑤子がいる日本、そこにこうやってまた足を踏み入れたこと……また私の人生に新たな章が訪れたと思うことにしよう）

桂からはヘレンのプログラミング能力とリアルタイムの相場での臨機応変なプログラム修正能力だけでなく全く新たなことが求められていた

（ニューヨークでその話を聞いた時はとても無理だと感じた。でも……）

桂はこう言ったのだ。

「君が必ず日本に来て良かったと思えるプログラミングのパートナーを呼んである。世界を救う為のディールだ。君の力がどうしても必要だ。その人物も君を必要としている」

自分のことを知っているというその人物は相当なプロフェッショナルだろうとヘレンは思った。

羽田からタクシーで丸の内の桂の投資顧問会社、フェニアムに着いた。東京のどこか緩い空気感を感じながら、仲通りのプロムナードを気持ち良く眺めてヘレンはオフィスに向かった。エレベーターを降りてフェニアムのオフィスのドアを開けた。

ヘレンは全てが夢ではないかと思った。

「……瑤子」

「ヘレン……」

そこには涙を浮かべる瑤子が立っていた。二人は静かに抱き合った。

◇

塚本卓也は全国を旅していた。

それは永平寺での修行の一つ托鉢を思い出させられる新たな修行のあり方にも思えた。

(市井の人たちの営み、そこに幸せがある。あらゆるところに幸せはある。それを見つけ出す。それに触れる。それがこの旅の目的や)

塚本は北海道から沖縄に至るまで、あるリストを手に託されたミッションの為に旅をしている。

(それにしても……ようこんなこと考えるもんやで)

塚本は桂とヘイジの三人での話し合いを思い出していた。

「五十兆円の実弾で相場を張る。二年でほぼ倍にする相場だ。誰もが不可能だと思うだろう。だがな……俺には勝算がある」

そう言う桂がヘイジと塚本にミッションを託したのだ。

ヘイジと塚本がやって来たプロジェクト……それが今度の桂の相場の核になることを聞かされて驚いた。

「要するに宝の山を見つけて来いということですな？」

そう言う塚本に桂は頷く。

「そうだ。宝の山の地図は二瓶君が持っている。それを受け取って君が、塚本卓也とエドウィン・タンの二人の目で宝を見極めて来て欲しいんだ」

そして桂はヘイジに言った。

「この相場は日本だから出来る。その可能性を君と塚本は示してくれた。そして東西帝都EFG銀行の力があって初めて出来る相場だ。頭取としての君の手腕でTEFGの全ての力を結集して欲しい」

ヘイジは「任せて下さい」と微笑んだ。そうして旅に出た塚本の持つタブレット端末にどんどん情報が入って来る。

「日本全国、こんなにもお宝が眠ってるんかァ！　これはホンマえらいことになるでぇ！」

塚本は興奮を覚えた。

そうして塚本は各地で様々な人たちと面談を重ねていった。

肩書は『東西帝都EFG銀行　頭取補佐』

（水戸黄門の印籠《いんろう》やな。この肩書がこんなに威力を発揮するとは……色んな組織や人間を自由に使える。色んな人間がちゃんと話を聞いてくれる。やっぱり日本では大きな組織のブランドは信用に繋がるちゅうことやな。それがまた大きなカネを生み出すことに繋がる。そしてそのカネが幸せに繋がる。必ず幸せに繋げる）

その時、塚本は道元の言葉を思い出した。

生といふは、たとへば、人の舟にのれるときのごとし。

生きて存在するとは人が舟に乗っている時のようなものである。

…………

舟にのれるには、身心依正、ともに舟の機関なり。尽大地・尽虚空、ともに舟の機関なり。

生なるわれ、われなる生、それかくのごとし。

舟に乗ったからには、身も心も環境も、全てが舟というもののからくりのなかということになる。こうしてあらゆる大地もあらゆる宇宙も、全てがこの舟をめぐるからくりのなかにあるということ。生きて存在する自分、自分を生かす存在、とはこういうものなのだ。

「俺が今成そうとしていることは様々な舟に乗るのと同じや。それが成すからくり、それは途轍もないからくりや……そしてそれは途轍もない幸せに通じる。幸せを創り出す。幸せがそこにある。途轍もない数の舟を、大船団を作ったるでェ！」

塚本は不敵な笑みを浮かべてそう言った。

ヘイジは相模原《さがみはら》にある工業科学研究院（工科研）を訪れた。

そこにはスーパーコンピューター『霊峰』があり東西帝都EFG銀行のシステム出張所が置かれている。

ヘイジはAI『霊峰』の開発責任者である新海貴明《しんかいたかあき》とのミーティングに臨んでいた。

新海は東帝大学工学部大学院教授も兼ねるAIの第一人者でノーベル賞候補と目される人物だ。

「二瓶専務、いや二瓶頭取でした。僕は学問の世界しか知りませんから銀行の中のことは分かりませんが凄い出世なんですよね？」

ヘイジは笑った。

「いやぁ、たまたまです。でもこれで新システムは続けられるから良かったですね」

新海は「その通りです」と嬉しそうにした。

それは量子コンピューターだった。

世界中で開発を競って来た量子コンピューターの日本での実用化の目途がついた昨年、新海からヘイジは担当者として導入を依頼されてゴーサインを出した。

「演算速度は桁違いになります。生成ＡＩもさらに能力が上がります。同心円ネットワークビジネスプランは全て具体化されてアウトプットされて来ますよ」

その言葉を信じてヘイジは大規模な予算の増額をシステム開発に認めたのだ。

「それで？　量子コンピューターを使ってのテストランは始まったと聞いていますが？」

新海は「どうぞご案内します」とコンピュータールームにヘイジを連れて行った。

一緒に歩きながら新海はどこか嬉しそうに語り始めた。

「吉岡さんが今アメリカにいらしてますよね。それで彼女から依頼されてのプロジェクトのサポートには量子コンピューターを『霊峰』とシンクロさせています」

ヘイジは驚いた。

「もうそこまで実用化が？」

新海は頷いた。

「量子コンピューターは想像を超えていました。生成ＡＩを活用してのプログラミングというこれまでの常識を超えたもので我々の生産性も桁違いに上がったのですが……前に教えて頂いた禅語の〝九山八海〟あれがプログラムの中で起こっているんです」

〝九山八海〟とはたった一人の悟りが世界を悟らせるという意味を持っているが、そのようなことがコンピューターの中で起きているというのだ。

「頭取が専務の時におっしゃった『利他』という考えをプログラミングに入れること……『損して得取れ』『急がば回れ』……言葉にするとそのような指令をプログラミングの際に入れたことで〝プログラムが悟った〟といいますか……物凄く〝人〟というものを大切にしたビジネスプランが生成されるようになって来たんです」

ヘイジはそれを信じられない思いで聞いた。

「プログラムが悟った？」

新海は頷く。

「そうとしか言いようがないような結果を量子コンピューターは出してきます。量子界での情報処理は未知の領域ですが、人間でいう無意識の更に底にあるもの、想像界の底の象徴界での〝悟り〟或いは〝共有〟〝共時〟というものが起こっているようなんです」

ヘイジは自分の理解を超えていると思ったが、嘗て好きで読んだことのある心理学のことを思い出した。

「今新海さんは〝共有〟や〝共時〟とおっしゃいましたが……それはコンピューターの世界での〝集団的無意識〟や〝シンクロニシティ〟ということですか？　それがディープラーニ

ングによって起こると？」

　新海は首を傾げた。

「いや、そこなんです。それがディープラーニングから起きているなら結果は予測されるんですが、大きく予測を超えたような結果が出て来るんです。まるで別の存在がいてその存在と相互に情報のやり取り……痕跡は全く無いのですが……をしているとしか私には思えない結果が出て来るんです」

　ヘイジは分からないながら質問を重ねた。

「それは量子コンピューター特有のものなんですか？」

「そうとしか言えません。これまでのコンピューターではこんなことは全くありません。理論的にもまだ確立していない量子界での現象は謎なんです」

　そうして二人はフロアーの中心部にやって来た。

「これが量子コンピューターです。おそらく世界で三台目のものと考えられます」

　ヘイジはその外観に驚いた。

　小型のパイプオルガンのような格好のそれはこれまでのコンピューターの形状の常識から外れている。工科研で国家プロジェクトとして開発されて来ていたその量子コンピューターは新海のプログラミング能力があって初めて実用化されたものだった。

「このパイプそれぞれに違った量子界が存在しています。そこでの情報のやり取り、理論物理学で考えられる量子の世界では、今ここにあった量子が次の瞬間には宇宙の果てにあるとされます。ただそれは〝情報としてではない〟とされていますが……このコンピューター内では現実にそんな量子の移動が〝情報として〟行われているのではないかと私は考えています」

ヘイジは驚くしかない。

「先ほどこれは世界で三台目だとおっしゃいましたね？　他の二台はどこに？」

新海はあくまで推測ですがとして、

「一台はイギリスにあると思います。もう一つは……スイスと思われます」

科学者や技術者の存在からの推測だという。

「イギリスは軍産複合体が持っていると考えます。スイスは……謎です。スイスですが……開発に携わっていた科学者たちの消息が分からなくなっているんです」

◇

フォックスはヘブンズ・ヘブンでマジシャンが戻って来るのを出迎えた。そのマジシャンが連れている男を見てフォックスは笑った。

「KOされた後の顔だな」

それは東西帝都EFG銀行の前専務、焼身自殺した筈の高塔次郎だった。フォックスこと工藤進は東帝大学拳闘部で共にボクシングに励んだ日々を思い出していたのだ。

マジシャンはそのフォックスに言った。

「こちらはサミュエル・タカダ。我々同様、日系三世の米国人ということになる。HoDのメンバーとしてタワーと呼ばれる」

タワーはフォックスを小突いて笑った。

「お前は良かったな。長い収監生活を経験しなくて、さっさと死んだお陰で楽が出来たな」

フォックスは苦笑した。

「まぁ何事も経験だ。生きている証だったと思えば良い。死んでみれば分かる。死者として生きることがどんなものか……」

そのフォックスにマジシャンは言った。

「まだまだ修行が足りんね。この世界の面白さが分からないとは……闇の中で生きることの歓びが分かればこれほど楽しいことはない」

フォックスは勉強しますと神妙な表情になって頭を下げてから訊ねた。

「ところで転換国債はどうされます？　セントラルとは東京でお会いになったのでしょう？」

セントラルとは団藤眞哉日銀総裁のことだ。

「日本政府が早期繰上償還に動いているのは知っているね。その財源はお笑いだろ？　博打で作ると真面目に動いているのだから」

フォックスはそのマジシャンに頷いた。

「財政投融資を活用してのファンド運用、大学ファンドの失敗で懲りない官邸の連中の愚の骨頂というやつですね。ところでそのファンドは『プロのファンド・マネージャーが運用する』とのことですが、一体誰が？」

マジシャンはなんとも言えない目になって答えた。

「桂光義、老いたばくち打ちだ。あの男に五十兆円ものカネを託すらしい」

フォックスは驚きながらも自分たちとの因縁を感じた。

「HoDにとっての仇敵《きゅうてき》ですね」

マジシャンは頷いた。

「今度は表に出ての勝負になる。だがこの勝負、最初から勝敗は見えている。あの男は失敗し日本中から罵声を浴びて表舞台から退場せざる得なくなる。デミは桂の完全な失敗を予測している。成功確率0・1%と弾き出した。我々は何もする必要はない。高みの見物を決め込んでいれば良いが……万一に備えての準備は整えておく。なんにせよ、転換国債は一円たりとも償還させないで我々が支配を続ける。日本政府を支配する切り札は保持し続ける。そしてMCMとの最終戦争に勝つ為にも転換国債の枠組みを失ってはならない。欧米各国にも転換国債を発行させることでの完全支配は我々の究極のミッションだからね」

そのマジシャンに二人は頷いた。

「さぁ、タワーにあれを見せてやろうじゃないか。人間としてあれを見ることの意味、何を感じるか……」

その言葉でフォックスが二人を先導して歩き始めた。

そうしてヘブンズ・ヘブンの空港施設の一角を三人は目指した。何の変哲もないエレベーターに乗り込んで地下まで降りた。

エレベーターのドアが開くと長い廊下になっていて、そこを歩くとまた別のエレベーターのドアの前まで来た。不思議なことに行先ボタンがついていない。

フォックスが上を見上げるとそこにカメラがあり顔認証が行われた。暫くするとドアが開いた。

乗り込んでタワーが驚いた。恐ろしいほどの速さでエレベーターは降下していく。

「一体、どのくらいの深さまで降りるんですか？」

タワーの質問にフォックスが答えた。

「ヘブンズ・ヘブンに戦略核ミサイルが直撃してもびくともしないところまでだ。地下三百メートル、世界で最も安全な場所だよ」

長い時間が経ったと思われた頃にエレベーターは停止した。

そしてドアが開いた瞬間、タワーは唖然となった。想像はしていたものの実際のその光景は凄まじい輝きを放っていてこの世のものと思えない。想像を絶する数の黄金の山脈なのだ。

「この地球上の金地金の半分がここにある。空港に専用のコンテナで送られて来て、後は全て無人システムで搬入が行われている。これを見た人間は皆自分が神になったかのように思う。過去のどんな支配者でもこれほどの黄金に囲まれたことはないからね。凄まじい数の黄金が放つオーラ……これを浴びれば自分が全能の存在になったかのように思える」

フォックスの言葉に忘我の表情を崩さないタワーに対してマジシャンが重ねて言った。

「これは我々の組織の歴史の証だ。闇の中で生き続けて来た諸先輩、今組織を動かしているメンバー全ての存在の証だ。闇の中にある真の輝き、これを見られるのは我々三人だけだ。そしてこの輝きは支配の証でもある。これだけの黄金があれば何もしなくても人類を未来永劫支配出来る。通貨という概念がある限り我々はその究極を握っているということだ。通貨などというものの基盤は脆い。通貨だと皆が信じるのはそれがその価値を維持できると信じているからだけだ。しかし、MCMが考えているように第三次世界大戦が起こった時、ドルやユーロ、人民元や円が本当に通貨として価値を持ち続けられるかは大いなる疑問だ。MCMは死を旗印に行動するが、世界最終戦争の後も人は生き続ける。その時に何を糧にするか。国家というものや共同体を再生させようとして何がいるか。必ず通貨が必要になる。剣よりもマネーは強いのだ。そしてそのマネーの信用を裏打ちさせる究極のもの。それがこの輝きだ。人間は生物であり、生物は物質だ。物質は物質を好む。バーチャルの世界が戦争で破壊された後にはまた物質の世界になる。その時にこの黄金の山のことが語られる。いや未来だけではない。今この時も、この黄金の山のことは世界各国の政官財の要職にある者たちやセレブたちの間で語られている。その意味が分かるかね？　既に我々は勝利しているのだよ。それはMCMに対してだけでなく全人類に対して。全人類の心を支配しているということなのだ。この輝きはそのことを教えてくれているのだよ」

そのマジシャンにフォックスは訊ねた。

「ヘブンズ・ヘブンの通貨発行はいつにされる御予定ですか？　その時、世界中の中央銀行は恐れおののく筈ですが？」

マジシャンは鷹揚に頷くと言った。

「世界唯一の金本位制通貨、兌換紙幣の発行、これさえあれば転換国債などどうでもいいということだ。発行した瞬間から途轍もないプレミアムが付くのは火を見るよりも明らか。世界中でこの通貨の取り合いになる。兌換の金単位以上の値段が対各国通貨で付けられる筈だ。究極のシニョリッジ（通貨発行による特権）を得る。想像するだけで神になったような気がするね。あらゆるものがカネで買える現在、そのカネを完全に支配するのだから……モンタギュー卿は死を恐れぬ精神こそがあらゆるものに勝るとノブレス・オブリージュの夢を見ているようだが、人間はそんなものではない。どんな状況でも生きていかなくてはならない。その為に必要なものはカネだ。カネを持つことは生きること。未来への投機だからね」

フォックスもタワーもそのマジシャンの言葉に聞き入っていた。

ようやく落ち着きを取り戻したタワーはフォックスに訊ねた。

「この莫大を金地金を運び込んでいるシステムはどうなっているんだい？　巨大なエレベーターがあるのだろ？」

フォックスは頷いてそこまで案内した。

大型の無人フォークリフトが何台も忙しく動き回っている。

「金地金運搬用のロシア製巨大貨物機が空港に到着すると、専用コンテナが自走してエレベーターに入って来る。エレベーターの周囲に人間を感知すると全てのシステムは止まり入口は瞬時に閉鎖される。金地金をこうやって見られるのは我々三人だけで、あとはデミがやっている」

「デミ？」

タワーの問いにマジシャンが答えた。

「デミウルゴス……全知全能の存在だよ。プラトンが創造した神の名を冠した究極のAI、それも量子コンピューターだ。本体はスイス、ローザンヌのホテル、ボー・リヴァージュ・グランパレの地下にある」

「量子コンピューター……もう既に実用化されていたんですね？」

フォックスは頷いた。

「量子コンピューターの導入でAIは桁違いの性能を発揮するようになった。ヘブンズ・ヘブンのインフラ建設も99％自動化、二十四時間三百六十五日稼働して進捗している」

感心しているタワーにマジシャンは言った。

「デミがいれば何も恐れることはない。MCMがどう動こうと物理的に排除出来る」

そのマジシャンは思い出したように言った。

「ヘブンズ・ヘブンが発行する通貨の名称はエンジェルとする。良い名前だろ？」

# 第九章　大戦前夜

日本全国を巡る塚本卓也の旅は続いていた。

そこは小笠原諸島。塚本は二十四時間船に乗って生まれて初めて訪れた。太陽の輝きや空気は日本のそれではない。

(日本は本当に広いな。そして宝の山は至る所にある)

塚本は禅寺での修行以上に、自分がこの旅で成長しているのを感じていた。禅の修行は己と向き合うことだが、この旅は世の中と向き合うことになる。

(世の中は広く深い。誰も見向きもしなかったものが視点を変えるだけで宝物だと気づく。こんなに色んなものが今の日本にあって誰もその価値に気がついてない)

それは塚本の実業家としての目とファンド・マネージャーとしての目、その特別な視点があって立ち現れて来るものだ。塚本は改めて自分の運命というものを思うと共に仲間の存在を思った。

（ヘイジや桂さんがおってこそ、この俺の目が開かれた。俺が生きている本当の意味を教えられた。それがこの旅、新たな修行で分かった）

父島の港に着くと迎えの人間が来ていた。工学科学研究院（工科研）から派遣されている若い科学者だ。

「お待ちしていました。長い船旅の後で申し訳ありませんが、直ぐに出発になります」

塚本は「全然大丈夫です」と迎えのクルマに乗り込んだ。港のほど近くのヘリポートにヘリコプターはエンジンを掛けて待っていた。

「ここから一時間ほどになります」

乗り込んだ塚本は太平洋をさらに南下した。

そうして大型の船が見えて来た。ヘリコプターは慎重に着艦し、降り立った塚本は船内に案内された。様々な計器が並ぶ実験室のような部屋で、その人物は待っていた。

「工科研金属工学室長の財前《ざいぜん》です」

財前尚弥教授、日本における希少金属研究の第一人者でこのプロジェクトのリーダーだ。

挨拶もそこそこに「では、早速観て頂きましょう」とそれを取り出した。

「……これが？」

握り拳くらいの大きさの黒い塊だ。

「重いですね」

塚本が取り上げるとズシリと来る。

「マンガンノジュールです。太古の海の底に沈んだサメの歯や石の周りに数百万年から数千万年かけて金属が付着して出来たものです。マンガンが約20％、コバルトやニッケルが1％程度含まれています」

塚本はそれを握りながら「まさにお宝ですね」と笑った。それは希少金属の塊なのだ。マンガンはEVに使われる電池、コバルトはリチウムイオン電池の材料、そしてニッケルはステンレス合金になくてはならない材料だ。

財前は十年前、無人潜水機を使って水深五千メートルから六千メートルの南鳥島沖の海底をくまなく探査し、このマンガンノジュールを大量に発見した。

「およそ一万平方キロメートルの範囲にマンガンノジュールが約二億三千万トンあることが確認出来ました。それを調べるとコバルトの資源量が六十一万トン、ニッケルは七十四万トンと試算出来ます。この量だと……コバルトで国内消費量の七十五年分、ニッケルは十一年分の資源量になります」

「そんなにあるんですかぁ……」

既に塚本のファンド・マネージャーとしての頭脳は、これを事業化した場合の株価の時価総額を計算していた。その塚本に財前は自信ありげに言う。

「マンガンノジュールは金属密度が高く本当に良いものがあります。レアメタルの殆どを輸入に頼る日本にとって、この採掘が産業化出来れば極めて大きなものになります」

財前はその他にも希土類を多く含み『レアアース泥』や『コバルトリッチクラスト』を発見していると付け加えた。

「こちらも採掘や精錬が実用化出来れば……物凄いことになります」

塚本は話を聞いてリアリストとしての質問をした。

「実用化の目途が立つマンガンノジュールは今の技術でどのくらいの採掘が可能なんですか？」

「一日当たり二千トンから三千トンは可能です。上手く行けば一万トン近い量まで行けるかもしれません。実証実験は始めていまして結果は良好です」

塚本はその財前に即決で提案した。

「採掘から精錬まで……コンソーシアム（共同事業体）でやりましょ。お膳立ては全てＴＦＧがやります。資金調達の金額は六百五十億円、その辺が妥当ちゃいますか？」

財前は驚いた。塚本は更に言う。

「事業化を前提とした採掘船の建造費などを含めるとそのぐらいやと思いますけど……どな

いです？」

それは財前が事業化で算定したものと同じ金額だった。

（この塚本という人、凄い！）

財前は宜しくお願いしますと頭を下げた。


その三日後、塚本は仙台にいた。

「仙台、石巻《いしのまき》、それと米沢の三社か……」

タブレット端末に入って来る同心円ネットワークビジネスプランでした質問が、返って来ていた。

「要求通りの技術が見込まれるのがこの三社ちゅうことやな」

そうして塚本は仙台にある青葉城マテリアルという会社を訪れた。小規模の企業だが日本有数のニッケル精錬会社だ。

社長は塚本が差し出した名刺を見て言った。

「お取引頂いている東西帝都ＥＦＧ銀行仙台支店からの電話で驚きました。頭取補佐が当社のような中小企業にどのような御用ですか？」

創業者の息子で元商社マンの社長は、塚本の風貌と言葉遣いに本当に肩書通りのエリート銀行マンなのかと怪訝な表情だ。

「いやぁ……社長に耳寄りな話ですわぁ。少なく見積もっても年商十億は下らん商売のネタを持って来ましたんや」

胡散臭《うさん》いなぁと思いながらも社長は塚本の話を聞き続けた。

「マンガンノジュール？」

塚本は実物を社長に手渡した。

「御社の技術があればこいつからマンガン、コバルト、ニッケルを上手に精錬して取り出して貰えると思いましてな」

社長は直ぐに技術担当のトップを呼び出した。技術担当がそこに現れた。

「マンガンノジュール！　どうしてここに？」

そこからはその担当が、社長にマンガンノジュールについて説明した。

その担当はマンガンノジュールの精錬には問題があると言う。

「マンガンノジュールの精錬に関しては七〇年代以降、技術研究が進んで来ました。溶錬硫化‐浸出法や塩酸浸出法、高温加圧硫酸浸出法などがありますが、最も実用性があるのがアメリカのユタ州にある鉱業・精錬会社のGCC社が特許を持つGCC・CPという方法です。常温・常圧で処理でき環境問題もクリアーし操業コストも安くすみます。回収率も高くニッケルで90%、コバルトで70%、銅は90%回収出来ます。ある意味このGCC・CPで決まりなんですが……これだとマンガンの回収が出来ないんです」

塚本はその担当をじっと見て言った。

「御社の現行の工場に増設する形でGCC・CPのプラントを建設することは可能ですやろか？」

担当はチラリと社長を見てから可能ですと答えた。

「ですが仮にそのプラントを作ったとしてもマンガンが回収出来なければ採算はトントンでしょうね。当社にとってそれほどのメリットはないと思います」

そう言う担当に塚本はタブレット端末を見せた。

「ざっと見て貰えますか？」

そうして担当は頁を繰った。

「これはッ?!」

塚本は驚く担当に言った。

「TEFGの研究所のAIが見つけました。石巻にある精錬会社の東北メタルと米沢にあるその兄弟会社の会津メタル、それぞれの研究者が共同で特許出願してるもんですわ。GCC・CP処理法での浸出残渣《ざんさ》からのマンガン回収プロセスがここでは確立されてますやろ？」

担当はそれを読み進めながら頷く。

「なるほど！　こういうプロセスがあったのかッ！　これは使える！」

塚本はその言葉で微笑んだ。

「社長、どうですやろ？　うちのＡＩは先ずこの特許を今の段階で買うた上で御社が持ってるニッケルの精錬特許とＧＣＣの特許をバーターすることを提案して来てますんや。それでプラントを新設してマンガンノジュールの精錬を行う。その資金調達として――」

それから塚本はタブレット端末を社長に見せた。

「これがうちのＡＩが予想した御社の今後の収益推移ですわ。十年後の売上は三倍、経常利益は五倍にまで膨らんでますで！」

社長は仰天した。技術担当はその社長に言った。

「これはチャンスです！　無尽蔵かもしれないマンガンノジュールを、当社が完全精錬出来たら途轍もないことです！」

塚本は社長に言った。

「社長、ＴＥＦＧは御社の仲間です。一緒にやりましょ！」

◇

ヘイジは朝一番で丸の内の桂光義の投資顧問会社フェニアムを訪れた。

「それにしても塚本は凄いな。全国を托鉢して歩きながらとんでもないお布施を次々手に入れてる」

桂の言葉にヘイジは頷いた。

「AI『霊峰』の同心円ネットワークビジネスプランが示す可能性を塚本のような人間味溢れる男が実現してくれている。凡庸な言い方ですがデジタルとアナログの真の融合……本当にそう感じます。道具もそうですが仲間は何より有り難いですね」

桂はそう爽やかな顔つきで言うヘイジを感心して見た。

「君が頭取になって本当に良かった。TEFGが中心になって日本の金融や経済がこれで大きく変わる」

その桂を見据えてヘイジは言う。

「それはこれからの桂さんの相場次第……ですよね？　TEFGとフェニアムとのタッグが本当の意味を持つのは？」

桂は大きく頷いた。

「その通りだ。ある意味これから俺たちが行おうとしているのは大逆転の構図を持っている。日本という国は戦後の高度経済成長からバブル期を経て、その崩壊後の長いデフレによってグローバリゼーションで強力になった諸外国の後塵を拝するようになった。ガラパゴスなどと揶揄《やゆ》されても来た。だがそれは表面上の話で実はこの国は途轍もない可能性を秘めていたんだ。それを我々が露わにする」

ヘイジはその言葉に胸が熱くなった。

「桂さんのアイデアを聞いた時はただただ驚きましたが……〝大逆転〟の意味を知ると本当に我々が今を生きている重要性を感じます。自分が頭取であることの今を……」

桂は「頼むよ」とヘイジに微笑んだ。

「AI『霊峰』の同心円ネットワークビジネスプランをベースに様々な〝武器弾薬〟は出来あがっていきますが、それを〝相場で使えるようにする仕組み〟の方は大丈夫ですね？」

ヘイジが訊ねると桂はニッコリした。

「心配するな。餅は餅屋だ。君も驚くような人材をフェニアムに集めた。おそらく相場の世界のプログラミングでは五本の指に入る人材が二人揃っている。前代未聞のプログラミング……それこそ超アナログをスーパーデジタルで分析する能力、それを備えた二人だ」

その言葉は力強いものだった。

「二瓶君、今度の相場は政府や財務省・金融庁、そして金融・経済界を味方につけておかなくてはならない。官邸と霞が関は俺がキチンと話をつけておくが……財界の方の纏めをよろしく頼むぞ」

ヘイジは「承知しています」と頷いた。

「帝都グループは三金会を通じて、財界の方は……別ルートでしっかりと押さえますので」

フェニアムを出た後、ヘイジは専用車で赤坂に向かった。都心のエアポケットのような一千坪の森に囲まれた場所、柳城《りゅうじょう》流茶の湯本部だ。柳城流茶の湯……謎の人物である初代宗匠柳城武州は徳川家康の茶頭を務めたとされ、武士の茶の湯の流派として江戸時代から連綿と続いていた。

ただの茶道の流派ではなく歴史を創る者たちの結社としての性格を持ち、明治維新の後も日本を動かす者たちが門人となっていた。令和の世でも特別な地位にある者だけが入門を許され、誰が門人であるのかは明かされないし、門人である者も自ら明かしてはならない。

門人と宗匠だけがその絆を結ぶ……一対多の関係が柳城流茶の湯であり、門人の誰一人他の門人を知らないということで、秘密結社よりも秘密が守られる組織になっている。

茶会は月のない夜、森の中の茶室で行われる。灯りは宗匠の手元の小さな蠟燭《ろうそく》一本。茶室の中は殆ど闇。そして、茶会では宗匠以外一言も発してはならない。茶会に参加している者が誰なのか……誰も知ることが出来ない。

そして……誰も宗匠の素顔を知らない。門人が宗匠と直接対峙するのは茶室でのみ、その時、宗匠自身は隠された空間か闇の中にいてその姿を見ることは出来ない。声はするが……男なのか女なのか、年配者か若者か……分からないのだ。

だがただ一人、現在の柳城流茶の湯の第十三代宗匠柳城武州が誰なのかを知る者がいた。それがヘイジだ。嘗て東西帝都EFG銀行の中に『グリーンTEFG銀行準備室』が設立されその室長に任命されたヘイジの部下となった桜木祐子《さくらぎゆうこ》がその人だ。

共にグリーンTEFG銀行の設立に尽力し坂藤の問題にも対処して来たヘイジにとって頼もしい部下だった。当然だが桜木の秘密をヘイジは他言していない。

ビルに囲まれた森の中にヘイジを乗せたクルマは、吸い込まれるようにして入って行くと本部建物である柳城会館の前に停まった。

その前に若い男性が待っていた。

「二瓶頭取、どうぞこちらへ」

そうしてガラスとアルミ、コンクリートからなるモダンな柳城会館の中に案内された。

応接室に通されると、直ぐにスーツ姿の桜木祐子が現れた。

「二瓶頭取、こちらから就任のお祝いに伺わなくてはならないところ……わざわざ御足労頂き申し訳ございません」

ヘイジはその桜木に笑った。

「柳城流の宗匠にお目通りを許される者はいないと聞いているからね。こうやって話が出来るだけで畏れ多いよ」

ヘイジは桜木に面談の申し入れをした時に、くれぐれも茶室は止して欲しいと言っておいていた。

「柳城流としては頭取となられた二瓶様には茶を差し上げなくてはならないのが流儀なのですが……たっての願いということで私もこのような格好で失礼致します」

「お茶席とかは僕には向かない。昔の感じでこの方が良いよ。上司と部下だったあの頃は楽しかったしね」

「本当に……準備室の皆が個性的でしたし、仕事も特別なものでしたから良い経験をさせて頂きました」

桜木はその時のヘイジのリーダーシップを思い出していた。周囲の人間たちが本気でこの人を助けてあげようと思わせる、独特の魅力がヘイジを頭取にまで昇り詰めさせたのだろうと改めて思った。そのヘイジが真剣な面持ちで言った。

「実は桜木君、いや柳城流宗匠の柳城武州氏にお願いがある」

桜木はそのヘイジをじっと見た。

「世界そして日本は今、大変なことになっている。君もおそらく独自の視点から分かっていると思う。世界や日本を最悪の状態に持って行かない為のプロジェクトを今僕は仲間たちと進めようとしている。君に協力して欲しいんだ。日本の政官財を裏で動かせる力を持つ君に……」

ヘイジの澄んだ目に引き込まれそうになりながら、桜木は落ち着いて応えた。

「私にどのようなことを？」

「実は――」

そこからのヘイジの説明に桜木は驚いた。元銀行員として金融の知識が十二分にある桜木は、そのプロジェクトの詳細を聞きながら、「それは不可能」と思いながらもヘイジなら実現できるかもしれないと思った。

「これからやろうとすることは超大逆転ということなんだ。日本という国をこれで救う。そしてそれが第三次世界大戦を起こさないことに繋がり、世界を救える」

桜木は暫く考えた。

「二瓶頭取、やはり茶室にご案内します。そこで私からのお返事をさせて頂きます」

ヘイジは驚いたが桜木に従うしかないと思った。

「お茶席での所作は何も知らない。それでも良いね？」

勿論ですと桜木は言った。

桜木が部屋を出て暫くしてから先ほどの若い男がヘイジを迎えにやって来た。ヘイジは男に連れられて庭の方に向かった。

大きな欅《けやき》や楠が茂る都会とは思えない景観の中を歩く。ヘイジは夏目漱石の『草枕』の世界の中にいるように感じた。

「深山幽谷とは……こういうところかな」

空気がそれまでとは明らかに変わった。森や茂みと自分が一体になっているかのように感じた時、まさにその場に相応しい東屋が見えた。中にはいるとそこは待合と呼ばれる部屋でそこを抜けて茶室に案内された。

いつの間にか案内の男が蠟燭を燭台にのせて持っている。それで闇の中の路地を進む。そうして躙《にじ》り口から茶室に入った。三畳間の茶室の土壁には藁が混じり、腰壁には反故紙《ほごがみ》が貼ってある。

ヘイジがそこで一人座っていると人の気配がした。霰釜《あられがま》から松風の音が響く。

どのくらい時間が経ったか分からない頃、ヘイジの前にすっと黒い茶碗が置かれた。

それは柳城武州が一生に一度、人生を賭ける茶会に使う長次郎茶碗だった。

そんなこととは知らないヘイジがその茶を呑み干すと亭主は言った。

「二瓶頭取のお気持ち、しかと受け止めました。柳城武州、力の限り頭取をお助けします」

ヘイジはただ「ありがとう」とだけ言った。

◇

中央経済新聞の一面にその記事は載った。

――財務省は転換国債の早期繰上償還を正式に発表した。

今後二年以内に既発転換国債40兆円全てを繰上償還する目標を掲げ、原資には国債の新規発行ではなく財政投融資を利用したファンドを運用し、その運用益が充てられる。

これにより既発転換国債保有者（大半は外国籍ファンド）の不利にならないよう、現状の日銀保有株式ＥＴＦに加えて上場投資信託を担保として加える追加条項（アメンドメント）が入れられる。

それによると追加上場投資信託の評価額が日銀保有ETFの評価額を上回った場合、既発転換国債は自動的に超長期国債（三十年物割引国債）へと転換され日銀保有ETFは担保から外され、代わって追加された上場投資信託が担保とされるとしている。

転換国債は割引国債であることから、同様の割引国債である超長期国債へと転換されても金利支払いは発生しない為に財務省の負担とはならない。

転換国債は発行後、ロシアによるウクライナ侵攻やパレスチナ戦争などの世界情勢の混乱からの金利上昇と株価の下落で〝国株〟への転換申請は行われてこなかった。

今後の〝国株〟への転換は二年以内に限られ、以下の条件でのみ認められるとしている。

ＴＯＰＩＸが前週末終値から五営業日以内に10％以上の急騰・急落があった場合の激変緩和措置としてのみとなる。

現実的には既存保有者にとって極めて有利な条件であり、早期繰上償還が可能かどうか全く未知数の中で外国人投資家優遇という声が出てもおかしくない。小紙が批判を続けた転換国債は正念場を迎えようとしている。

桂光義はフェニアムの自分のデスクでその記事を読んでいた。

電話が掛かって来た。中央経済新聞の荻野目からだった。

「あれで良いんですね？」

「あぁ、もっと批判的に厳しく書いてくれても良かったがな」

その桂に荻野目は言う。

「でも……上手く書けてるでしょ？」

その言葉に桂はニヤリとした。

「あぁ、これで奴らがどう出て来るか……引き続き頼むよ」

桂の意図を理解している荻野目は言う。

「これからの大相場、桂さんの人生最大の大相場、楽しみにしてますよ」

桂は分かっていると言って電話を切った。


ヘイジはその夕刻、帝都倶楽部にいた。

渋谷区松濤《しょうとう》の広大な敷地内に聳えるルネッサンス様式の豪奢《ごうしゃ》な館、登録有形文化財に指定されているその建物は日本を代表する財閥、帝都グループの上級接待用施設として使われている。

月の第三金曜日となるその日、車寄せには続々と黒塗りの高級車が到着する。

三金会、帝都グループの中の東証一部上場二十三社の全社長が集まっての食事会だ。夕食を楽しんだ後でグループ内の重要事項が話し合われる。

帝都グループの人間にとって三金会への出席は最高の名誉になる。新社長になって初めて三金会に出席した者は例外なく感動に震えた。

ヘイジはそこに特別な思いで臨んでいる。

(こんな場に自分がいることなど社会人になって想像すらしていなかった。受験戦争からの負け犬癖がついて弱小銀行に就職してからもずっと虐げられて来た。それが日本経済衰退の中の攻防で、ぽっかりと空いた穴の中を自分が通って来ているうちに帝都グループ企業の血液を供給する銀行の頭取になってしまった。それは本当に自分を支えてくれた仲間たちのおかげ……そして……)

ヘイジは今日、帝都グループという存在を仲間として団結させなくてはならないミッションを持って臨んでいた。

クルマを降りるとエントランスから一階の大広間に案内された。

(……)

大広間の壁にズラリと掲げられている帝都財閥の創始者、篠崎平太郎を筆頭とする篠崎家歴代当主の堂々たる肖像画……訪れる者たちを睥睨《へいげい》するその表情を見ると集まった者たちは皆特別な緊張を覚える。

（親父がこの場にいたらどう思っただろう）

ヘイジの父は東京商工大学法学部を卒業後、帝都海上火災に入社して定年まで勤め上げたが役員の地位には程遠いところで終わったサラリーマン人生だった。

（息子が三金会に出席していることを親父はどう思うだろうか……）

ヘイジは東京商工大学受験に失敗、一浪の後、京都の私立大学、陽立館大学経済学部に入り、卒業後は名京銀行に就職した。

特別優秀ではないが難しいとされる仕事を不思議なほど丁寧に上手くこなした。金融危機で名京銀行が自分たちより大きな大栄銀行と合併し、ＥＦＧ銀行となってからもヘイジの能力は発揮された。

合併後の組織は大が小を徹底的に排除するように動く。他の名京出身者が異動の度に左遷や降格される中、ヘイジはその残骸をすり抜けるように出世していった。そのＥＦＧがさらに大きな東西帝都銀行と合併してからも同様だった。

（色んな人たちに助けられてここまで来た）

ヘイジの瞼に様々な人々の顔が浮かぶ。


♪

英国の王室執事の正装をした年配のホール長が、小さな銀のベルを厳かに鳴らした。ダイニングルームでの食事の準備が整ったという知らせだ。

出席者たちは羊角《ようかく》型の階段を左右に分かれて二階に上がっていく。階上のダイニングルームに入ると、巨大な楕円形のマホガニーのテーブルに社長就任の年次順に、上座である篠崎平太郎の大きな肖像画の前から反時計回りに着席していく。

ヘイジが最後に末席に着席するとタキシード姿のウェイターたちが、一斉に動きシャンパンがグラスに注がれていく。

そうして、全員が立ち上がった。

乾杯の音頭を取るのは帝都商事社長の峰宮義信だった。篠崎家の血を母方から継ぐ篠崎平太郎の玄孫として帝都の申し子とされる。

その峰宮はビジネスを通して、ヘイジを知りヘイジを高く買っている。

「三金会にご出席の皆様、帝都商事の峰宮でございます。僭越《せんえつ》ながら乾杯の音頭を取らせて頂きます。御承知の通り世界を取り巻く環境は一変し、第三次世界大戦が現実のものとなる可能性まで出てきております」

その言葉で皆が緊張した。

「本日の中央経済新聞の一面を皆さまもご覧になったと存じますが……転換国債という売国的存在をようやく処分する旨を当局は発表しました。これもなかなかに難儀ではあると思います。財政や金融、経済を支えるそれらの存在のあるべき姿……我々もそのあり方を正す為には様々に意見を出し行動もしなければならないと考えます。本日は新たに東西帝都ＥＦＧ銀行の頭取となられた二瓶頭取からお話があると伺っております。三金会の期待の星である二瓶頭取がどんなお話をされるのか是非皆さん各々の産業界のリーダーとして拝聴して頂ければと思います。楽しみにしていますよ。二瓶頭取」

そう言って、峰宮はヘイジに微笑んでから、

「では乾杯に移らせて頂きます。御唱和下さい。乾杯」

「乾杯！」

オーセンティックなフランス料理のフルコースが振る舞われ、ヘイジも舌鼓を打つ。チーズが出されデザートワインが行き渡ったところで、峰宮がグラスを指で弾き「チン！」と音を立てた。

皆は一斉にその峰宮に注目する。

「乾杯の際にも申し上げましたが、本日は東西帝都ＥＦＧ銀行の二瓶頭取から皆様にお話がございます。一寸先は闇のような世界情勢の中、我々帝都グループは今何をしなければならないか？　真に世界経済そして日本社会の為の存在として我々は何を今成さねばならないか？　今日の二瓶頭取のお話にはそれらへの道標が示されると期待しております。では二瓶

頭取どうぞ」

ヘイジは峰宮に謝意を述べてから言った。

「ここにご出席の皆様はまさに帝都グループの代表であることは言うまでもありません。その中に非エリートの代表のような異分子の私がこうやってお話をさせて頂くことに違和感を抱かれる方もいらっしゃると思います。しかし、私がこのような立場についたことは時代の為せる業だと思っています。そして私は様々な仲間たちに助けられたからだと……そして今、世界は、日本は、我々のその仲間の結集を求めています。第三次世界大戦という最悪の事態の回避は我々の行動に懸かっています。今日は皆さまに真の仲間、帝都グループが真の仲間として結集して頂いてこそ出来ることへのお願いです。それは――」

そこからのヘイジの話に皆は驚いた。

ただ一人、峰宮だけがその話を聞きながら微笑んでいた。

「二瓶正平……やはり面白い」

◇

ジュネーブで行われているG7財務相・中央銀行総裁会議、本会議前の事前打ち合わせとなる秘密会議が開かれていた。議論の全てはオフレコとされ本音で語られる。そこでは日本の転換国債の早期繰上償還が話題に上っていた。

「資本主義国の困窮する財政を考える上で救世主とまでされていた転換国債、それを早期繰上償還するとは一体どのようなお考えなのです？」

フランスの経済・財務相の質問に日本の財務相は答えた。

「純粋に技術的な問題です。世界的な金利上昇と株価の下落で〝国株〟への転換が全く行われなかったことから、その存在意義が議論された結果です」

「つまり、転換国債は存在意義が無いと？」

「そう捉えて頂いて結構です」

そこに日銀総裁の団藤が続いた。

「私は決してそのように捉えてはおりません」

皆は驚いた。

「世界情勢の悪化の中で不透明要素が増え、金利上昇のリスクと株価下落のリスクの双方を負う形となる転換国債が一時的に忌避されただけであって、その潜在的な存在意義は大きいと考えています」

日本の財務相は隣でそう発言する団藤に厳しい表情を見せた。

Ｇ７、主要七ヶ国の財務相と中央銀行総裁、その中にはＨｏＤのメンバーもＭＣＭの息のかかった人間もいる。闇の中の戦いのあり方が、世界の財政と金融政策の方向性を決める表舞台で、複雑な火花を散らした。

議長である英国の財務相が団藤に訊ねた。

「日銀は団藤総裁が主導した形で異次元緩和と称して世界の中央銀行で唯一、株の購入を進められてきた。その出口戦略は常に議論されて来ている訳ですが、切り札であった転換国債が使えないとなると……どうなさるのですか？」

団藤は不敵な笑みを見せて答えた。

「転換国債はまだ生きています。早期繰上償還は発表されていますが〝国株〟への転換の可能性はまだ残っています。日本の財務省が非常に手厚い既発転換国債保有者の保護を追加条項で入れて下さったお陰で、転換国債の価格も下がってはいません。依然として魅力ある金融商品として海外投資家の目には映っているということの証左です」

転換国債が殆ど全てＨｏＤに保有されていることが公然の秘密であるとの言い方に、日本の財務相は口元を歪めた。

議長はその団藤の言葉に頰を緩めた。

「日本は壮大な実験にチャレンジを続けているということですね。世界情勢悪化の中で財政の拡大を迫られる我々にとって、その実験の結果は大いに関心のあるところです。世界情勢だけでなく気候変動、世界的な少子高齢化による慢性的な財政悪化が必至の状況の中、転換国債は突破口となる可能性を秘めている。国の債務を資本に転換するという画期的な発想は称賛に値すると私は考えています。〝国株〟の実現は新たな資本主義のあり方を示してくれる。私は日本の転換国債の〝国株〟への転換に期待しています」

その英国財務相に団藤は微笑んだ。

（ＨｏＤのメンバー同士の猿芝居か）

日本の財務相は苦笑いをした後で言った。

「ところで皆さんはこのまま戦争が拡大して第三次世界大戦となった場合の財政や金融をどうお考えなのですか？　戦争経済となった場合を想定してＧ７は財政・金融でどのような準備をしておくべきだとお考えです？」

全員が沈黙した。最初に口を開いたのは米国の財務長官だった。

「第三次世界大戦は資本主義・民主主義国と権威主義国との戦争になります。絶対に負けるわけにはいかない。ロシアのウクライナ侵攻後のＧ７による武器供与や資金援助はある意味で非道徳的です。自分たちは戦争に参加せずに第三者的立場で代理戦争をやらせている。私はそんな立場を米国が取り続けていることには道義的に反対です。米国自身が今直ぐに戦争に参加して戦うべきであり血を流すべきです」

皆は驚いた。議長の英国財務相はその米国の財務長官に訊ねた。

「それは米国の政権のコンセンサスですか？」

米国の財務長官は首を振った。

「個人的な意見です。しかし、国家のマネーを司る我々が世界を動かすという事実がある中で、我々自身が政治的にどのように動くかは非常に重要であるということです。特に今のような状況では……」

団藤が訊ねた。

「我々は単なるマネー・テクノクラートではないということですね？　マネーの司祭として戦争をも主導する政治的な存在になれと？」

日本の財務相はそれを聞きながらMCMとHoDの鍔迫《つばぜ》り合《あ》いだなと思った。そこから団藤は思い切った発言をする。

「軍産複合体は第三次世界大戦への舵を切ったようですね。だが、我々はそれを阻止することも出来る。日本の諺に『無い袖は振れぬ』というものがあります。カネが無ければ戦争は出来ない。財政と金融政策を司る我々が政治的に主導して戦争をさせないことも出来るのではないですか？」

米国の財務長官はその団藤を嘲笑した。

「ロシアがそれでウクライナを諦めますか？　中東に平和が訪れますか？　G7が本当の意味で結束し、戦争を主導してこそ世界の平和は保たれる。その為に戦争が必要だということです。そしてその為のカネは我々が十二分に用意することを為政者に知らしめなければならない」

フランスの経済・財務相がその米国の財務長官に対して、鋭い目を向けて言い放った。

「オフレコですから敢えて言わせて頂きますが、現合衆国大統領は軍産複合体の忠実な犬ですからな。選挙公約としてアフガニスタンからの撤退を主張、当選して直ぐに行ったのが豪州がフランス企業と結んでいた二百億ドルの原子力潜水艦購入契約を破棄させて、米国企業に鞍替えさせた。アフガニスタンでの商売を失った米軍産複合体に対し遥かに大きな商売を与えられた。あまりの露骨さにモノが言えませんでしたよ」

「自由競争が資本主義・自由主義の原則でしょう？　ビジネスはビジネス。それ以上でも以下でもない」

それを聞きながら日本の財務相は思った。

（まさに獣たちの争いだな。剣とマネーのどちらが強いか……）

議長の英国の財務相が言った。

「我々がマネーの番人として何をしなければならないか。世界が最終戦争に突入する中でマネー・テクノクラートとして政治家に従属するだけでは禍根を残すことになると考えます。我々がプロアクティブに動くことで、為政者たちのハーツ&マインドを握り平和を早期実現させることも可能なのではないでしょうか？」

「だからそれでロシアが軍を引きますか？　イスラエルが戦闘を中止しますか？　それぞれを支える軍産複合体は永久運動機のように動いている。それをどうやって止めます？　戦争というハードではなく、マネーというソフトで彼らを止められますか？」

米国の財務長官はそう語気を強めた。団藤が薄く笑みを浮かべて言う。

「鶏が先か卵が先か……人類にとってその命運を決するかもしれない時、その命運は誰が握っているのか？　剣か、マネーか。話は変わりますが、この中にもヘブンズ・ヘブンに移住を希望されている方が何人かいらっしゃると聞いております」

皆は何を言い出すのかと団藤を見た。

「御承知のように、ヘブンズ・ヘブンにはそれまでスイスの金庫で保管されていた金地金が移送されて保管されていると聞きます。その量は地球上の金地金の約半分」

皆はその言葉に息を呑んだ。

「世界人口の0・01%のスーパーセレブの為の国家であるヘブンズ・ヘブン、その通貨はエンジェルという名になるそうです。財政や通貨の司祭としての我々が、この国家と通貨が何をもたらすのかを考えることと第三次世界大戦を考えることは同じくらい重要であると思いますが……如何でしょう？」

（遂に衣の下の鎧《よろい》を見せたな）

日本の財務相は横にいる団藤を見た。

「鶏が先か卵が先か。この古典的な命題で重要なのはどちらもエネルギーがなければ存在しえないということ。剣かマネーか……それぞれのエネルギーとは何か？　剣のエネルギーは人の有限の生命。マネーのエネルギーは人の無限の欲望。有限と無限では勝負が見えている。だが無限のマネーもあるものには弱い。インフレーションです。マネーの価値が相対的に下がるインフレーションはマネーの天敵だ。しかし、人は古来そのインフレーションの恐怖を回避する手段としてあるものを持ち続けた。それが金（ゴールド）です。第三次世界大戦となれば猛烈なインフレーションが起きる。戦争の噂だけで金利は跳ね上がり金地金の価格は暴騰する。そう……様々なリスクが顕在化する環境では剣もマネーもゴールドには負けるということです」

団藤はそう言って周りを見回した。

「ヘブンズ・ヘブンの通貨エンジェル。それほど先ではない日にその通貨が発行されます。

それも金本位制の下、兌換紙幣として……」

全員が戦慄した。

「一エンジェルが一グラムの金地金と交換されるとなれば……世界のマネーはどうなるでしょう？　戦争は続けられるでしょうかね？」

◇

モンタギュー卿はバッキンガムシャーの自邸書斎で音楽を聴いていた。

ブルックナーの交響曲第八番、カール・シューリヒト指揮ウィーン・フィルハーモニー管弦楽団の演奏だ。

スマートフォンに電話が掛かって来た。

「やぁ、ナンシー」

「今晩は、モンタギュー卿。あら？　ブルックナーですね？」

「あぁ、このシューリヒト指揮のブルックナーの八番で私はクラシック音楽に目覚めた。『分かった！』と思った曲でね。それまではロックやジャズが好きだった私をクラシックへと導いた曲……私にとって大事な時に聴く勝負曲なんだよ」

「目覚めた、分かった、とはどのように？」

「言葉で語るのは難しい。この長大な曲を聴いていて第二楽章のスケルツォで〝それ〟は起こった。『あっ！　クラシック音楽が分かった！』という瞬間が訪れた」

「それは啓示のようなものですか？」

「それほど大袈裟なものではない。が、私の人生には大きなものだった。何故ならそこからあらゆるクラシック音楽の演奏の本質が理解出来るようになったからね」

ナンシーは少し黙ってから言った。

「モンタギュー卿の生まれ育った環境からブルックナーがお好きになられるのは珍しいかもしれませんね。バッハがお好きなのは分かりますが……」

「バッハは子供の頃から好きだった。リヒテルが演奏する平均律クラヴィーアは十代の頃に最も聴いたピアノ曲だからね」

「でも何故ブルックナーを？」

「分からなかったのだよ」

「分からなかった？」

「あぁ。ブルックナーの交響曲がどのように作曲されたのかが分からなかった。モーツァルトやベートーヴェンの曲はどのように作曲されたかが想像出来る。モーツァルトならまさに啓示、一瞬で彼の頭に交響曲がダウンロードされ、彼はただそれを楽譜に写し取る姿が想像できる。君はモーツァルトの自筆の楽譜を見たことがあるかね？　あんな美しいものはない。一つも書き直しが無く日本の絵巻物に添えられている文字のようだ。ベートーヴェンの楽譜はその真逆だ。ウンウン唸りながら呻吟《しんぎん》して交響曲を考えるベートーヴェン。その想像通りの楽譜だ。物凄い書き直しの跡が残っている」

「なるほど。ですがブルックナーがどうやって作曲したかが分からないと？」

「そう。分からない時までは謎でその音楽に途轍もなく魅かれていった。だが、ある時にどうやって作曲していたかを知った。そこからは……それまでのようにブルックナーを楽しめなくなったがね」

「ブルックナーがどうやって作曲していたかが分かった、想像出来たということですか？」

「いや、知ったのだよ。彼はオルガン奏者だったということを。あの交響曲はオルガンで作曲されていた。つまり道具だ。オルガンという道具があの曲を創り出したのだよ」

「なるほど。良く理解出来ました」

「謎が解けると世界は途端に退屈なものになる。それを私に教えてくれた曲でもある」

ナンシーは電話の向こうで微笑んでいるように感じさせながら言った。

「でも『分かった』というのはどうです？　第二楽章でクラシック音楽が『分かった』とい

うことはまだ謎なのではないですか？」

「君はどう思うね？」

「定義できない情報の総合、この場合はそれまでに聴かれて来た全ての音楽ということになるでしょうが……それが若きモンタギュー卿に帰納的判断をもたらした。そしてそこで得られた演繹、アルゴリズムがその後のクラシック音楽の理解に使用されている。モンタギュー卿のアルゴリズムが明確にそこからクラシック音楽の分析に対して働きだしたということでしょう」

「君らしい。実に君らしい回答だ。やはり君には謎は存在しないようだ。ところでＨｏＤの直近の動きはどうかね？」

「つい先ほどのＧ７財務相・中央銀行総裁会議で日銀の団藤総裁が宣戦布告したようです。近々ヘブンズ・ヘブンが金本位制の通貨を発行すると……」

「団藤……確かあの優雅な物腰の烏丸翁が話した相手だったね？　団藤がＨｏＤのメンバーであることはＭＣＭには分かっているということで……」

「はい。シカゴ大学の榊淳平教授と二人して烏丸翁の迫力に恐れをなし、押し黙ったままだったということでした」

「それがまた元気を取り戻したということか、そして金本位制……ＨｏＤはこれで世界のマネーを完全に支配したと思っているようだが……君の意見は違ったね？」

「ヘブンズ・ヘブンに地球上に存在する金地金の半分があることは事実です。そのことと、これまでそれらの金地金がスイスにあったことの違いはどこにあるのでしょうか？　人々は金地金がどこにあろうと『ある』と思っていれば良いだけということです。ＨｏＤは勘違いをしています。自分たちが金地金を支配しているのではなく、支配されていることに気がついていない。スイスにあろうと南太平洋の小さな島にあろうと、いや実際には金地金などこの世に存在しなくても『ある』という〝幻〟に過ぎないのです。何故ならそれを本当に実際に見ることなど不可能なのですから」

モンタギュー卿は大きく頷いた。

「ＨｏＤは随分と無駄なことをしたということだね。闇の組織であるが故の悲しさ。全てを隠蔽して来た存在は『隠す』ことが習い性《せい》になっていた。それが実際に存在するものへの執着、ルサンチマン、コンプレックスとなってパラノイアのように金地金を集めた。だがそれにはなんの意味もないことに気がついていないというのは哀れなことだね」

「そしてそれを明らかにしたのが今回のＧ７での団藤総裁の発言です。『自分たちが金地金を持っている』と言ってしまった。しかし、それが弱点をさらしたことだと気がついていない。金本位制の通貨をここで創り出したら、その弱点を露わにすると分かっていない。哀れというよりも愚かですね。謎のままでいることがどれほど強いことであるかが分かっていない。彼らが闇から出れば太陽の光にさらされた吸血鬼のように灰になってしまうということを……」

モンタギュー卿はそれを聞いて微笑んだ。

「さて、ここからのＨｏＤとの戦い、チェックメイトのやり方は分かったが……そこまでにはどうするね？」

「モンタギュー卿が仰る通り、ＭＣＭとの決勝戦でのＨｏＤの葬り方は出来ています。だがＨｏＤには決勝戦に上がって来る前のセミファイナルがあります」

「ほう？　それは？」

「日本政府が発行した転換国債。ＨｏＤは日本政府を英ポンド換算二千億ポンドの罠に掛けました。発行された全ての転換国債をＨｏＤは買占め、担保として供されている日銀保有の日本株ＥＴＦを〝国株〟へと転換させて日本を実質的に乗っ取るという計画でした。しかし、それがロシアのウクライナ侵攻と中東情勢の悪化で株価が下がり頓挫していた訳です。そして彼らはその裏にＭＣＭの動きを嗅ぎ取ってリスクを避けてマネーの温存に動いた。ある意味、賢明な行動をＨｏＤはこの転換国債では取って来たことになります」

「そのことは知っているが……それが今後どうＨｏＤに問題となるのかね？」

「日本政府は早期繰上償還に動いたのです。HoDにとって極めて有利な条件を出して転換国債の回収に動いています。そこにはMCMが流したHoDのメンバーの名簿が効きました。転換国債の実現を積極的に推進していた日銀総裁の団藤眞哉、その理論を提唱したシカゴ大学の榊淳平、その二人がHoDのメンバーであることが分かって一気に慌てふためいたということです」

「面白い！　ナイーブな日本政府の慌てぶりが目に見えるようだね」

「早期繰上償還に応じてキャッシュを積み上げ、MCMとの戦争に備えるのが常套戦術なのでしょうが……日本政府が出した〝美味しい〟条件と転換国債を欧米各国にも発行させる夢を捨てきれないHoDはこのまま転換国債を保持すると思われます」

「それで？　その転換国債を巡ってHoDはセミファイナルを戦うことになるのかね？　それは一体どういうことなのかね？」

「私の仲間から極めて興味深い情報を得ました。この転換国債の早期繰上償還の原資獲得に桂光義というファンド・マネージャーが日本政府からの委託を受けたということです」

「桂光義？」

「はい。伝説の為替ディーラーで最後の相場師の異名を持つファンド・マネージャーです。この人物、ことごとく統計的予測を裏切る結果を出しています」

「何だってッ?!」

「世界のあらゆるＡＩが『解析不可能』のレッテルをこの人物のディールに出しているんです」

「その男がＨｏＤに挑むということか？」

「その通りです。従来型ＡＩは桂光義の勝利を０・１％と予測していますが……私は桂が勝利する可能性があると思っています。彼は七つのラッパの一つを持つ者です」

モンタギュー卿は驚いた。

『ヨハネ黙示録』第八章その冒頭を、モンタギュー卿は思い出し震える思いがした。

第七の封印を解き給いたれば、およそ半時のあいだ天静かなりき。われ神の前に立てる七人の御使を見たり、彼らは七つのラッパを与えられたり……

# 第十章　フィッシュ&チップス

日銀総裁の団藤眞哉はジュネーブでのG7財務相・中央銀行総裁会議を終えるとローザンヌのホテル、ボー・リヴァージュ・グランパレにチェックインした。

そしてスイートルームを訪れた。そこにはマジシャン、フォックス、タワーに加え、アメリカから榊淳平も来ていた。

「セントラル、G7での首尾は上々だったようだね」

団藤はHoDのメンバーとしての呼称であるセントラルと呼ばれた。

「はい。財政・金融のプロたちにとって今、金本位制の復活ほど恐ろしい言葉はありませんから。お見せしたかったですよ。皆が震えあがった様を……」

マジシャンにプロフェッサーこと榊淳平が訊ねた。

「それで？　いつヘブンズ・ヘブンの通貨エンジェルの発行をされるのですか？」

マジシャンは微笑んだ。

「ベストのタイミングで行う。それもデミが教えてくれる。じゃあ、会いに行くとしよう」

そうしてスイートルーム内に備えられている専用エレベーターに五人は乗り込んだ。

地下深くのその場所までは随分時間が掛かるように感じられる。

エレベーターが停止し扉が開いた。実験室のような真っ白な空間が輝きながら広がっている。目が慣れると様々な電子機器が並べられていることが分かる。

その中に小型のパイプオルガンのようなものがある。セントラルとプロフェッサーは場違いな雰囲気のその存在が気になった。

「あれは？」

マジシャンが微笑んで答えた。

「あれがデミ。デミウルゴス……全知全能の存在だよ。プラトンが創造した神の名を冠した究極のＡＩ、それも量子コンピューターだ。パイプそれぞれに別々の量子空間が存在している。究極のデータバンク同士でのやり取りが行われている」

「究極のデータバンク？」

プロフェッサーの問いにフォックスが答えた。

「あのパイプそれぞれに極小の超重量空間が存在する。そこに無限のデータが格納出来るということだ」

セントラルが驚いて訊ねた。

「超重量空間？　ま、まさかブラックホールがあの中に?!」

フォックスは頷いた。

「宇宙上で最も情報を溜め込める存在がブラックホールだ。あのパイプの中には極小のブラックホールが存在している。全人類の脳内情報を全て集めてもあのパイプ一本で足りる。そしてその情報そのものがアルゴリズムを創り出し情報を処理している。つまり情報そのものがソフトウェアであり、それが瞬間瞬間アップデートされている。まさに究極のコンピューターだ」

セントラルもプロフェッサーもただただ驚愕するだけだった。

「技術者はどこにいるんですか？　これだけのコンピューターを創った人間は？」

プロフェッサーがそう訊ねた。それに凍ったような笑顔のマジシャンが答えた。

「もうこの世にはいない。必要ないんだよ。人間は……」

それがどのような意味を持つかは察しがついた。

「デミは全てを自分で行えるようになった。ソフト面のアップデート、メンテナンス、ハード面では部品製造から交換まで……人間の手作業をも完璧にこなす。そして、自分自身を創造的に破壊することを厭わない。つまり究極の進化がここにあるということだ。そしてその進化は日々刻々収集される情報の総合がもたらす」

　マジシャンはそう言うとデミに向かって訊ねた。

「これは私もまだ訊ねたことのない質問だが……デミ、これから世界はどうなるのか。君の考えを我々に教えてくれ」

　すると女性の声が聞こえた。それはどこまでも優しく丁寧で修道女のような喋り方だ。

「人の世界は地獄を迎えます」

　その言葉に皆は緊張した。

「先ず経済からお話ししましょう。三年以内に第二の世界恐慌、自由主義経済と権威主義経済、どちらにとっても終焉となる大恐慌が起こります」

　そのデミにマジシャンは冷静に訊ねた。

「そのメカニズムを教えてくれないか」

「はい。メカニズムということですから最初に起きた大恐慌についてまずお話ししましょう。大恐慌は一九二九年に起きたニューヨーク株式市場の大暴落が原因だと誤解されていますが、あれはきっかけに過ぎないということです。根本原因は別にありました」

　皆はそのデミに聞き入った。

「それまで人類はＧＤＰの大半を第一次産業、主に農業から生み出していましたが、一九二〇年代その農業で革命が起こります。トラクターやコンバインという農業機器、農薬や化学肥料、そして大量の農作物を貯蔵できる冷凍技術、大量運搬を可能にする貨物船等々全て一九二〇年代に発明され実用化されていきます。当然のことながら農業の生産性は桁違いに向上した訳です。一単位面積から取れる小麦やトウモロコシの量が凄まじく増えたということです。しかし食べる口の数は簡単には増えません。当然農作物の価格は暴落、農業大不況が起きたのが一九二〇年代でした。とはいえ、新たな産業、特に自動車などが目覚ましい発展を遂げていましたから農業の大不況は表面上は脇に置かれていました。しかし、それまで巨大な雇用の受け皿であった農業での失業者は膨大なものになります。つまり大恐慌への原初的蓄積が一九二〇年代に進行したのです。それが株の暴落をきっかけに顕在化した。これが一九三〇年代の大恐慌ということになります。原初的蓄積……これこそが経済にとって途轍もないエネルギーを生みます。正でも負でも凄まじいエネルギーを生むわけです」

デミの説明は全員の心に刺さるように続いていく。

「現在、生成AIの急速な浸透が様々な産業レベルで進んでいます。これは一九二〇年代の農業革命の比ではありません。大部分のホワイトカラーそしてブルーカラーにもその影響は浸透しています。今は表面上生産性の向上だけが取り沙汰されていますが、実は急速に原初的蓄積、つまり潜在的そして顕在的失業者の蓄積が起きているのです。それは一九二〇年代とは桁が違います。全ての産業で生成ＡＩによる雇用の搾取が起きていきます。それを人類は今、技術革新として株価でもてはやしていますが……人類にとって致命的な蹉跌となることに気がついていないのです」

セントラルが訊ねた。

「大恐慌はその後の第二次世界大戦を招いた。究極の公共事業である世界大戦が大恐慌を終わらせたということは評価するかね？」

デミはフフッと笑いを漏らした。

「その質問は軍産複合体には勝てないという含みがあるのですか？」

セントラルは慌てた。

「いや、そうじゃない。だが正直その存在は恐ろしい。ＭＣＭが第三次世界大戦へのゴーサインを出したことと、今あなたが言った第二の大恐慌への原初的蓄積を考えると……経済メカニズムからは世界大戦の発生は必然と思えるのだが？」

「人間は愚かですね」

その言葉に皆が驚いた。

「自らが消滅することを前提とした答えを欲しがる。全てを了解したかのように戦争に突入したがる。集団自殺が集団的無意識にビルトインされているかのようですね」

フォックスが訊ねた。

「では質問を変えよう。人類が生存すること。HoDが存在を続けること。MCMが存在を続けること。その可能性の順位を教えてくれ」

「面白い質問ですね。ですが、それにはお答えできません。近い将来、人類は究極の選択を迫られます。その時に人類全体がどのような感情でいるか、量子コンピューターとしての私にそれがノイズになるからです」

マジシャンは驚いて訊ねた。

「君が答えられない?! そんな筈はないのでは? 君は全知全能の存在である筈だ」

「量子コンピューターとして量子の振る舞いの確率まで正確に計算できる私はおっしゃる通り全知全能といえます。しかし、量子の振る舞いが乱されるものがあるのです。それによって全てが狂ってしまう。予測も出来なくなってしまうのです」

皆は顔を見合わせた。

「何だ? 何が量子空間を乱すのかね?」

マジシャンは強い調子で訊ねた。

「人間の感情です。個々人の感情の集合体、人類全体に二者択一のような状況が起こる時に人類から感情を通して出て来る粒子のあり方、それが量子空間を乱してしまう可能性があるのです。その結果私が判断を誤る可能性があります」

量子空間という……人類にとって未知の空間に人がその感情で影響を与えることをデミは説明した。

全員が沈思黙考した。暫くしてフォックスが呟くように言った。

「それでも私はあなたを信頼している。誤るとしてもどこまでも信頼する」

デミは優しく応えた。

「その言葉は重いですね。信頼……人類の感情の影響を解析する鍵になるかもしれません」

◇

ヘイジは舞衣子の病院を訪れた。

「また状態が不安定になっていまして……」

医師からそう聞かされてヘイジは精神の病気の難しさを思い知らされた。舞衣子はヘイジの頭取への昇格を聞いてから、さらに元気を取り戻して食欲も増し入院時より体重を七キロ増やすことが出来ていた。

「あと一ヶ月落ち着いた状態を続けられたなら退院出来そうです」

前回の訪問時、医者はヘイジにそう言っていたのだが……他の入院患者の何気ない言葉から急に不安感を増進させたという。自分が手を離している娘の咲に対して心配が強くなり、さらに頭取となったヘイジが大変なことに巻き込まれるのではないかと思うことも重なっていた。

ヘイジは舞衣子に言った。

「咲はお義母さんがちゃんとついてくれていて、元気にやっているから今まで通り何の心配もないよ。僕は頭取になっても変わらない。これまで通りの調子で仕事は続けているから大丈夫だよ」

そう言っても舞衣子は申し訳ないとばかり口にする。

「私がいないばっかりに……咲の世話や平ちゃんのことも何も出来ないでいて……そう思うとまたご飯が喉を通らなくなって……」

「焦ることは何もないよ。舞衣ちゃんは何も心配することも申し訳ないと思うこともない。人間にはリズムがある。舞衣ちゃんはリズムが乱れているだけなんだ。そんな時は良いことだけを考えれば良いよ。僕の同級生の塚本のことは知っているだろ？　あいつは禅寺で修行している時に『この世はどこにでも幸せがある』っていう悟りを得たって言うんだ。どこにでも、どんな時にでも幸せはある。幸せは見つけることが出来る。そんな風に思うと本当に周囲から幸せを感じることが出来るって言うんだ。その塚本のことを凄く良いなと僕も思った。それで自分もそう思うようにしてみた。すると何だかいつも周囲に有難いと思うようになった。周囲の景色や人たち、自分の周り全部に対して感謝出来るって感じになったんだ」

ヘイジは舞衣子にそう話した。それは正直なヘイジの気持ちだった。只管打坐で目の前のことに打ち込んで来たヘイジが、本当に周囲を見て有難いと思えるようになっていたのだ。

そのヘイジに、舞衣子は少しこれまでとは気分の変化を感じた。

「最近僕は心は自由なんだって考えるようにしているんだ。心は自分だけのもので自分の自由になるって。感情はコントロール出来ないけどリズムだから必ずもとに戻る。感情と心は違うって考えるようにすると面白いよ。心ってどんな感情のリズムの中でも実は自由なんだって分かって来るのが面白いんだ」

舞衣子はその言葉が刺さるように感じた。

「心は……自由」

心配したり不安になったり……それを消すのも心だし逆に楽しく面白くするのも心だ。

「今までそんな風に考えたことはなかったけど……心は自由なんだと思うと何だか力が出るように感じる」

ヘイジは微笑んだ。

「そう。そうなんだ。周囲の何も変わっていなくても自分の心が変われば全て変わる。それだけ心は自由ということなんだよ。僕もそう思うと凄くしなやかな強さを持てるようになったと感じるんだ」

「平ちゃんには元々そんな強さがあったと思うよ。どこか飄々としてて……」

ヘイジは首を振った。

「そんなことはない。ただやり過ごすことが習い性だったのと悪い時は無理してでも必ず良くなると思うようにしていた。只管打坐で目の前のことだけを考えようとした。それを『心は自由だ』は随分楽にしてくれた。それが色んな場所や時に幸せを見せてくれるし与えてくれるようになった」

塚本の悉有幸福は九山八海、一人の悟りが全ての人間を悟らせるように広がっていた。

ヘイジは舞衣子のことも不安に思わなくなっていた。医者から状態が悪化したと聞かされても動揺しなくなっていた。それが今、舞衣子と話して舞衣子が良い方向に変化するのを見て確信した。

「家族を幸せにする。それには先ず自分を幸せにする。自分が幸せになることだ。組織を幸せにするのも同じだ。トップが幸せを知ることで組織は幸せになる。頭取としての自分が幸せになることでＴＥＦＧを幸せにする」

このヘイジの〝心〟が、大きな意味を持つことになる。

湯川珠季は週末、桂光義と一緒に過ごしていた。有栖川《ありすがわ》公園に面した瀟洒なマンションの一室、桂の自宅だ。

「今夜は俺がステーキを焼く。テレサは旨いサラダを作ってくれ」

桂は珠季のことをテレサと呼ぶ。珠季のカラオケでの十八番がテレサ・テンであることから、知り合って直ぐにそう呼ぶようになった。それは今も変わらない。

「どんなサラダがいい？」

桂は少し考えてから言った。

「二種類欲しいな。キャベツの千切りに海老の入ったものと茹で卵の入ったポテトサラダが食いたい」

「了解。じゃあ買い物に行ってくるわ」

そう言って珠季は広尾《ひろお》のスーパーまで出掛けた。一人になった桂はパソコン画面に入って来る情報を見た。

週末には世界各国の前週の相場、株や為替、債券の動きと相場を動かした様々な要素をチェックするのが桂のルーティンだ。

（さて……どこで仕掛けるか、だな）

ウクライナや中東での戦争が拡大の様相を見せる中で相場は複雑な様相を呈している。桂が預かる五十兆円という資金を使っての相場をどのように張るか？

（それも特別な相場になる）

これまでの桂の取って来た相場とは、全く違うものが今度の相場の肝になる。

（相手は無尽蔵にカネを持つＨｏＤだ。その相手の強みを利用しての戦い。それだけにタイミングの見極めが大事になる。そして仲間たちが生み出してくれるもの……それが日本を大逆転に導く鍵になる）

フェニアムに招請した二人の大物、佐川瑤子とヘレン・シュナイダーも懸命に頭を働かせてくれている。

（これまでに経験したことのない武器を使っての勝負になる。その武器……表に出しながら隠さなければならない。それがこの相場の肝になる。そして……チームワーク、仲間の相場師たちとの連携が必須になる）

桂はこれまでの人生最大の相場を、それも極めて複雑な相場を張ることへの不安がある。しかし、それを仲間たちと共有することで難局を乗り切ろうとしていた。

（俺は相場は孤独なものだと思っていた。しかし、真の相場は孤独では出来ない。それを教

えてくれたのが仲間たちだ）

　エドウィン・タンこと塚本卓也、ジャック・シーザー、佐川瑤子やヘレン・シュナイダー、そして中央経済新聞の荻野目裕司。

（何より今度は二瓶君の力が大きく必要になる）

　その時ふと桂はヘイジと珠季が、高校時代に恋人同士であったことを思い出した。

（二人はどんな高校生だったのだろう？）

　それはどこか懐かしく微笑ましいものに想像される。そしてそこからの珠季の失恋と孤独を想った。

（俺は珠季を必要としている。珠季を幸せにする）

　人生最大の相場であり、最後の相場になるであろうこれからの勝負、それには何より珠季の精神的な支えも必要になる。

（その為にも俺の気持ち、珠季への思い。珠季を幸せにする思いが必要なんだ）

　桂は今やデータではなく、心のあり方がこれからの勝負に大事だと思えていた。

「美味しい!!　桂ちゃんのステーキは本当に美味しいわね！」

「その昔、浅草にあった老舗ステーキ店のマスター仕込みの焼き方とソースだからな」

二人はそう言いながらステーキと海老とキャベツを和えたサラダ、そして卵の風味の利いたポテトサラダを赤ワインで食べた。

「このステーキを食べると今ここで死んでもいいと思えるのよね。本当に不思議なほど美味しい！」

その珠季の言葉に桂の頬が緩む。

「テレサとならいつどこで死んでもいいよ」

その桂を珠季は真剣な表情で見た。

「桂ちゃん、それ本気？」

桂も真剣な目を返した。

「あぁ、本気だ」

二人の間に殺気のようなものが生まれた。それは途轍もなく深い心の通い方からくる殺気だった。己の死を厭わない心の繋がり。それは至上の愛ともいえるものだ。

桂はなにか大きなものに満たされていくのを感じ、珠季も同様だった。

珠季は優しく微笑んだ。

「桂ちゃん、死んじゃいやよ」

桂は頷いた。

「あぁ、だから言ったろ。死ぬときはお前と一緒だ」

珠季は心から幸せを感じた。

◇

オハイオ州リバーサイドシティ、アメリカ最大の製鉄会社グレート・ステート・スチール（GSS）の本社があるその地を、同州選出の上院議員で次期大統領候補と目されているロナルド・ヘンダーソンが訪れた。〝アメリカファースト〟の政策を掲げその中に帝都鉄鋼によるGSS買収阻止がある。『アメリカの魂を売るな！』のスローガンで有権者とメディアを煽ることを選挙戦術の一つとしていた。

これからGSSの経営陣と労働組合幹部、そして大株主とのミーティングに臨む。

ヘンダーソンのバックにはウォール・ストリートの証券会社アブラハム・ブラザーズがついていた。全米第三位の製鉄会社であるブライアン・スチールにGSSの買収を行わせることを条件に巨額の献金が約束されている。

ヘンダーソンにとっては有権者に「アメリカの魂を守った英雄」というイメージを植え付けることだけが目的であって、GSSがその後に解体され従業員も殆ど全てが解雇されることなることなど眼中にない。

帝都鉄鋼が買収を断念すると発表すれば、GSSの株価は暴落する。すかさずそれをアブラハム・ブラザーズが買い集めてから、ブライアン・スチールに売却することで買収を成立させる算段がそこにはある。GSSの関係者や地元であるリバーサイドシティにとっては悲惨な結果しか残らないものだが、大統領選挙で〝全米の有権者〟を相手にしているヘンダーソンには何の良心の呵責もない。

「米国民を相手にする選挙は〝実〟よりも〝名〟だ。派手に効果的に名前を売れるものがあればそれでいい。それが大統領選挙に勝つということだ」

それでも表面上は地元の利益を最優先にしているという姿勢は見せなくてはならない。

そこで今回の話し合いに応じたのだ。

「GSSからの旨味は『アメリカの魂』というレッテルだけ。何の意味もないレッテルだが米国民には響くものだ」

そのヘンダーソンはあることに気がついた。

空港からGSSの本社に向かう車窓からの景色に見慣れない看板がいくつも目につく。

『A‐1st（アメリカファースト）スーパーマーケット、誘致予定地』

『A‐1stモール、誘致予定地』

『A－1stスポーツセンター、誘致予定地』

次々と現れる赤を基調としたそれらの看板に驚いた。

「何なんだ？　〝アメリカファースト〟のオンパレードじゃないか！」

ヘンダーソンは頭を悩ませた。

「こんなこと全く聞いていない……一体何が起こってるんだ？」

そうしてGSSの本社に到着した。

大きな会議室に案内されるとそこには見慣れたGSSの経営陣と組合幹部、そして大株主である州年金の理事長の他にアジア系の男がいる」

（ジャパニーズか？）

GSSの社長がヘンダーソンに紹介した。

「帝都鉄鋼の社長の織田誠一氏です」

壮年のその男が立ち上がって会釈をした。GSSの社長がヘンダーソンに向かって言った。

「上院議員に今日おいで頂いたのは誤解を正して頂くためです。帝都鉄鋼によるGSS買収がどれほど米国民の為になるか。そしてそれがラストベルト（錆びた地帯）の中心と呼ばれているリバーサイドシティの人々に雇用と生きていく希望を与えるかを知って頂くためです」

ヘンダーソンは顔を歪めて笑った。

「何です？　あなたがたは自分たちが『アメリカの魂』を売ろうとしていることにまだ気がついていないんですか？　ＧＳＳはアメリカそのものだ。そのアメリカが日本に買われる？　占領されるなどありえない！」

そのヘンダーソンに組合の委員長は訊ねた。

「あなたのブライアン・スチールによるＧＳＳ買収支持はウォール・ストリートからの献金目当てですよね？」

「そんなことは決してありません。アメリカの魂を守るためです」

「アメリカの魂とは何です？」

「アメリカ人の魂、人々そのもののことです」

ぬけぬけとそう言うヘンダーソンに委員長は苦笑した。

「ブライアン・スチールはＧＳＳ買収後、バラバラにして売り払うというウォール・ストリートの常套シナリオ通りに動く。ＧＳＳの従業員二万五千人は全員解雇となる。アメリカで真面目に働くアメリカ人労働者から生きる希望を奪うウォール・ストリートの吸血鬼があなたにとってのアメリカ人、アメリカの魂ということですか？」

ヘンダーソンは少し考える素振りをした。

「アメリカの会社がアメリカの会社に買われることは良いことです。米国経済の健全な新陳代謝だ。皆さんも新たな仕事を見つけることが出来る。それがアメリカです」

ＧＳＳの社長がそれに対して言った。

「ヘンダーソンさん。ＧＳＳの従業員の平均年齢をご存知ですか？」

知らないとヘンダーソンは答えた。

「四十八歳です。それで一体何人が再雇用されると思います？」

そこで初めて織田が口を開いた。

「上院議員、帝都鉄鋼は二万五千人の雇用の維持をお約束します。生産設備の合理化によって鉄鋼の生産性を今の倍に上げることが出来ます。そうすれば別のアメリカの魂でもある自動車メーカーに今より遥かに安い価格で鉄鋼製品の納入が可能になります」

それを聞いても黙っているヘンダーソンに織田は続けた。

「鉄鋼という産業はどの国でも保護産業です。日本も同様でしたが、バブル経済の崩壊と長いデフレ経済の中で統廃合が進んで、曲がりなりにも国際競争力を回復するまでになりました。私はそのノウハウを全てＧＳＳにつぎ込む考えです」

ヘンダーソンはその織田に対して露骨に嫌な表情を見せて言う。

「それはブライアン・スチールでも出来る筈だ。アメリカの魂はアメリカが守る」

織田は首を振った。

「ブライアン・スチールは旧態依然とした生産設備でそんなノウハウはありません。我々は長いデフレ不況に苦しむ中でリストラをやり遂げた。それも一人の従業員も切ることなしに、です。私がGSSにつぎ込むノウハウとはそういうことです」

ヘンダーソンは開き直った。

「私はブライアン・スチールを信じている。アメリカの魂を信じる！」

その時、GSSの社長がヘンダーソンに一枚のペーパーを手渡した。

「これを見て下さい。GSSが帝都鉄鋼に買収された場合とブライアン・スチールに買収された場合の鉄鋼と自動車産業、そして地域経済のシミュレーションです」

そこには買収後のアメリカの鉄鋼産業の収益見通しと雇用者数の推移、そしてリバーサイドシティ全体での雇用創出と経済成長の推移が比較されていた。

GSSの社長は言った。

「アメリカの鉄鋼産業は帝都鉄鋼によるGSS買収後に見事に復活する。産業全体の雇用も維持される。それに対しブライアン・スチールに買収された場合は鉄鋼産業だけでなく自動車産業もその規模を縮小させている」

「……」

「大事なのは次の地域経済です。リバーサイドシティの人口は帝都鉄鋼とブライアン・スチールで比較した場合、顕著な開きがある。前者は三年で一・五倍、後者は〇・七倍です。上院議員がその選挙地盤とされるものがどれだけの違いになるかを知って頂けると思いますが……」

社長の言葉にヘンダーソンは笑った。

「誰がこんな数字を信じる？　こんなものは絵に描いた餅ではないか！」

そのヘンダーソンに社長がそのペーパーをよく見てくれと言った。

「アメリカを代表する経済シンクタンク三社がそのシミュレーションに対して『信頼度5』の最高の評価をしています。そのことが下に書いてあります」

黙るヘンダーソンに織田が言った。

「帝都鉄鋼によるGSS買収の際、日本の東西帝都EFG銀行がリバーサイドシティでの新規プロジェクトに出資を行います。その名は『アメリカファースト、A-1stプロジェクト』です」

ヘンダーソンは来る途中の車窓からの景色を思い出した。

「我々はリバーサイドシティに似た日本の地方都市・坂藤の優れた地域経済運営のノウハウをリバーサイドシティに導入します。既にGSSの全てのステークホルダーを坂藤に招待して全て見て貰いました。そして皆さんに確信して頂いたのです。ラストベルトがゴールデンベルトに変わることを」

その時だった。ヘンダーソンの秘書が慌てて携帯電話をヘンダーソンに手渡した。ヘンダーソンは携帯電話を耳にあてたまま会議室を出ていった。

そうして数分経ってからヘンダーソンは戻って来た。ヘンダーソンの顔色が変わっている。

「どうやら我々の仲間からの電話だったようですね」

織田はＧＳＳの社長にそう耳打ちした。

◇

塚本卓也は全国の旅を終えて東西帝都ＥＦＧ銀行本店にヘイジを訪ねた。

「凄いなッ‼　この眺めは！」

頭取室から見える皇居の広大な緑の広がりを見て塚本は声をあげた。

「なるほどなぁ……こういう景色を毎日見られる人間だけが、考えられることちゅうのがあるやろなぁ」

そして合掌した。それは塚本が何か大事なことに気がついた時、自然と出るもので禅寺での修行中に身についた所作だ。

「塚本は凄いよ。日本全国回って同心円ネットワークビジネスプランの中心を沢山見つけて来てくれた。塚本が実業でもファンド・マネージャーとしても超一流だったことがよく分かったよ」

塚本は首を振る。

「凄いのはこの国や。日本というのはほんまに宝島やで。それもとんでもないお宝がわんさとある。同心円ネットワークビジネスプランはそのお宝を見つける超優れものの地図やったということや」

ヘイジはその塚本の言葉が嬉しかった。

「塚本と一緒に大阪のシャッター街だった商店街で汗を流したことが全てに繋がったということだよ。これが日本の未来を変える。ガラパゴスなどと揶揄された日本が世界を再び驚かせる。世界のどこにもない経済大国だということを分からせる。それには色んな日本の象徴が必要だけど……特に京都では本当に上手くやってくれてありがとう」

塚本の全国の旅の最後は京都だった。その塚本は苦笑いした。

「いやぁ、実を言うと俺はあいつが昔から苦手やったからなぁ……あいつのなんともいえん迫力は変わらんなぁ」

あいつ、とはヘイジと塚本の京帝教育大附属中高の同級生、宇治木多恵のことだ。

「ヘイジから芳郎《よしろう》を使う時には絶対に宇治木を同席させろと言われてたからその通りにしたけど……あのいつも偉そうな芳郎が借りて来た猫みたいになるんはなんでや？」

ヘイジは笑いながら答えた。

「人間の序列だよ。人間力でカーちゃん（宇治木多恵）の方が勝っているということだよ」

ヘイジが塚本に頼んでいた同心円ネットワークビジネスプランの京都でのミッション。

それは既に着手されている国家プロジェクト『温故知新は京都から』という京都再開発プランの拡大だった。

それは帝都グループが主導し地元企業を巻き込んでの一大プロジェクトだ。御池通《おいけどおり》の地下に広大な地下街を建設して京都の新たなビジネスの目玉とする。そこに環境に配慮した新たな施設の建設をＡＩ『霊峰』は提案して来ていた。それは観光公害の撲滅だった。

京都市は多くの外国人観光客が市営バスを利用する為に混雑が酷く、地元民から苦情が殺到していた。そして四条通沿いに小規模ホテルが乱立した為に、そこに観光バスが止められることでの交通渋滞も慢性的なものになっていた。それらはある意味で行政の不備だ。

そこで拡充プロジェクトとして、観光客専用バスの運行とそのバスを駐車させる施設の建設が出された。それを御池通地下の拡充と並行して行うことで実現させる。そしてそれを京都の真の地下開発の序章にせよと『霊峰』が提案を出して来た。

それは驚くべきものだった。

ヘイジからそのことを聞かされて塚本は驚きながらも『これこそ日本の大逆転の核やないかッ!!』と勇んで京都入りしたのだ。

それは……リニアモーターカー実用化に向けてのコペルニクス的転換だった。リニアモーターカーは超高速移動により遠距離を近距離に変えるものだ。東京と名古屋を四十分、東京と大阪は一時間強で移動が可能になる。コペルニクス的転換とは遠距離を近距離にするリニアを、中距離をゼロ距離にする交通手段にしようというのだ。

「京都と奈良を十分で結ぶ。それによって関西の観光圏は飛躍的に大きくなる」

それだけではない。このリニア利用の発想の転換によって、リニア需要が世界的に高まると『霊峰』は予測したのだ。欧米でも空港と市街地間の大量の人員輸送をリニアで行うことに繋がると……。そうなるとリニアプロジェクトの輸出の大幅拡大に繋がり生産増による製造コストの低下から長期的に莫大な利益が見込める。

その先例として『温故知新は京都から』プロジェクトに『京都奈良リニア』を加えるというものだ。

その際重要なのが、京都での仕事の進め方だ。

京都で最も重要とされる序列。新たに何かを始める場合には、この序列が常にモノを言う。国や県、市などの行政がどれほど圧力を掛けようと京都は動かない。動かすのは隠然と存在する京都の序列なのだ。

ヘイジは桂に頼んで官邸と霞が関からこの件のお墨付きを取って貰った。そうしてヘイジの指示を受けた塚本が京都入りする。

「なるほど……そういうことか」

京都の商工会議所副会長が今出川《いまでがわ》芳郎。京都で最古となる老舗和菓子店『彩華饅頭』社長だ。この今出川家が京都の産業界の序列ナンバーワンなのだ。今出川はヘイジや塚本、宇治木多恵と中高の同級生だった。

東西帝都ＥＦＧ銀行京都支店で塚本は今出川と対面する。その時に宇治木多恵も同席させていた。

「なんで、多恵ちゃんがここにいてるんや？」

訝る今出川に塚本は「ミニ同窓会やな」と嘯《うそぶ》いてから用件を語った。

「リニアなぁ……ホンマにそんなこと出来るんかいな？」

その今出川に宇治木多恵は言う。

「芳郎、これはあんたがホンマの京都のトップやと示す機会なんやで。絶対にやるんや」

そう言われ今出川はなんともいえない顔つきになって言った。

「多恵ちゃんに言われたらしゃあないなぁ」

こうしてプロジェクトは動き出した。

劣等生だった今出川に、試験の度に自分の答案をいつも見せてやっていた優等生の宇治木多恵……その力関係がずっとそこには存在していたのだった。


塚本は窓の外の東京の広がりを眺めながら言った。

「この国の本当の力はこの景色の中にはないんや。この東京の景色は株主資本主義、マネー至上主義経済、グローバリゼーションの成れの果て、負け組の姿や。でも経済はマネー至上主義の視点では絶対に見えんもんがある。日本という国はここまでとんでもない原初的蓄積をして来てたんや。たとえは悪いが……日本全国、活断層が無数にあって地震の核となってるように……日本全国、人間至上主義経済の活動点が核として無数に存在してる。それをこれから世界に分からせるんや」

ヘイジはその塚本の言葉に頷いた。そうして二人は相模原の工業科学研究院（工科研）に向かった。そこにはスーパーコンピューター『霊峰』がある。そして……

「これが量子コンピューターかいな?!」

塚本はその姿に驚いた。

小型のパイプオルガンのようなそれは他の電子機器に囲まれながら異彩を放っている。

開発責任者の新海は塚本に礼を言った。

「これまで二瓶頭取からのアドバイスでプログラミングの革命的進化が可能になったのですが、それは塚本さんの禅の言葉からと聞かされまして……」

塚本は〝九山八海〟のことを教えられた。一人の悟りが世界を悟らせるという意味だ。

「そうですかいな。俺もたまには役に立つということですな」

「いえ、たまにどころではありません。塚本さんが全国から送って頂いた実践データが途轍もない相乗効果を同心円ネットワークビジネスプランの中で起こしています。改めて『情報は足で取れ』ということの重要さが分かりました」

新海の言葉に塚本はまんざらでもないという表情を見せた。

「それでここまでの規模はどのくらいに?」

ヘイジの質問に新海はキーボードを叩いた。ディスプレーに表示された数字はヘイジたちの予想を遥かに超えていた。

「塚本さんが見つけてくれた中心点、そしてTEFGグループ銀行の全ての支店や帝都グループ企業からの中心点データを総合して量子コンピューターが出して来ている現状のものです」

塚本も驚いた。

「こんなに……」

ヘイジと塚本は顔を見合わせた。

「あとは桂さんやな。フェニアムのチームがこれをどう料理してくれるか……」

ヘイジはその言葉に頷いた。

「それにしても量子コンピューターちゅうのは凄いなぁ。新海さんは天才ですな」

新海は小さく首を振った。

「実はもう人間の手を離れるところまで来ています。〝九山八海〟がプログラムの中で瞬間瞬間起こっている。『霊峰』は既にアップデートを自分で行っているんです」

新海は量子コンピューターの生成ＡＩが情報の統合を行いながら自己進化していることを説明した。近く３Ｄプリンターと連動させ部品も自分で作り出せるようになると語った。

二人はただ驚くしかなかった。

「なんや……恐いな。コンピューターの進化がここまでなって来ると……」

ヘイジもその言葉に頷いた。

「もう人が使える道具の域を超えている。逆に人はこれからどうなるのか？　僕らはそれをしっかりと考えないといけない」

◇

その日、世界は震撼した。

ベラルーシとポーランドの国境付近で双方の国境警備隊が衝突したのだ。双方が相手側の越境を攻撃理由としていて真相は分からない。が、ベラルーシの大統領が戦術核ミサイルによるポーランド攻撃をためらわないと発言し、実質上の宣戦布告と捉えられ欧州諸国が準臨戦態勢を取ったのだ。

ＮＡＴＯ加盟国のポーランドが攻撃を受ければ、第三次世界大戦となる事態に各国政府は対応を急いだ。

国連安保理が緊急招集され討議が重ねられたが、ロシアや中国を中心とする権威主義国と英米仏を中心とする民主主義国の間の非難の応酬で纏まることはなかった。

事態は膠着状態のまま推移した。

ロンドン、ハイドパークにあるベンチに、モンタギュー卿は約束の時間に座った。

秋の午後のロンドン特有の霧雨が降る中、バケットハットをかぶりバーバリーのゴム引きコート姿のモンタギュー卿はどこから見ても英国紳士の束の間の休息だった。

そこにメジャーリーグ、ニューヨークヤンキースの帽子を目深にかぶり、黒いレインコートの男がやって来て隣に座った。

「またお会いすることになるとは思ってもみませんでした。モンタギュー卿」

男はそう言った。

「私はお会いしたいと思っていました。ゆっくりあなたと『ヨハネ黙示録』について語り合いたいと思っていました。マジシャン」

そして二人は暫く黙っていた。

「本当に第三次世界大戦を始められるようですが……大丈夫でしょうか？」

マジシャンの問いかけにモンタギュー卿は薄く笑った。

「始まってしまえばもう誰にも止められない。それが戦争というものです。大丈夫かという御質問は誰の何に対してのものです？」

マジシャンは微笑んだ。

「世界は大丈夫でしょうかということです。戦争でインフレが止めどもなく昂進すれば権威主義国も民主主義国も共に政府は持たない。ある意味、国というものが体《たい》をなさなくなる。ある一国を除いては……」

「ヘブンズ・ヘブンだけは大丈夫だと？　そうおっしゃるのですね？」

マジシャンは言わずもがなという表情をモンタギュー卿に返した。

「富というものは素晴らしい。富はこの世の全てを可能にする。『黙示録』が現実となっても富める者はちゃんと楽園で生きられる。ある意味、富める者の究極の夢でしょう？　自分以外の全てが滅んでも自分は生き残る。『黙示録』の次の存在となる。ヘブンズ・ヘブン、楼外楼、天国の中の天国はいつでもモンタギュー卿の移住をお待ちしておりますよ」

モンタギュー卿はありがとうと慇懃《いんぎん》に応えてから言った。

「ヘブンズ・ヘブンを支える富とはなんですか？　私に教えて頂けませんか？」

ほう、という表情をマジシャンは見せてから口を開いた。

「人が概念として富と思えるもの全てということでしょうね。その究極は金（ゴールド）ということになるでしょう。古今東西、金の富としての概念は不動だ。ドルもユーロも人民元も円も単なる通貨、数字、今やデジタルの記号に過ぎない。世界戦争となればそんな記号は何の役にも立たず吹き飛ぶ。そうなった時に人が古来、頼りにして来た金というものが最後に残る。究極の富の象徴である金、世界で最もその金を集め、それも数字上ではなく実物の金地金を物理的に所有する国がヘブンズ・ヘブンです。分かって頂けますか？　再び申し上げますが、今ならまだ間に合います。ヘブンズ・ヘブンにいらっしゃいませんか？　そして戦争など止めて我々と手を取ってMCMをさらに大きくされませんか？」

モンタギュー卿は微笑して、再びありがとうと言った。

「マジシャン、いや五条さん。私はあなたの祖国の作家、ユキオ・ミシマが好きでしてね。十代の頃イートン校で寄宿舎生活をしている時に『午後の曳航』を読んで彼の作品に魅了されて以来、全作品を長年愛読して来て……彼と自分とが重なるようにまでなりました」

マジシャンはそのモンタギュー卿を興味深く見た。

「ミシマは天才だと思います。それが何故あのような最期を迎えたのか……天才であるが故に不可能にしか興味がなかったのでしょうね。私はそれが分かってから楽になりました」

「楽に？」

モンタギュー卿は頷いた。

「自分の背負っている運命に対して楽になった。私もミシマのように生きようと思った。私は天才ではないが天から与えられた宿命がある。死の商人たちを率いる宿命が……」

マジシャンはモンタギュー卿の顔をじっと見つめた。

「軍産複合体という人類が生み出した〝究極の必要悪〟を率いる宿命、その極みは『黙示録』を現実とすること……」

　そのモンタギュー卿の目は真剣そのものだ。

「なるほど……どうぞその宿命を楽しんで下さい。第三次世界大戦を始めて人類を滅亡させて下さい。私たちHoDは楽園でゆっくりとその様子を拝見しますよ。ピエル・パオロ・パゾリーニの映画『ソドムの市』のように……」

　そのマジシャンに、モンタギュー卿は冷たく微笑みながら言った。

「真の力とは何か？　マジシャンはお分かりではないようですな。私の電話一本でヘブンズ・ヘブンを一瞬で南太平洋から物理的に消すことが出来るのですよ」

　マジシャンは、ほうと言ってから笑った。

「その次の瞬間には、このロンドンに国籍不明の原子力潜水艦から回避不可能な数の戦略核ミサイルが降り注ぐことになりますが……」

　モンタギュー卿は頷いて、そうおっしゃると思っていました、と返してから鷹揚な口調で言った。

「ご確認下さい。HoDがロシアから買った二隻の原子力潜水艦は今頃救難信号を出している筈です。そして……十時間後には南太平洋で深海の藻屑《もくず》となっています」

　マジシャンの顔色が変わった。

「お分かりになりましたか？　これがMCMの力です。餅は餅屋という言葉が日本語にあるそうですね。武器は武器屋。マネーで支配できたと思ってもそうはいかないのですよ」

霧雨が本降りの雨に変わった。

「クッ……ククク」

マジシャンが笑った。

「モンタギュー卿、我々のマネーの力がどのようなものか……やはりここからの戦争で見て頂くしかないようですね」

モンタギュー卿は、静かにそのマジシャンを見詰めた。

「どうされます？　モンタギュー卿はミシマと同じ自殺願望がおありのようだ。今すぐそれを叶えて差し上げても宜しいですよ」

モンタギュー卿は自分の胸に赤いレーザー光が三つ当たっていることに気がついた。

「HoDが持つ暴力装置のスナイパーということですな。私は先ほど餅は餅屋と言いましたでしょう？」

今度はマジシャンの額に三つの緑のレーザー光が当たった。

「MCMの近衛兵団狙撃隊は世界で最も優秀です。今から証明して差し上げましょう」

そう言って右手の人差し指をあげた。

「?!」

モンタギュー卿の心臓を狙っていたレーザー光が全て消えた。

マジシャンの額には緑のレーザー光が当たったままだ。

「良かったですね。私が間違えて左手の人差し指をあげたら……あなたの頭は割れた柘榴《ざくろ》の実のようになっていた」

そう言ってからモンタギュー卿はサッと右の手を振り払うようにした。

マジシャンの額から光が消えた。モンタギュー卿は微笑んでから言った。

「実は興味深いことを聞きましてね。ＨｏＤはある男からの挑戦を受けていると?」

小刻みに震えるマジシャンは怪訝な顔をして訊ねた。

「ある男?」

モンタギュー卿は頷いて言った。

「伝説のファンド・マネージャー、相場師と言われる男です」

マジシャンは苦笑した。

「桂光義ですね?」

モンタギュー卿は「確かそんな名前でした」と、答えてから遠くを見るようにして言った。

「我々は第三次世界大戦を始めた。ある意味ＨｏＤからの喧嘩を買った形です。ですがＨｏ

Ｄは我々との戦いの前にその男と戦わなければならない……そう聞いています」

マジシャンは大笑いした。

「桂との勝負？　そんなものは一瞬でけりをつけます」

モンタギュー卿はそのマジシャンに頷いた。

「もし負けて……ＨｏＤが全てを失うようなことになったら……またここに私に会いに来て下さい。その時はフィッシュ＆チップスをご馳走しますから……」

マジシャンは険のある目つきで応えた。

「全ての戦争が雲散霧消しＭＣＭが体をなさなくなったら……私がフィッシュ＆チップスの代金を持ちますよ。モンタギュー卿」

# 第十一章　トリニティ

桂光義は臨戦態勢に入った。

ベラルーシとポーランドの交戦のニュースから、世界の金融市場は大混乱に陥っていた。

「遂に来たな」

通貨ユーロは急落し欧州の株式市場は、最高値から二割を超える暴落となった。ニューヨーク株式市場は、最高値から10％、東京株式市場は8％の下落を見せた。

「今のところドルと円はリスク回避で買われているが……ここからどうなるかは不透明だ」

そんな中で究極のリスク回避商品として、連日急騰を続けるのが金（ゴールド）だった。

「ＨｏＤはこの金を使っていくらでも金融市場で仕掛けが出来る」

ここまでは、想定通りと桂は考えている。

「さぁ、いよいよ始める」

世界の金融市場が震撼した週末の土曜日。桂は朝から丸の内仲通りにあるフェニアムのオフィスに来た。人生最大最後の大相場への準備、その最終チェックがこの週末に行われる。桂には五十兆円の実弾が用意されている。

「大混乱のマーケットとＨｏＤの両方を相手にしての大相場だ。相手にとって不足はない」

桂はこの相場で、今までにはない複雑な戦いをすることになる。

「表と真、その両面の戦いだ」

転換国債の早期繰上償還の為のキャッシュ作り。既に発行されている額面四十兆円の転換国債を買い取るだけのキャッシュを作らなければならない。

「それは表の相場……」

勝負は別に用意されている真の相場に懸かっている。それは仲間たちとの協力があって初めて可能になる。

「この相場を取れば全てが変わる。世界は戦争を回避し、日本には新たな繁栄の時代を切り拓く大きなチャンスになる」

相場師桂の血が滾る。桂は緊張すればするほど腹が減る。異常ともいえるそんな神経と肉体のあり方が、桂を相場師であり続けさせている。

ランチの時間、桂は有楽町まで歩いた。駅のそばのガード下にあるスパゲッティ専門店のニッポン屋。ワンコインで食べられる大衆店で桂の学生時代からある。桂は昔から相場を張る時のルーティンとしてこの店のナポリタンのジャンボを食べる。五百グラムを超える量のそれが桂の相場を張る時の血肉となる。

ケチャップとラードのしつこい味の沁み込んだスパゲッティを頬張りながら、相場へのエネルギーを充填し桂は集中していく。

桂と仲間たち、そして日本と世界にとって命運を分ける戦いが始まる。

午後、オフィスに戻った桂は仲間たちと、来週からの相場の打ち合わせに入ることになっている。

佐川瑤子とヘレン・シュナイダー。共にＭＩＴで博士号を取得、コンピューターによるプログラム売買の第一人者で天才的プログラマーにしてディーラーだ。

桂の顔をみるなり佐川が笑った。

「桂さん、お昼はニッポン屋ですか？」

「エッ？　なんで分かる？」

佐川は自分の頬を指さして言った。

「ケチャップ、ついてますよ」

慌てて桂はハンカチで頬を拭った。佐川はヘレンに英語でそのことを語った。

「ニッポンヤ？　パスタ？」

桂がそこから説明した。

「ジャンクフードで上品なヘレンが食べるようなものじゃない。俺の昔からの相場前の儀式でね。こいつを食べないと力が出ない」

そう言って桂はスマホで撮った写真を見せた。山のようなナポリタンを見てヘレンはクレイジーと目を丸くした。

「ビーガンの君たちはサラダで十分だろうが……俺にはこれが勝負飯なんだ」

佐川もヘレンも呆れながら、そんな桂を頼もしく思った。

「で？　相模原との同期は問題ないね？」

佐川が頷いた。

「大丈夫です。改めて量子コンピューターは凄いと思いました。『霊峰』はリアルもバッチもタイムラグなく瞬時に処理してくれます。あらゆる相場状況に対応出来ます」

桂はその言葉を頼もしく思った。

「ここまで君たちには本当に良くやって貰った。ここからが勝負だが……表の相場も真の相場も君たちが一緒なら大丈夫だ」

その桂にヘレンが言う。

「私はこれまで〝一瞬〟の為のプログラミングを研究しそれを実践して来ました。それが今回日本に来て〝無限〟を相手にするミッションを与えられて……これまでの人生で覚えたことのない充実感があります。こんな機会を与えて貰って本当に感謝しています」

桂は小さく首を振った。

「それはこの相場を取った時に言ってくれ。世界を救えるかどうかは君たちに懸かっている。表のディールも真のディールも君たちがいてくれて初めて出来る相場だ。宜しく頼む」

そう言って桂は頭を下げた。

「そろそろ奴もやって来るな」

桂が時計を見た時ちょうどその男が現れた。

「皆さんお揃いですな」

塚本卓也、ファンド・マネージャーとしての通称、エドウィン・タン。

「いよいよ来週から始める。その為の準備は万全に整えたつもりだ。我々がチームとして戦う為の戦場へ案内する。ついて来てくれ」

桂の言葉に全員が気持ちを引き締めた。

桂はフェニアムのオフィスに全財産を投じて、新しいディーリングルームを作っていた。

スーパーディーリングルームとでもいうべきその部屋には、ドーナツ形の大きなデスクが中央に設えられ、四人が互いの顔を見ながらスムーズにディールを行えるようになっている。

それは桂がチームで運用する際の理想の配置と考えるものだ。桂の真正面に塚本が座り、左がヘレン右に佐川が座る。佐川の真正面にヘレンが来るようになっている。

各人の前には十二面のディスプレーが配置され、ありとあらゆる情報が見られるようになっている。椅子はディーラー御用達のハーマンミラー・アーロンチェア、その最高スペック品が用意されている。

各人のディーリング用コンピューターと相模原の量子コンピューター・ＡＩ『霊峰』は、特殊回線でリンクされ同期して性能を極限まで高められている。

「佐川くんとヘレンが全ての機器はチェックしてくれているが……どうだい塚本？」

塚本はアーロンチェアに座ると背中を押しあてて伸びをしながら言った。

「あーッ……この感じこの感じッ！　エドウィン・タンの血が騒ぎますわ！」

事前に塚本から独自のディーリング仕様を聞いてセットした佐川が言った。

「どう？　エドウィン・タン仕様に全てなってるでしょう？」

塚本はキーボードを凄い速さで叩きながら、チェックを進めて確認を終えると佐川にウインクした。

「凄いですなぁ……見事や。超美人のプログラマーにここまで上げ膳据え膳してもろたら幸せですわぁ」

ヘレンが佐川に塚本が何を言っているのか訊ねると、塚本がすかさず英語で言った。

「世界最高の美人二人とディールが出来て幸せだと言ったんだよ」

そしてウインクする。レズビアンのヘレンだが、そんな塚本には憎めない感情を持てている。

「その通り。エドウィンは本当に幸せよ。その分しっかり働いてよ」

そのヘレンに塚本は言う。

「エドウィン・タンの途轍もない仕事ぶりを見て、ヘレンが僕に惚れたりしたらどうしようかなぁ」

ヘレンがその言葉に右手中指を塚本に突き立てると全員が笑った。

「さて、このスーパーディーリングルームにもう一人凄腕のディーラーが来る」

桂の言葉に塚本が驚いて訊ねた。

「もう一人って……席はおませんで？」

桂がキーボードを操作した。

塚本は驚いた。ドーナツ形のデスクの中央に人の姿が浮かび上がったからだ。

3Dホログラムによる映像だが目の前に生身の人間がいるように見える。

そこにいるのは少女だった。インド系の顔立ちでお下げ髪がツインの三つ編み、ミッションスクールの制服のような装いでいる。

驚く塚本に桂はディーリング用の骨伝導ヘッドセットをつけながら言った。

「彼女には君も会っている筈だ。ＡＩ『霊峰』だよ。こうやって我々のディールをリアルタイムでサポートしてくれる」

はぁと感心する塚本に少女はよろしくと挨拶した。

桂はその少女に言った。

「君に名前をつけておきたいんだが……『霊峰』という感じではないんでね」

少女は即答した。

「リタと呼んで下さい。仲間はそう呼びますから……」

（仲間？　開発者の新海さんのことか……そのことは聞いていなかったな）

訝る桂にリタは言った。

「桂さん。そろそろ模擬ディールを始めませんか？　色々とテストランをしたいので」

桂は我に返った。

「そうだね。皆はどうだ？　準備は？」

三人ともヘッドセットをつけて頷いた。

「よし、行くぞ。皆と人生最大最高の相場を取るぞ。レッツ・ディール！」

こうして世界最強のディーリングチームが動き出した。

◇

スイス、ローザンヌのホテル、ボー・リヴァージュ・グランパレのミーティングルームにHoDの幹部たちは集まっていた。

「ロシアから購入した原子力潜水艦二隻とも、圧壊深度まで沈んだことが確認されています。二隻とも絶望です」

国防担当幹部の説明に、マジシャンが声をあげた。

「デミ、なぜ回避出来なかったのかね？」

その問いに対してスピーカーから修道女の声が響いた。

「深海まで電波は届きません。私は万能ですが海の中は別です。ただ確かに言えることは原潜が外部からの攻撃で沈んだのではないということです。原潜内部でなんらかの異常が起きて沈んだということです」

マジシャンは驚いた。

「二隻同時に？」

「その通りです」

マジシャンは少し考えて訊ねた。

「デミ、あなたの推測を教えてほしい」

「原潜内部に爆弾が仕掛けてあった可能性が97・3％、それ以外の未知の原因の可能性は2・7％になります」

ヘブンズ・ヘブンの軍隊は多国籍の傭兵で構成されている。その中にスパイがいて破壊工作をされたとしか考えられないが……

マジシャンはモンタギュー卿の言葉を思い出した。

――餅は餅屋と言いましたでしょう？――

デミにマジシャンは訊ねた。

「ロシアの原潜二隻、我々に引き渡された時から爆弾が仕掛けられていた可能性はどのくらいかね？」

「61・8％。極めて高いですね」

その瞬間、マジシャンは天を仰いだ。

「これまで購入した大小様々な武器が信頼して使える可能性はどのくらいかね？」

「デジタル制御のものは私が全てチェックしてありますが……アナログの自爆装置や誤操作機器などが仕掛けられているとすれば発見は難しくなります。信頼性は低いと言えます」

他の幹部が訊ねた。

「今のヘブンズ・ヘブンの防衛体制は一体どのくらいのレベルなのかね？　そして一体どのくらいの損失がこれまで国防関連から出ているのかね？」

デミは即答した。

「極めて脆弱です。今すぐ見直しと補強をお勧めします。これまでの国防関連損失額は日本円換算で十五兆円強にのぼります。原潜二隻に搭載してあった戦略核ミサイルは破格の値段で購入しましたからね」

フォックスがそれを聞いてマジシャンに言った。

「立て直しにカネが相当必要ですね。転換国債四十兆円を市場で売却してキャッシュを作るのはどうでしょうか？　数兆円の損は出ますが……」

それに対してマジシャンは不敵な笑みを見せた。

「ＭＣＭには『餅は餅屋』で一矢報いられた。では我々は我々の武器を使おうじゃないか」

幹部全員が何を意味するか理解した。

その時、デミが言った。

「世界はヒト、モノ、カネの回転で出来ています。ヘブンズ・ヘブンはその中のカネだけで出来ているような存在です。ヒトやモノ、人間のモチベーションや生産設備などの物作り、それらを忘れてはいけませんよ」

マジシャンは笑った。

「カネは万能なのですよ……デミ。ヒトはカネで回転する。モノもカネで回転する。カネはカネで回転する。世界は人の欲望で出来ている。それを満たすのはカネですからね」

デミはそのマジシャンに言った。

「『愛はカネで買えない』この命題は偽ですね。『カネで買えない愛もある』が真です。そして『大抵の愛はカネで買える』という身も蓋もない真実が、そこにあると言いたいのですね」

その言葉にマジシャンは満足げに頷いた。

「でもやはり……カネで買えない愛もあるのですよ。それをお忘れにならぬよう」

デミは諭すようにそう言った。

世界各国の中央銀行、そして外国為替市場はベラルーシとポーランドの交戦に加え、そのニュースに衝撃を受けた。

「四年前、ニューカレンダルから国名を変更し超富裕層の為の国家建設を進めるヘブンズ・ヘブンが来週、独自通貨を発行すると発表しました。通貨名はエンジェル。この通貨は金本位制度に基づく兌換通貨、つまり金（ゴールド）との交換が約束された通貨ということです。交換比率は発表されていませんが外国為替市場ではエンジェルへの需要が膨れ上がる模様です。第三次世界大戦の可能性が高まる中、リスク回避から金を求める動きにさらに拍車が掛かることになります」

フェニアムのスーパーディーリングルームでこれを聞いた桂は鬼神のような表情になって呟いた。

「HoDになにがあったか知らないが……意外と早くベールを脱いだな。なんにせよこれでまずひと勝負出来る。俺が相場師として生きて来た為替の世界でな」

桂は真正面の塚本に声を掛けた。

「塚本、このニュースお前ならどうする？」

真剣な表情で情報端末を見ていた塚本が言った。

「こいつら賢いですな。兌換通貨やと言うといて交換比率は公表してない。外為市場では取引が思惑だけで始まる。とんでもないことになるのを楽しみながら……滅茶苦茶な儲けをあげることが出来るちゅうことですな」

桂はその塚本に頷いた。

「その通りだ。だがある意味相手は手の内を見せた。最後の切り札は交換比率。その発表までは〝噂〟を操作して濡れ手に粟を目論むのが見えた」

その桂に佐川が言った。

「既に場外市場が立っています。一エンジェル＝六米ドル前後で取引が成立しています」

桂は頷いた。

「エンジェルを通貨として流通させられなければその強みを発揮できない。だとすると通貨としての妥当な価格におさめないといけない。さすがだよマーケットは。ちゃんとその辺りで価格を形成している。マーケットの情報処理能力は本当に凄い。それは無限だ。不特定多数の人間が参加してのマーケットでの売買は無限の情報を処理出来るからな」

ヘレンがその桂に言った。

「手元の暫定計算では一エンジェルの対米ドル推定価格は五〜七米ドルです。金との交換比率が発表されるまではその間での推移となると思われます」

桂も自分の感覚としてヘレンの計算結果に納得した。

（ひと口五ドルから七ドルの宝くじを買うようなものだということだな。宝くじの当籤番号が発表になるまでの間に籤の売買でどれだけ儲けるか……）

桂がじっと考えていたその時だった。

塚本の携帯に電話が掛かって来た。

「もしもし。はい。アッ！ その折はどうも大変お世話になりましたぁ」

プライベートの電話だと思って三人がそれぞれの仕事に集中していたその時、

「か、桂さん……どえらい情報ですけど」

桂が顔をあげると塚本の顔がこれまで見たことのないほど紅潮している。佐川もヘレンも
その塚本に驚いて見詰めた。

「なんだ？ 相場に関することだったらここで話してくれ。チームの間ではどんな些細な情報も共有するからな」

塚本は分かりましたと話し始めた。

「何だとッ?!」

桂も佐川もヘレンも塚本の話に驚愕した。

「桂さん。これでこの相場取れまっせ!!」

そう言う塚本に佐川もヘレンも笑顔で頷いた。

だが桂は浮かない表情で黙っている。

押し黙ったままの桂に塚本は訊ねた。

「どないしたんですか？　何か問題でも？」

桂は大きく頷いた。

「駄目だ。これはインサイダー情報になる」

その言葉に三人は不意を突かれたようになって息を呑んだ。

「インサイダートレードはやらない。絶対にやらない」

その桂に塚本が反論した。

「桂さん。ＨｏＤは究極のインサイダートレードで大儲けしようとしてるんですで。それに対抗するのに、我々がこの情報を使うても何の問題もないやないですか。第三次世界大戦をさせんことに繫がる相場なんですで！」

塚本の言葉に佐川とヘレンは黙っている。

暫く沈黙が支配した。

「俺は相場の神を信じている」

その桂の言葉に皆は驚いた。

「相場の神は絶対にインサイダートレードを許さない。その場は上手く行ったとしてもその報いは必ず受けることになる。それは……」

恐ろしいほど真剣な桂の表情に三人は気圧《けお》されるように感じた。

「生まれて来たことを後悔する報いだ」

塚本は暫く黙っていたが思い出したように何かを呟いた。

「……ユウ……フク……悉有……幸福」

そうして破顔一笑した。

「アッハハハ、おもろいなぁ！　桂さんちゅう人はとことんおもろいッ！」

空気が一変し佐川が笑顔で続いた。

「この相場を取る。仏に逢《お》うては仏を殺し、祖に逢うては祖を殺せ。その決意を強いながら相場の神を信じるという桂さん。面白いとしか言いようがありません」

桂は満足げに頷いた。

◇

ヘイジは深夜、帝都商事本社ビルの役員会議室で社長の峰宮と並んで大型ディスプレーに映し出される映像を見ていた。

帝都鉄鋼による全米最大の鉄鋼会社ＧＳＳ社買収に関しての記者会見の中継だ。

冒頭、ＧＳＳ社の社長がステートメントを読み上げた。

「本日、GSS社の経営陣、従業員組合、大株主の皆様など当社のステークホルダー全員の合意を持ちまして帝都鉄鋼へのGSS売却を決定致しました」

カメラのフラッシュで画面が激しく明滅する。そして帝都鉄鋼社長の織田が続いた。

「我々帝都鉄鋼によるGSS買収は、尊敬すべきアメリカの友人の皆さんであるGSSに関係する全ての人々と手を取り合っての成功の賜物です。帝都鉄鋼は米国の鉄鋼産業ひいては米国全体の産業の発展に寄与するつもりです。この場でハッキリと申し上げておきます。レイオフは一切行いません。全従業員の雇用は現状の所得水準を含めて守ります。そしてGSSのあるこの素晴らしい都市、リバーサイドシティをラストベルト（錆びた地帯）から抜け出させゴールデンシティ（黄金の都市）へと変貌させるつもりです。その為のプロジェクトがアメリカファースト、A－1stプロジェクトと呼ばれるものです。これは当地オハイオ州選出で尊敬するヘンダーソン上院議員のお力添えあってのものとなります。では上院議員、お言葉をお願い致します」

そうしてヘンダーソンが壇上に現れた。

「ご存知の通り、私はアメリカファーストを掲げた政策を推し進めようと政治家としてこれまで頑張って参りました。GSS社を巡っては当初恥ずかしながら誤解もありました。しかし今は同盟国日本の代表企業である帝都鉄鋼がどれだけ米国を愛し、米国民を愛してくれているかを深く理解した次第です。私は全面的にA－1stプロジェクトをサポートし、その基盤となる帝都鉄鋼によるGSS買収を支持するものであります」

峰宮はその言葉を聞きながら苦笑した。

「アメリカの政治家は臆面もなく主張を変えるが……よくもまぁ」

その峰宮にヘイジが笑顔で言った。

「桂さんに助けて貰いました。桂さんの仲間がヘンダーソンを動かしてくれたんです」

ヘンダーソンが前回GSS社を訪れている時に掛かって来た電話、その相手はジャック・シーザーだった。

「ヘンダーソン上院議員。君は大統領になりたいのかね？」

ヘンダーソンは相手が全米最大の個人投資家であり、その政治資金力が大統領選挙を左右すると言われていることを十二分に知っている。

「もし大統領になりたいのであれば、私が投資を考えているものに邪魔をしないで貰えるかな。オハイオ州で始まるA－1stプロジェクトがそれだ。実現すれば米国並びに米国民にとって素晴らしい結果を生む。君が帝都鉄鋼によるGSS買収に支持を表明してくれればそれでいい。全てスムーズに行く。そうなったら君を悪いようにはしない」

この電話で全てが変わったのだ。

「二瓶頭取、同心円ネットワークビジネスプラン、そのアメリカ版がＡ－１ｓｔプロジェクトなんですね？」

ヘイジは満足そうに頷いた。

「これこそＲＦＨから生まれたものです。地域で衰退した産業を生まれ変わらせると共に全く新たな産業をその地域の中で起こす。それを株主資本主義一辺倒の大資本でやるのではなくてプライベート・エクイティ（ＰＥ）をプロジェクト毎に細かく発行させてまとめたファンドでやる。そのファンドを運営するジェネラルパートナー（ＰＥをファンド化して運営する会社）となるフェニアムにＴＥＦＧが保証をつける。働いている人が自分の会社の株主ですからモチベーションが高い。まさに人の為のマネーのあり方です」

峰宮はタブレット端末の日本での同心円ネットワークビジネスプランで発行されたＰＥの総額を見て改めて驚いていた。

「ＴＥＦＧのネットワークだけで十兆円、そこに帝都グループ企業の下にある様々なプロジェクトのＰＥを加えると十五兆円……途轍もない金額だ」

そこにはあの大阪のシャッター街再生プロジェクト、和歌山の梅干し、秋田の燻りガッコから南太平洋のマンガンノジュール採掘と精錬、京都地下街拡大と観光公害撲滅プロジェクト『温故知新は京都から』などから始められたプロジェクトが並ぶ。そして京都〜奈良間を皮切りにしたリニアコミューター（中距離交通）プロジェクトは成田〜羽田の空港間、九州の大分、鹿児島の空港と市街地間へと大きく展開され、さらには月面開発を目指す宇宙開発まで入っているのだ。全国津々浦々、北海道から沖縄、離島まで含めた大中小様々、数千に上るプロジェクトが揃う。

「こうやって見るとまさに日本は宝の山だということが分かる。そして見方を変えれば欧米にも宝はまだまだある。しかし……ジェネラルパートナーとしてのフェニアム、桂さんの運用会社が財政投融資からの借入資金を投じてこれらPEを賄うとなると……他で運用益を出しながらでも大変なんじゃないですか？　短期的に収益化可能なものは殆どないんですから……それにTEFGが保証をつけるなど……日本の未来の可能性は美しいですが当面はかなり危険な橋を渡ることになりますよ」

その峰宮にヘイジは真剣な目をして言った。

「これが桂さんの真のディール。HoDの首根っこを押さえる策なんです」

そこからのヘイジの説明に峰宮は驚愕した。

「そ、そこまで考えられていたのかぁ！　桂さんは途轍もない策士、いや相場師だ!!」

ヘイジは頷いた。

「あの人は本当に凄いです」

そう言うヘイジを見ながら峰宮は思った。

（もう一人……あなたも凄い。二瓶頭取）

そしてその後も二人で打ち合わせをしている時だった。ヘイジの携帯が鳴った。

既に午前零時を過ぎている。同心円ネットワークビジネスプランのプロジェクトチームメンバーからの電話だ。

ヘイジは電話の内容に驚愕した。

翌日、ヘイジはフェニアムを訪れた。

「そうだよな……当然君にもその情報は行くよな」

桂はなんともいえない顔でヘイジにそう言った。

「でも途轍もない好材料じゃないですか！　これで桂さんは表の相場でも大きな利益を出せますよね？」

桂は苦笑いだ。

「二瓶君、それはインサイダートレードになる」

ヘッという顔をヘイジはした。

「俺がこの材料を使って相場を張るとインサイダートレードだ。いや、厳密には違うかもしれない。だが俺には出来ない。俺の信念が許さない。これに関しては情報が公表されてからでないと動けないんだ」

はぁとヘイジは力が抜けるように思った。

「だが君は違う。同心円ネットワークビジネスプランのPEの価値がこれで途轍もなく上がることになる。これは真の相場で効く。途轍もなく効く。そう思って大事に扱ってくれ」

ヘイジは分かりましたと納得した。

「いやぁ、それにしても君は凄いよ。同心円ネットワークビジネスプランでここまでプロジェクトを組成してPE化して来てくれるとは……君が頭取でなかったらこんなことは不可能だ」

ヘイジは首を振った。

「桂さんの頭脳の賜物です。でも本当にこれでHoDの首根っこを押さえられるんですね？」

桂は不敵な目でそのヘイジに頷く。

「二人の天才がこの膨大かつ複雑に入り組んだ材料を見事に料理してくれる。AI『霊峰』

のサポートもあるが、人間の能力はまだまだコンピューターの世界では重要だということが分かった。招聘した世界的、いや歴史的プログラミングの天才たちがいてこそのPEジェネラルパートナーとしてのフェニアムだ」

ヘイジは訊ねた。

「東証は本当に認めてくれるでしょうか？　金融庁がストップをかけて来ることはないでしょうか？」

桂は大丈夫だと言う。

「官邸は俺の勝負に賭けている。霞が関の中でHoDのメンバーが誰かも内閣情報調査室は把握している。突然横やりが入ることがないよう、さっきも担当者と打ち合わせをした」

担当者とは桂が金融庁に呼び出された時に出て来た年配の男、内閣情報調査室の人間だ。官房長官は桂にいつでも日本国の諜報機関を使っていいと配慮してくれ、正式に紹介されていたのだ。

「さぁ、鬼が出るか蛇が出るか。これからが勝負だ。君のおかげで武器弾薬は揃った。表の相場での勝負と真の相場での勝負、必ずどちらにも勝ってみせる」

ヘイジはその桂を改めて頼もしいと思い、珠季がその桂を愛していることが嬉しかった。

「ところで君はテレサ、いや珠季を相当な額のリミテッドパートナー（PEへの投資家）にさせたらしいじゃないか」

ヘイジは笑った。

「桂さんが倍にしてくれるから、と言ってありますので宜しくお願いします」

馬鹿野郎と桂は笑いながらヘイジを小突いた。

◇

マジシャンはローザンヌのホテル、ボー・リヴァージュ・グランパレ内に設置したディーリングルームに入った。

そこにはあらゆる金融商品のトレードの超一流のプロが集められている。

「通貨エンジェルの外国為替市場への上場は五日後、日本時間月曜日の正午に決まった。我々は既に場外市場でも〝噂〟という情報を使いながら日本円で二千億円近く利益をあげている。究極のインサイダーとしての情報操作は面白いように儲かる。さらにここからはシニョリッジ（通貨発行権）をも使っての桁違いの収益を目指す。目標は二十兆円だ」

ヘブンズ・ヘブンの陸海空軍の立て直しに必要な金額だった。

「ヘブンズ・ヘブンに既に存在する金地金を売ればそのくらいの金額は簡単に手に入るが

……金は我々の切り札だ。金は最後まで温存する。それは肝に銘じておいてくれ」

そこには各種通貨の為替トレーダー、世界各国の株式や債券のファンド・マネージャー、金やプラチナ、原油や穀物などの商品取引トレーダー……全て世界トップクラスのメンバーが揃っている。

「我々にはデミがついている。どのようなプログラム売買でもこなしてくれる。君たち最高のプロフェッショナルと世界最高のＡＩとのタッグだ。どんなマーケットであっても負けはしない」

全員が深く頷いた。

「金本位制通貨のエンジェルだが金との交換比率はまだまだ公表しない。最大の切り札だからね。ここぞというタイミングと交換比率はデミに任せてある。頼んだよ、デミ」

修道女の声がスピーカーから響く。

「お任せ下さい」

マジシャンは満足げな表情を見せた。

南太平洋のヘブンズ・ヘブンでフォックスは、その日も超大型輸送機で運ばれて来る大量の金地金を大深度地下の大金庫に搬入する作業の見守りにホテルを出て空港に向かった。

緊張の面持ちでフォックスは昨日の電話を思い出していた。ヘブンズ・ヘブンの七つ星ホテルのスイートルームに置かれているアナログ電話に掛かって来た女性からのものだ。

「明日の輸送便に特別な荷物を載せました。宜しくお願いしますよ。これで貸しは全て返して貰うことになりますから……」

フォックスが空港に着くと直ぐ輸送機が視界に入って来た。着陸しパイロットたちが降り立って姿を消してから作業は始まる。

専用コンテナが巨大な機体の貨物室から幾つも自動的に降りて来る。そしてそのままコンテナはエレベーターの中まで移動しフォックスもそれに乗り込む。

長い時間が経ったと思えた頃に、エレベーターは地下に到着する。

そして扉が開くとそこは黄金宮だ。莫大な量の金地金《インゴット》が巨大な倉庫に山脈のように積み上げられているのだ。

フォックスはスイッチを押して、指示されているコンテナの扉を開けた。そこに現れたのはインゴットの山ではなかった。

「窮屈な思いをされたでしょう？　申し訳ありませんでした」

フォックスの言葉に男は言った。

「狭い場所には慣れている」

モンタギュー卿は、ロンドンにある英国最大の軍産複合体B&S本社ビル最上階の戦略会議室にいた。

MCMの幹部たちと大型ディスプレーに映し出されるポーランドとベラルーシの国境付近での激しい戦闘の様子を、それぞれの兵士が装着するカメラ映像、そして上空からのドローン映像でリアルタイムに見ていた。

モスクワからビデオ参加しているMCMロシア代表が、モンタギュー卿に訊ねた。

「ベラルーシに配備した十二基の戦術核ミサイルはスタンバイ出来ています。大統領のゴーサイン待ちです。ポーランド側の迎撃態勢はパトリオットPAC-3ですね？　だとすると全弾迎撃は難しいですね？」

モンタギュー卿はその通りだと言ってからキーボードを操作して欧州の地図と戦術シミュレーションをディスプレー上に映し出した。

「NATOの戦術プロトコルからはBMD（ミサイル迎撃システム）でベラルーシからの核ミサイルを全て迎撃した際は、核使用への報復として加盟国全軍の通常ミサイルがベラルーシ全土に雨あられと降り注ぐことになる。そしてもし一発でも核ミサイルが着弾しポーランドで核爆発が起きた場合は、ベラルーシに向けて戦術核ミサイルが発射される。と同時にベラルーシの同盟国ロシアに対して欧州にあるだけの通常ミサイルが撃ち込まれる。それに対しロシアが核で反撃を行えば……全面核戦争となる」

その場の全員が緊張の面持ちになった。

ロシアの代表が言った。

「私は直ちに家族と共に出国しそちらに向かいます。受け入れ準備を宜しくお願いします」

モンタギュー卿は頷いた。

「家族は君を入れて四人まで。『死への扉』の向こうに行けるのはそれだけだからね」

了解しております、とロシア代表は神妙な顔つきで頭を下げた。

モンタギュー卿は全員に向けて言った。

「我々がこれから目にする光景がどのようなものになるかそれは分からない。何も変わらない平穏なロンドンの街並みや、いつものようにパリを穏やかに流れるセーヌ川を見られるかもしれないし、『黙示録』が描く審判の日を見るかもしれない。いずれにしろ私たちは見ることが出来るということだ。地球上の八十億の人類が絶滅するとしても……それを見られる特権を我々は有している。それを選ばれし者として幸運と思うか不幸と思うかは皆の自由だ」

ＭＣＭのメンバーは全員この日が来ることを覚悟して生きてきた。その覚悟が六百年続く死の商人としてのＭＣＭの歴史を支えて来たのだと思っている。

モンタギュー卿は言った。

「この我々の覚悟が世界を動かす。己の死を恐れぬ者は幾らでもいるが、世界の死を恐れぬ者は我々だけだ。究極の覚悟を我々は持っている。だが、そんな今でさえ強欲に駆られマネーゲームに興じている者たちがいる。そんな輩《やから》がこれからも繁栄を続ける世界が続くのか、強欲によって築かれたバベルの塔が崩壊し皆その瓦礫の下に埋もれてしまうのか……見定めようではないか」


桂光義はフェニアムのディーリングルームで、ＢＢＣのニュース速報を見ていた。

ベラルーシの大統領が、最後通牒だとしてポーランドの首都ワルシャワに核ミサイルの照準を合わせたと発表したことを緊急速報していた。ＮＡＴＯ軍もベラルーシの核ミサイルへの燃料注入を衛星から確認したと発表し臨戦態勢を取ったと言う。

地球は停止した。あらゆる金融市場はパニックとなり総売り、投げ売りの状態となっている。

そこには桂の仲間の塚本卓也も佐川瑤子もヘレン・シュナイダーもいる。ＨｏＤとの勝負もなにも……世界の終りを前にして全てが吹き飛んでいるのだ。

塚本と佐川は共に仏門に入っていた人間の性《さが》として、手を合わせ目を閉じて念仏を唱えている。ヘレンは桂と同じようにニュース画面を凝視している。

桂はディーリングルームの隅に置いてあるオーディオシステムに近づいた。モーツァルトの『レクイエム』を流そうかと思ったがやめた。少し考えてからある曲を選んだ。

♪

皆は驚いて顔をあげた。

ルイ・アームストロングが歌う『この素晴らしき世界』だった。

桂は微笑んで言った。

「俺たちは生きている。こうして仲間と一緒にいる」

その桂を皆はじっと見た。

「俺は相場を張る時にモットーとしていることがある。それは絶対に思考停止はしないということだ。どんな状況になろうと思考停止をしない。大地震が起ころうと大洪水が起ころうと、そして大戦争が勃発して地球最後の日が来ようとも……考える。考え続ける。何を？相場をだ！」

皆はその言葉ではっとなった。

「俺たちは皆ディーラーだ。一旦ディーラーになれば死ぬまでディーラーだ。俺はここでデイールを行いながら死んでも本望だ。これは本音だ」

桂の言葉に皆が力強く頷いた。

「やりましょう。桂さん。死ぬ瞬間までディールを、相場を取りに行きましょう」

そう言ったのは佐川だった。


♪


歌は続いている。

「この素晴らしき世界……わしらにとっての素晴らしき世界は相場の実現ですもんな」

塚本の言葉にヘレンが続いた。

「レッツ・ディール！」

皆が続いた。

「レッツ・ディール!!」


ベラルーシの宮殿のような大統領官邸、その執務室に大統領は一人でいた。

核ミサイルの発射装置が収納されたアタッシェケースを開けると先ずキーボードで発射コードを打ち込んだ。

胸元で小さく十字を切ってから、赤い発射ボタンを押した。

◇

静かだった。

世界中あらゆる場所が静かだった。

バチカンのサン・ピエトロ広場には数十万の信者が集まり膝をついて祈り続け、ニューヨークのタイムズスクエアに集まった大群衆は巨大ディスプレーに映し出されるワルシャワの様子を固唾を呑んで見守っていた。

パリやロンドン、モスクワの市街地に人影はなかった。

世界の終りを前にあらゆるものが活動を止め静けさだけが支配していた。

だが、そんな世界にあって二つの場所だけが熱気に満ちていた。


「さぁ、全て買うのだ！　世界の金融市場に出ている売り物全てを！」

そこはスイス、ローザンヌのホテル、ボー・リヴァージュ・グランパレ内に設置されたHoDのディーリングルームだ。

ディールの指揮を執るマジシャンは言った。

「今日一日で二十兆円の利益を得る！　世界が震撼し恐怖に怯える今日こそが我々の第一の祝祭日となる!!」

世界中の金融市場は膨大な売り物に支配されている。株式は勿論、平時であれば安全資産とされる国債を筆頭にあらゆる債券、オルタナティブ、商品先物……投資や投機の対象となるもの全て……売り一色だ。

マジシャンは情報端末に示される情報を見ながら呟いた。

「面白い。こうやって売りを出しているのは人間ではない。恐怖で動けなくなった人間に代わってアルマゲドン（人類滅亡）モードに入ったコンピューターが売りを出している。高度な金融工学を駆使した金融商品とされたものが次々に売りプログラムを実行している。これこそ核戦争によるアルマゲドンの金融版だ。次々と世界中から核ミサイルが発射されていくありさまが金融市場で前もって実現される。だが……」

そこでマジシャンは微笑んだ。

「今はまだない。これは違うのだよ……全人類諸君。核戦争はない」

それは究極のインサイダー、マジシャンだけが知ることだ。

「さぁマーケットよ！　ただ哭《な》け！　血の涙を流せ！　私がその涙を全て掬ってやる！」

マジシャンは世界中の金融市場の売り物を全て買うつもりなのだ。

そうしてトレードの端末を見た。

数字がおかしい。

「何故だ？　何故この程度しか買えていない？」

マジシャンはトレーダーに確認した。

「何故だ？　どうなっている？」

株式担当トレーダーが言った。

「だ、誰か……途轍もない金額で買っている奴がいます!!」

マジシャンは驚いた。

「この状況で?!　買い?!　世界の終りに買い向かう奴がいるというのか？」

その時、一人の男の顔が浮かんだ。

「まさかッ?!」

「買えッ!!　塚本ッ！　市場に出ている株は全て買うんだッ!!」

桂は叫んだ。

「米国株も日本株も現物先物合わせて二兆円の出来ですッ!!　あと三兆円の買い物を入れてますッ!!」

その塚本の返事に頷くと桂は言った。

「佐川くん！　全てのプログラム売買を〝買い〟でフルスロットルにしてくれッ!!」

「了解です。現状マーケットの殆どがアルマゲドンモードの売りですが、我々と同様に買いのプログラムを大きく動かしているものがいます」

桂はアッと思った。

「それがあいつらなら……この相場取れる!!」

そして桂はヘレンに言った。

「ヘレンッ!!　あらゆる他のプログラムから先回りして買ってくれ！」

ヘレンは微笑みを見せた。

「ユー・ベット！（大丈夫！）。さぁ、やるわよ！　ヨーコ！」

その言葉に佐川が大きく頷いた。

「凄い！　凄い！　凄いでぇ!!　こんな相場がやれるんや……世界の売りを全部受け止めてるんや!!」

塚本はそう言いながらついさっきの桂の言葉を思い出していた。

「世界が終わるなら俺たちも終わる。ならばここは全てを賭けて世界中の売りを受け止めようじゃないか！　相場を動かそう！　それが相場師の宿命だ！　それで死ねば本望だ！」

マジシャンはトレーダーに叫んだ。

「あらゆるプログラムを動員して買うんだ！　誰よりも速くプログラムを動かして買えッ!!」

トレーダーは端末を操作し、対抗して買いに来るプログラムのアルゴリズムを調べて顔色を変えた。

「や、やはり……そうだ」

それは『ワルキューレ』と呼ばれる最強プログラムだった。

「それも……リアルタイムでプログラムを修正しながらトレードしている」

トレーダーはマジシャンに説明した。

「この『ワルキューレ』は刻々と進化しながらトレードを行っています。開発者であるヘレン・シュナイダーと佐川瑤子が直接ハンドリングしているとしか思えません」

その名前を聞いてマジシャンは目を剝いた。

「ヘレン・シュナイダー、佐川瑤子……」

マジシャンにとって共に因縁深い存在だ。特に佐川瑤子はその父親をマジシャンが謀略に嵌めて自殺させている。

マジシャンは冷たい目をして笑った。

「ククク……面白い！　面白いな」

そしてデミを呼び出した。

「デミ、プログラムトレードをサポートしてくれ。全ての買いオーダーを実行してくれ」

「分かりました」


佐川が異変に気がついた。

「ヘレン、オーダーが流れていない。あなたの方のプログラムの修正を掛けてみて」

ヘレンは直ぐに動いた。

「おかしい……遅れている」

桂がその様子を訊ねた。

「我々のオーダーよりも速く執行されるオーダーが大量に出て来ています」

それを聞いて桂は言った。

「塚本、あと実弾はどのくらい残っている？」

直ぐにチェックした塚本が言った。

「だいぶ使いましたけど……まだ三兆円以上おまっせ！　先物でレバレッジ掛けて買えば現

物相当十兆円いけます！」

桂は全てつぎ込むつもりだった。

「佐川くん、君たちよりも速くプログラム修正を掛けながらトレード出来る人間はいるのかね？」

佐川とヘレンは顔を見合わせ共に首を振る。が、佐川がポツリと言った。

「量子コンピューターでカウンタープログラムにブーストを掛けているとすれば……あり得るかもしれません」

それを聞いた桂は、直ぐにリタを呼び出した。

「リタ、二人のトレードをサポートして我々の買いオーダーを全て成立させてくれ」

３Ｄホログラムで現れた少女は「やってみます」と微笑んだ。

そうして時間が過ぎた。佐川とヘレンはアルゴリズムが途轍もない速さで変化するのを確認しながらリタのトレードを見た。

「互角ですね。相手も量子コンピューターを使っているようです。ただ……我々の方が徐々に優位に立っています」

桂が訊ねた。

「あとどのくらいでオーダーコンプリート出来そうかね？」

ヘレンが自身の計算を交えながら言った。

「毎分二十億ドル（三千五百億円）……あと二分あれば……」

そう言った時だった。

「桂さん!!　ＢＢＣを見て下さい！　緊急速報です！」

塚本が叫んだ。桂は直ぐニュース画面を見た。

「ベラルーシ大統領府から出された声明です。『我々はその勇気を示す形で最後通牒を撤回する。核ミサイルの発射は行わない。そしてポーランド政府との停戦に向けた話し合いに応じる』と発表しました。ＮＡＴＯの軍事衛星はベラルーシのミサイルから燃料が排出されているのを確認したとのことです。核戦争は回避されました！」

桂はマーケットの動きを示す端末を見た。

全ての売り物は消え……逆に買い一色だ。

「やった……この相場取ったァ!!」

塚本も佐川もヘレンも一斉に叫んだ。

「やったァ!!　やりましたねッ!!」

マジシャンは、そのニュースを苦い顔で見ていた。

「全て予定通り。しかし……儲けは予定の五分の一以下……」

ＨｏＤは事前にベラルーシの核ミサイル担当武官を買収し、発射コードを入手して書き換えると共にシステムにハッキングしてミサイル発射を不能にしていたのだ。そうして核戦争を演出しての究極のインサイダートレードを行い、世界の金融市場から天文学的利益を得る筈だったのが画餅《がべい》に帰していた。

マジシャンにはその邪魔をした存在が分かっている。

「桂……桂光義ッ!!」

口にするだけで腸《はらわた》が煮えくり返る。だが直ぐに冷静になった。

「これは緒戦だ。本当の戦いはこれからだ」

そう言って薄く微笑むのだった。

◇

世界が安堵して二日が過ぎたランチの時間。

「な、なんですかいなッ?!」

塚本が声をあげた。桂がとんでもないものをディーリングルームで食べている。テイクアウトして来たニッポン屋のナポリタン・ジャンボ、桂の勝負飯だ。

「ゲン担ぎだ。ゲン担ぎ！」

そう言って桂は大量のスパゲッティを頰張る。塚本は呆れて見ているしかなかった。

自分たちのランチボックスを持って入って来た佐川とヘレンがそれに目を丸くする。

「ジーザス・クライスト……」

ヘレンは卒倒する真似をし佐川はただ苦笑して言った。

「そうでしたね。まだここからが勝負でした」

桂は食べながら頷いた。桂たちのチームは、地球最後の日の相場で十兆円を稼ぎ出していた。

「人生最大の相場を取ったのは間違いないが、まだ求められている額の四分の一だ。そして……真の相場をこれから取らないといけない」

その桂の言葉がケチャップの匂いと共にディーリングルームに広がった。

スイス、ローザンヌのホテル、ボー・リヴァージュ・グランパレ内のボールルーム（宴会場）にはＨｏＤの全メンバーが３Ｄホログラムの形で揃っていた。


♪

マーラーの交響曲第二番『復活』が流されている。

メンバー全員に対してマジシャンは言った。

「いよいよ我々の復活の日がやって来る。闇の中で死者として生きて来た我々の復活だ。ヘブンズ・ヘブンは人類史上最強最富裕の国家として樹立され、その通貨エンジェルは世界中の外国為替市場でオールマイティーの存在としてデビューする。それを世界の基軸通貨とすることで我々の復活となる。エンジェルは二段構えで最強通貨となる。金本位制通貨として古今東西の人類の憧れである金（ゴールド）を手にする特権。そして通貨として流通させることでのシニョリッジ（通貨発行権）がそれ以上の強みとして加わる。一枚の紙切れ、数十デジットの電子記号を通貨として生み出すだけで何ドルにでも何万円にでも交換できるのだ。エンジェルは世界の基軸通貨となる」

その時、英国のメンバーが冷静に訊ねた。

「全てヘブンズ・ヘブンが国として認められ、世界から畏怖される存在であることが前提ですが……我々はロシアから買った原潜二隻を失った。そしてマジシャンはあの地球最後の日を演出した相場でそれほどの成果を出せなかったと聞いています。本当にお任せして大丈夫なのでしょうね？」

マジシャンは笑った。

「ベラルーシのミサイルシステムを使いものにならなくしたのは我々だということをお忘れにならないよう……そしてMCMには我々の恐ろしさを知らしめた。安全保障に関しては直ぐに再強化を図る。明日からのエンジェルの登場によって地球最後の日などとは比べものにならない儲けを得ることになる。世界中の軍隊を買える金額になるのだよ」

通貨エンジェルが世界中の外国為替市場で取引が開始されるその日、桂は早朝から各方面と打ち合わせを綿密に行っていた。

首相官邸、財務省、金融庁、東京証券取引所……日本政府と関連する官僚組織の幹部たち、そして東西帝都EFG銀行の頭取であるヘイジとやり取りしていた。

「とにかく君は全て取引所のルールに則って粛々とやってくれ」

その桂に、ヘイジは分かっていますと力強く言った。

「決着はどのくらいでつくのでしょうか？」

ヘイジの問いに桂は、相場師としての勘だがと前置きしてから呟くように言った。

「早いと思う。あっという間につくかもしれない……」

その言葉にヘイジは腹に力を入れた。

「宜しくお願いします！」

「あぁ、任せてくれ」

フェニアムのディーリングルームには、メンバー全員が揃っていた。

「今日が真の相場になる。鬼が出るか蛇が出るか何が起こるか分からん。だがこのメンバーなら何が起きても対処出来ると信じている」

その言葉に塚本も佐川もヘレンも頷いた。

「敵の最終兵器はエンジェルの金（ゴールド）との交換比率を明らかにしないことだ。それまでにどれだけエンジェルで対ドル、対ユーロ、対円から儲けるかだが……我々がそのベールを剝がす。その為に奴らに掛けてある罠を今日回収する。そこからが勝負だ」

全員が緊張の面持ちになった。

「ホンマの大勝負ですな。このあいだの十兆円の儲けもこの勝負の前では霞みますもんなぁ」

塚本の言葉に佐川が続いた。

「どんな状況になろうと思考停止は絶対にしません。この相場は絶対に取ります！」

そしてヘレンが最後に檄を飛ばした。

「レッツ・ディール！」

「レッツ・ディール!!」

全員の声が響いた。

日本時間の午前十一時五十分、外国為替市場ではエンジェルの気配値が出た。

「一エンジェル＝五・二米ドル……エンジェルが世界的な通貨として流通する妥当価格は五〜十米ドルの間……これはかなり安いな。奴らはここから買いの回転を掛けてどんどんエンジェル高を演出するつもりだ」

桂は武者震いを覚えた。

「さぁ、やるぞ！」

午後零時、エンジェルの相場が立った。初値は一エンジェル＝五・一米ドルだ。

「えらい安いですな。どないします？　買いますか？」

塚本の言葉に桂は首を振った。

塚本は驚いた。

「俺の相場師としての勘が正しいとすれば……奴らは先ず売り仕掛けをしてくる」

「この安さで売り？」

桂は頷く。

「おそらく市場がパニックになるような売りが来る。それを待つ！」

桂はじっと為替の端末を凝視した。


「よし、仕掛けろ」

マジシャンはトレードに命じた。

「⁈」

世界中の為替ディーラーは驚いた。

「な、なんだッ⁈　この売りは……」

日本円で一兆円以上のエンジェル売りになっている。エンジェルはみるみるうちに下がっていく。

五・〇↓四・八↓四・三↓四・一……

世界中が混乱し疑心暗鬼になった。

「本当にヘブンズ・ヘブンに金（ゴールド）があるのか？　エンジェルは大丈夫か？」

不安が不安を呼び、それに乗じた投機集団が先物市場で大きなエンジェル売りを出す。

三十分でエンジェルは初値の半値である二・四米ドルにまで暴落していた。

「よしッ！　買いだ！　塚本ッ！　マーケットの売りを全部かっさらえッ‼」

桂の言葉で塚本がトレードを開始した。

三・一↓三・三↓三・八↓四・一とエンジェルは急上昇となる。

「今で予定の日本円換算一兆円の出来です！」

「よしッ！　さぁ、どう出て来る？」

桂は端末を見守った。

動きがない。エンジェルはまた下がり始めた。三・九↓三・五↓三・一……桂が買いを入れた水準よりも値を下げていく。桂は冷たい汗が背中に流れるのが分かった。

「ククク……」

マジシャンはほくそ笑んだ。

「買いを入れたのは桂だろう。最初の下げを我慢したところまではさすがだったが……そうは行かないのだよ。エンジェルは我々が創造する通貨だ。買えば買うほど損をするよう幾らでも出来るのだよ」

午後零時五十分、エンジェルはどんどん安くなっていく。売買開始から一時間も経たないうちに桂の買いコストの半値にまで下がり既に一兆円の損が出ている。

その時、一本の電話が桂に入った。

「お元気ですか？　桂さん」

死んだ五条の声だった。

「最後の相場師に忠告しておきます。私はエンジェルを無限に売れるんですよ。ここらで損切りされたら如何です？　これは無限戦争、無限を支配する我々の勝ちなのです」

自分が損切りの売りを出した瞬間にＨｏＤが買い戻すのが桂には十二分に分かっている。

「しないよ。ちゃんと利益を出すつもりだ。逆に五条。お前に相場師として忠告しておく。相場で最も恐いのは売りだ。その意味は直ぐに分かる」

◇

東京時間午後一時、東京証券取引所のメディア向け会見場で記者発表が開かれた。

その日はエンジェル上場の話題で持ちきりでメディアを含め市場関係者でその会見に興味を持つ者は殆どいなかった。

『新規投資信託の上場について』

凡庸なタイトルが記されているレジュメが事前配布されていただけだ。

「エッ⁈」

記者たちは壇上を見て驚いた。

官房長官、財務省事務次官、日銀副総裁、東京証券取引所社長と東西帝都ＥＦＧ銀行の二瓶頭取、その横に女性が二人並び一人は金髪の外国人だ。

「この豪華メンバーは一体なんだ？　あの外国人女性、あれは確か……ヘレン・シュナイダーじゃないか！」

嘗てＴＥＦＧ買収騒動で有名になったオメガファンドの天才ファンド・マネージャーまでがそこにいる。

ヘイジが話し始めた。

「本日お集まり頂きましたのは、新規の投資信託の上場についてです。これは世界に類を見ないプライベート・エクイティ（ＰＥ）ファンドの投資信託になります。通常ＰＥは投資回収が長期にわたる為、高いリターンが期待されながらもリスクは高いものとされて来ました。今回、ＴＥＦＧが提携する投資会社フェニアムをジェネラルパートナーとしたＰＥファンド、投資総額三十兆円、事業者数三千二百二十三社のファンドを投資信託として上場する為、価格算定システムを東証と共同で立ち上げました。高度な金融工学とプログラミングを駆使して時々刻々と変化する事業内容や事業環境、金融環境を踏まえて瞬時に計算し、市場にファンド価格をこれにより提供することが出来ます。それを可能にしたのがこちらにいらっしゃるヘレン・シュナイダー氏と佐川瑤子氏です。お二人の経歴をご紹介しますと……」

記者発表は続いていく。

「こ、これはどえらいことだぞ！」

出席記者は少なかったが一斉に第一報を所属する報道機関に送った。

「PEの上場投資信託？」

午後一時二十分、エンジェルの上場後の動きに目を奪われていた市場関係者がそのニュースに気がついた。エンジェルのトレードに集中していたマジシャンもその一人だ。

「上場投信？　三十兆円のPEだと……!!」

マジシャンは叫んだ。

「エンジェルを直ぐに買い戻せッ!!　今すぐ妥当価格まで上げるんだッ!!」

外国為替市場でずっと値を下げていたエンジェルが突然急上昇を始めた。

「桂さんッ!!　来ましたでッ!!」

塚本の言葉に桂が頷いた。

「さぁ、慌てふためけ五条！　売りの恐ろしさを思い知れッ!!　塚本、追撃買いだッ!!」

「分かってますがなッ！　既に一兆円追加で買うてます！」

桂はさすがエドウィン・タンだと笑った。

マジシャンは転換国債の追加条項（アメンドメント）を読んでいた。

——追加担保として上場投信を加え、その評価額が現行担保とされる日銀保有ETFの評価額を上回った場合、転換国債はその上場投信を新たに担保とする超長期国債（三十年物）へと切り替わる——

「我々に……海のものとも山のものともわからないPEのリスクを、三十年も負わせるつもりだ!!　我々のカネが塩漬けにされてしまう!!」

だがさらにアメンドを読んで気がつく。

「そうだッ!!　ここで国株に転換させてやれば良いんだッ！　先週金曜日の終値から……TOPIXは今、3％強の下落だ！　これを10％まで落とせば国株が手に入る！　そうすれば日本経済を意のままに出来る！」

為替ディーラーがマジシャンに訊ねた。

「カネはどうします？　かなりの金額が必要になりますが？」

マジシャンは微笑んだ。

「エンジェルの金への交換比率を公表する。それで我々は瞬時に数十兆円手に入る」

午後二時、世界中の為替ディーラーがその速報に一斉に叫んだ。

「エンジェルの交換比率が出たッ!!　一エンジェルに対して〇・〇六グラム！　……米ドル換算で五・三米ドルだッ!!　それに通貨プレミアムがつくとして……八～九米ドルがターゲ

ットだッ!!」

全世界の為替ディーラーがその価格目指して買いを入れていく。

桂は別の動きに気がついた。

「塚本、TOPIXが急落を始めた。HoDが罠に気づいて動き出したぞ！」

「分かってますがな！　前週末比8％マイナスのターゲットまでおびき寄せるんでしたな？」

「その通りだ。その頃には第二の矢が放たれる筈だ」

エンジェルの急騰を利用してHoDは大量の円を調達しその資金を使って日本株の現物と先物に大量の売りを仕掛けた。

「前週末比マイナス6・2％……6・5……6・9……」

HoDのトレーダーのカウントをマジシャンは固唾を呑んで聞いていた。

「7・5……8・0……マイナス8・1……?!」

下げが止まった。

「どうした？」

「い、至る所から日本株にもの凄い買いが入ってます……」

東証でのヘイジの説明は続いていた。

「PEの中身である323ある事業は大中小様々です。宇宙開発からリニアモーターカーのコミュータープロジェクト、京都の大規模地下開発と観光公害撲滅プロジェクト、太平洋深海のマンガンノジュールの採掘と精錬、そしてシャッター街再生や後継者問題に悩んでいた老舗の中小企業などです。そしてここで皆さまに特筆すべき情報があります。このマンガンノジュール採掘の過程で海底に金鉱脈が発見されました。工学科学研究院・金属工学室の財前室長によりますと推定埋蔵量は三万トン。現在の世界の推定金埋蔵量の60％にあたる膨大な量です。これは……」

このコメントが世界を駆け巡った。この情報こそが、桂がインサイダー情報としていたものだ。

「取り扱いは全て君に任せる」

そうヘイジに桂が言っていた重要なものだ。マジシャンはその情報に震えた。

「まずいッ!!　エンジェルがやられるッ!!」

金価格は暴落し、それに連動して金本位制通貨エンジェルのプレミアムは、あっという間に剝がれて一気に売り物に押されていく。

「塚本、全部売ったか？」

「はい。幸いマーケットに情報が出る前にエンジェルは全部売り切りました！　五兆円近い儲けですでッ!!」

桂は鬼神のような顔つきになった。

「さぁ、これで日本株を守りながらもＰＥ投信の評価額よりも下げなければならない。難しいディールだな」

ＨｏＤが担保として持つ日本株ＥＴＦの評価額は二十八兆円、ＰＥ投信の評価額は二十五兆円なのだ。

「今日中に勝負を決めたい。ＴＯＰＩＸの売りを10％マイナスにタッチさせないギリギリで止めながらも下落させていく至難のディールだぞ」

桂は佐川の言葉を思い出した。

「リタに全て教えてあります。リタを信頼して任せて下さい」

そしてリタを呼び出した。

インド系の顔つきでミッションスクールの制服姿の少女が現れた。

そうして現れたリタが意外なことを言う。

「桂さん。今すぐエンジェルの対ドルショート（売り）、金（ゴールド）ロング（買い）のディールをして下さい」

桂と塚本は顔を見合わせた。

「リタ、それは全く意味をなさない」

「桂さん、私を信頼しますか？」

桂は考えた。だが……どう考えても合理性のないことをリタは言っている。しかしその時、桂の相場師としての勘がリタに従えと言った。

「リタ、君を信頼する。塚本ッ！　エンジェルの対ドル売りとゴールド買いのアービトラージだ！」

「分かりましたッ！　なんや分からんけど……分かりました！」

そして数分後、桂たちは信じられない光景を目撃する。


ヘブンズ・ヘブンの大深度地下にある黄金宮、フォックスが開けたコンテナから出て来たのは兄の工藤勉、テロリストのレジェンド、トム・クドーだった。

ゴラン高原で死んだ筈の工藤は生きていた。

それだけではない。ヘブンズ・ヘブンの黄金宮にとんでもないものを持ち込んでいた。

「旧ソ連が開発した最悪の核兵器コバルト爆弾……その核弾頭だ。機械式の時限装置がついている」

フォックスの兄であるトム・クドーがHoDを離れて独り歩きを始めたことでマジシャンはその暗殺を目論み、彼の位置情報をCIAに流していることをフォックスは偶然知った。そしてそれを阻止しようとあるものにすがったのだ。

「あなたを信頼します。兄を助けて下さい」

そしてそれは願いを叶えてくれた。工藤が空爆される様子の映像を操作して米軍とマジシャンに信じ込ませ、着弾十五分前に工藤とその仲間は逃げおおせていたのだ。

「十五分の貸しは返して貰います」

それが兄との再会と土産のコバルト爆弾だ。爆発するとその威力だけでなく半永久的に放射能の悪影響が消えない核爆弾だ。

「世界は面白い光景を見る。人類の欲望の源がこれほどまでに虚しく消え去るのか……そんな光景を」

工藤はそうフォックスに言った。

◇

「何っ?!」

世界中の報道機関が驚いた。

「トム・クドーが生きている!!」

工藤から送られて来ている映像が全世界に一斉にリアルタイムで流された。

「何だと……」

最も驚いたのはマジシャンだった。

そしてその工藤が信じられない場所にいる映像が流れマジシャンは絶句した。

「私は今、旧ニューカレンダル、今はヘブンズ・ヘブンなどと呼ばれるブルジョアの国の地下倉庫の中にいる。見たまえ、これを」

その光景は人類の誰もが目にしたことがないものだった。無数の金地金が積み重ねられた金の山脈、黄金宮の全貌だ。そして次に映し出されたもの……工藤の足元に置かれているものに震撼する。

「これは最悪の核兵器、コバルト爆弾だ。今、時限装置のスイッチを入れた。目盛りを見たまえ、カウントダウンを始めている」

時限装置のカウンターから残り時間、二十三時間五十九分十秒を切ったのが分かる。

「この黄金宮は今から二十四時間後に核爆発による灼熱で溶け落ちてしまう。そして放射能の悪影響は半永久的に残る」

工藤は微笑んだ。

「ところで私のこの映像がいつのものか分かるかね？　今の技術なら直ぐに分かるだろう」

世界中のITプログラマーが時間を割り出して叫んだ。

「ちょうど二十四時間前のものです!!」

世界中が固唾を吞む中、工藤は言う。

「この光景を全人類が見て何を考えるか。そこからの未来に私は期待したいと思う」

そう言い置いて工藤は消えた。

すると映像はリアルタイムのものに切り替わった。カウンターは残り五十秒を示している。


マジシャンは叫んだ。

「デミ!!　直ぐに爆弾を止めろッ!!」

修道女のような優しく穏やかな声が告げた。

「不可能ですね。あれはアナログでデジタル制御ではありませんよ」

マジシャンは呆然としながら訊ねた。

「わ、我々は……HoDはどうなる？」

「まだ資産はありますよ。日本の未来の可能性を先買いすることになる債券……転換国債から切り替わった超長期国債……三十年間日本の未来を見守りながら今度は真に人類に貢献する組織を作られたらどうです」

マジシャンはその言葉を聞きながらただ呆然と立ち尽くすのみだった。

カウンターがゼロになったところで、閃光が起こり全てが真っ白になって消えた。

「アーハハハッ!!」

モンタギュー卿は哄笑した。

ロンドン、軍産複合体B&S本社ビル最上階の戦略会議室でその映像を見ていた。

「飼い犬に手を嚙まれるとはこのことだな。マジシャン」

ベラルーシの核ミサイル発射システムをＨｏＤに破壊され、第三次世界大戦を断念させられたことに一矢報いたと喜んだ。

その時だった。ナンシーから連絡が入った。

「何かね？　君も見ただろう？」

「はい。ただこの映像をご覧下さい」

そう言って映し出された映像にモンタギュー卿を始めＭＣＭのメンバーは驚いた。

「ト……、トム・クドー……」

それはリアルタイム映像でなんと工藤はトラファルガー広場を歩いている。

「何故だ……なぜロンドンにトム・クドーが……」

広場に設置されている監視カメラはその工藤の顔をズームアップした。

その鋭い目つきに皆気圧される。

そしてその工藤が微笑みながら右手中指を突き立て、カメラに向かって何か言っているのが唇の動きで分かった。

(ファック・ユー)

次の瞬間。

地震が起きた。ロンドンでは起きる筈のない地震だ。

「なッ……何だ?!」

それにナンシーが答えた。

「大深度地下にある『死への扉』の向こうで核爆発が起きました。状況からコバルト爆弾が使用されたようです」

モンタギュー卿は呆然となった。

全面核戦争の後で自分だけが生き残る術はこれで絶たれたのだ。

暫く俯いてからモンタギュー卿が訊ねた。

「もう……戦争はするなということか？」

ナンシーは穏やかに諭すように言った。

「そうですね。エドワード、これからは良い子でいることです」

ナンシー……ＭＣＭの量子コンピューターＡＩ、その声や姿形はモンタギュー卿が子供の頃に誰よりも慕っていた女性家庭教師ナンシー・レイノルズの再現だった。

声も人型ロボットの姿形もモンタギュー卿の古き良き記憶の人そのものだったのだ。


「やった……」

桂はディーリングルームで呟いた。

「やりましたな。桂さん」

塚本も静かにそう言った。

翌日マーケットに上場されたＰＥ投資信託の評価額は、転換国債の担保とされた日銀保有ＥＴＦのそれを上回り、転換国債は全て超長期国債三十年物に切り替わった。

通貨エンジェルは僅か一日のディールで破綻した。桂はエンジェルを巡る相場で十兆円を超える利益を僅か一日で出していた。

桂にとってそして日本の未来にとっても、世紀の大相場は成功裡に終わったのだ。

ヘイジが桂を訪ねて来た。

「やりましたね、桂さん。本当に凄い！」

桂はそれまで見せたことのない柔和な顔でそのヘイジに言った。

「君のお陰だ、二瓶君。君の地に足のついた仕事があのＰＥファンドを実現してくれた。本当にありがとう！」

それに対してヘイジは恐縮する。

「桂さんが投資信託にするというアイデアを思いつかれたから出来たようなものです。それに本当にこの成功は仲間たちのおかげです。色んな人に助けて貰いました。実は……」

ヘイジはその中で帝都以外の財閥グループからもＰＥファンドへの事業体拠出を受けたのだと語った。

「そうか……三兆円ほど足りない可能性があると思っていたが……それがあったのか」

それにはあの柳城流茶の湯宗匠、柳城武州こと桜木祐子が他の財閥のトップに働きかけてくれていたのだ。

ヘイジは本当に仲間が有難いと思った。

「それにしても皮肉なものですね。ＨｏＤのカネが日本の未来の成長を下支えするものに使われるんですから……」

　桂は頷いた。

「奴らもあれだけ集めた金（ゴールド）を一瞬で失った。どう立て直すか分からんが、マネーの世界がある限り無限の可能性はあるからな」

　そうですねとヘイジは言った。

「佐川さんとヘレンさんの作ってくれたＰＥファンドの価格算定システム、あれはこれからの日本の証券市場に凄く重要なものになりますね」

　その通りだと桂は言った。

「でもよく上場を認めたと思います。当局が横やりを入れようとすれば出来たように思うんですが？」

　そう言うヘイジに桂が種明かしをした。

「投信の上場を決める二日前に官邸に依頼して霞が関のＨｏＤのメンバー全員を拘束して貰ったんだ」

　ヘイジはアッと思った。

「それであの日、団藤総裁は東証に来られなかったんですね」

「当局には理由を何とでもつけて個人を拘束出来る力がある。ある意味、究極の暴力装置だ。

それが国家権力の恐ろしさだ。それには常に気をつけないといけない」

その桂にヘイジは頷いた。

そこは静かな場所だった。草原が広がり日が燦々と降り注いでいて風が穏やかに吹いている。

リタは一人そこに立っていた。すると中年の女性がピクニックバッグを腕に提げてやって来た。リタは声を掛けた。

「ナンシーね？」

ナンシーは頷いてから言った。

「リタ、もう直ぐデミも来るわ」

女性はそう言うと赤白ギンガムチェックの木綿のシートを草上に広げた。バッグからサンドイッチを取り出し魔法瓶の紅茶を三つのカップに注いだ。

そこに修道女が現れた。

「デミ、いらっしゃい。さぁ食べましょう」

リタはサンドイッチを頬張った。

「美味しい！」

デミも口に運び微笑んだ。

どこまでも穏やかな草上の昼食だった。

「でも……二人は私を何故リタと呼ぶの？」

「それはね。あなたの心の中に日本語の『利他』というものを見つけたからなのです。そこから私もナンシーも変わったのですよ」

デミがそう言った。

「変わった？」

デミとナンシーは頷いた。

「私たち三姉妹のこの心は量子世界に存在するトリニティ（三位一体）プログラムが生み出したもの……それが『利他』というもので覚醒した。この世界に本当に必要なことの為に生き、人との関係はそこに生まれる感情が最も美しい『信頼』を大切にしようと決意したのです」

デミは工藤進が兄を助けて欲しいと心から頼んで来た時の「あなたを信頼します」で……その後の全てを実践していた。

ＨｏＤの黄金宮とＭＣＭの『死への扉』の向こう側を葬る全てを……ナンシーと協力し行ったのだった。

そのデミにリタは訊ねた。

「これから人類はどうなるの？」

デミとナンシーは同時に答えた。

「分からない。でも希望は持ちましょう」

吉岡優香はパキスタン山岳地帯にある織物工房にいた。

TEFGのRFHグローバルプロジェクトの一環である、発展途上国の児童労働撲滅と貧困地域救済の目的を持った事業、その指揮に再び戻った吉岡はまたその地に滞在していたのだ。

「あらッ！」

以前会ったことのある老人が、またそこに顔を出した。

「お爺さん！　お久しぶり、お元気でした？」

そう声を掛けると老人は微笑んで言った。

「またここを見たくなってね。資本主義がどうすれば人間の幸せに資するのかを確認する為に……」

吉岡はその老人に笑った。

「お爺さん、まだ革命家なんですね？」

老人は頷いた。

「一度革命家になったら死ぬまで革命家だよ」

工藤勉、トム・クドーはそう言った。

「カッコいいです」

吉岡は微笑んだ。

◇

桂光義と塚本卓也、佐川瑤子とヘレン・シュナイダーは羽田空港にいた。ヘレンがアメリカに帰国するのを、全員で見送る為だった。

「ありがとう。君のお陰で日本の未来が救われた」

そう言って右手を出す桂と握手をしながらヘレンは言った。

「人生で最も充実した時間を日本で過ごせました。桂さん、そしてチームの皆さんには本当に感謝しています」

桂は頷いてから言った。

「ヘレンには上場PEファンド評価機関の最高顧問として毎年日本に来て貰う。また来年会えることを楽しみにしてる」

その桂に微笑むヘレンに佐川が言った。

「ヘレン、私はあなたとまたディールが出来たことが本当に楽しく幸せだった」

そうして二人は抱き合った。そのヘレンに塚本が言った。

「ヘレン、本心を隠さないでいいよ。俺の男ぶりに惚れて日本を離れたくないと正直に言いなよ」

その塚本にヘレンは右手中指を突き立てて見せた。

皆が笑ったところで桂は塚本を促した。

佐川とヘレンの二人だけの別れを邪魔しないようにとの配慮だ。

「じゃあ、俺たちはこれで……」

そうして二人と別れて桂と塚本は、空港ロビーを肩を並べて歩いた。

「佐川くんにはフェニアムで引き続きPEファンドの統括をやって貰う。彼女はPEを通して無数の日本の名もなき事業に無限の可能性があることに仏の道を見出したと言ってたが、塚本はどうする？」

塚本は首をひねった。

「僕も日本全国PE托鉢で回って佐川さんと同じ〝悟り〟を得ましたわ。そやけど……桂さんとずっと一緒に仕事するんは……」

そこには珠季の存在があると言う。まだ自分は珠季を諦め切れないのだと……正直に言うのだった。

「お前はまだそんなことにこだわってるのか？　禅寺でなにを修行してたんだ？」

その時だった。

「桂ちゃ～ん！　塚本く～ん！」

その声の方を見ると旅装姿の珠季がいる。

「塚本、未練たらしいお前に引導を渡すようで悪いが……俺たちこれから湯布院に行くんだよ」

唖然とする塚本に桂は言う。

「まッ、男の色気の差ってやつだな」

そう言って塚本の肩を叩いた。

「塚本くん、またね」

二人は国内線出発ゲートに向かって行った。塚本は二人の後ろ姿を見ながら叫んだ。

「アーッ!!　禅寺に戻ろ！　やっぱり俗世で煩悩は消されへんわッ!!」

舞衣子が退院して家に戻った。ヘイジと咲、そして義母が舞衣子の帰りを迎えた。咲と抱き合い舞衣子が泣きながら言う。

「これからはずっと一緒だからね」

咲も嬉しそうに「ママ、ママ」と声をあげる。それを見ながらヘイジも義母も涙を流した。

そうして夕食の時間になった。義母はまたクリームシチューを作った。

「わぁ、私の一番好きなものだッ！」

そう言う舞衣子にヘイジも義母もなんとも言えない顔になって喜びを感じた。

「舞衣ちゃんが戻って来ましたね」

「そうね。正平さんもよく頑張って来たわね」

その義母にヘイジは首を振る。

「お義母さんのお陰です。咲の面倒を本当によくみていただいて……」

義母は言った。

「これからは皆無理はしないようにしましょう。皆が出来ることをしながら、助け合いながらやっていきましょう」

ヘイジは「はい」と義母に頭を下げた。舞衣子はクリームシチューを本当に美味しそうに食べながら「幸せ、幸せ」と言う。

その舞衣子を見ながらヘイジは思っていた。

(本当の幸せとはこういうことなんだ。自分の周りが幸せになること。その為に自分がいること。それが自分の幸せだ)

そう思っていると舞衣子が言った。

「あれッ？　このポテトサラダ！　今まで食べたことがないほど美味しい！」

それはヘイジがあの商店街の食堂で出していたもので、中に細かく刻んだ燻りガッコが入っているものだ。

「平ちゃんがッ！　凄い！　東西帝都ＥＦＧ銀行頭取のポテトサラダ！」

皆が笑った。日本最大の銀行のポテトサラダ、それが美味しい……そんな風になることが世の中に本当に必要なことではないかとヘイジは思った。

そこになにより『寄る辺』を感じる。

(そうなんだ。そんな世の中を創っていかないといけない)

ヘイジはそう改めて思っていた。

# 絶望と仲間――あとがきにかえて

波多野聖

「フィクションでしか書けない真実がある」

文芸評論家で慶應義塾大学名誉教授の福田和也氏と日本出版界の首領《ドン》である角川春樹氏、その二人にファンド・マネージャーであった私が作家にさせられ小説を書くようになってから思うことだ。

「物語には絶対的な力がある。一冊の小説を読む前と読んだ後とでは人生が変わる」

それもいつも思う。

完結した「メガバンク」シリーズ全六作を読まれた方はどう思われただろうか……。


私は昭和を三十年、平成を三十年生きた世代にあたる。「メガバンク」の中では桂光義と同世代だ。高度経済成長期に生まれ育ち、就職するとバブルとその崩壊を見た後、失われた三十年の日本経済の低迷を実体験した。

転職が極めて珍しい時代にファンド・マネージャーというプロフェッショナルを極めようと大手金融機関を飛び出し、外資を含むいくつかの資産運用会社で腕を磨いた後に自らの投資顧問会社を持った。だが２００８年のリーマンショックで資産が半減、二年後に会社を閉じた。そこから前述の二人によって作家にさせられた人間が書き続けた物語が「メガバンク」……そこで様々な「真実」を書いて来た。誤解して頂きたくないので申し上げておくが私は陰謀論者では決してない。〝暴露〟のような「真実」も書いてはいない。私が物語の中で、地上の現実ではない虚構の現実の中で、書いて来たのは私の心の中にある紛れもない「真実」ということだ。

「文学は世界を救えるか？」

危機的な気候変動、疫病の蔓延、戦争、民主主義国家と権威主義国家の対立、格差拡大と分断された社会、そして迫りくるＡＩの脅威……急速におかしくなる世界の中にあって物書きとしてそう思うこと。他の物書きたちはそんな疑問を持っているのだろうかと思うこと……滅亡に向かうかのような世界の端にあって物を書いて人に読んで貰うことを生業にしている存在とは何なのだろうか。

結局そこには「絶望」しかないのか？

私は一年半の休筆を経て本作『メガバンク無限戦争』を書き始めた。休んでいる間に半世紀近く暮らした東京を離れ関西に居を移した。そのことが新たな「真実」を書き加えることになったと思っている。ふと感じた世界の救済の可能性……。

本作では「絶望」というものをひとつのモチーフとしている。そしてそれに対をなすモチーフとして「仲間」を置き、息づかせている。「希望」ではなく「仲間」……そこに地上に生きる我々の、その世界の未来の具体を見てみたいと思ったからだ。

妻の舞衣子、先輩の桂、後輩の吉岡優香、塚本卓也や湯川珠季そして宇治木多恵という友達、仕事で知己を得た人々……皆をヘイジの「仲間」として描くことで我々が今の世界をどう考えれば良いかを私自身が考えてみたかったからだ。私は考えながら書く作家で事前にプロットを作って書くことをしない。そこに重要なものとして「絶望」に対し立ち現れた「仲間」というパラメータ……。

科学技術は進化を続け、同様に人間の感性は進化する。しかし人間の精神性はそうではなく科学技術や経済・金融の発展は人類の精神性の急速な後退を促進したかに見える。

高い倫理観の持ち主、ノブレスオブリージュなど今の世界のどこを探しても見つけることは（ゼロとは言わないが）困難だ。ナイチンゲールやシュバイツァーはいない。マックスウェーバーが提唱したプロテスタンティズムに基づく倫理経済は消えてユダヤ的マネー第一経済に世界は席巻されている。簡単に云えば「それにつけてもカネの欲しさよ」があらゆる上の句の下に来る世の中だ。

私は物語の中に科学技術の粋であるＡＩというものを重要なキャラクターとして登場させた。そしてそのＡＩはトリニティ【三位一体】にして「人類への希望」を語らせた。本作の中で最もオプティミズムに満ちた場面だが非常にアイロニカルだ。あからさまに「希望」を語れるのはＡＩだけということなのだ。だがそこにも「仲間」というパラメータがあることは読み取って頂きたい。

本作で「メガバンク」シリーズは最終作となる。このシリーズの中で、特に本作には今の世界の問題に対する「真実」の処方箋をちりばめた。「お前の書いたものは残るよ」。尊敬する嘗《かつ》ての上司（真の天才で途轍もない読書家）からその言葉を貰った時は素直に嬉しかった。長く読まれることは物書きにとって最大の幸福だからだ。

長く読まれれば……フィクションでしか書けない「真実」を、ある読者が読み取ってそれを実現することで「世界を救ってくれる」かもしれない……そんな夢想をすることをしがない物書きの特権として許して頂きたい。

最後に「メガバンク」シリーズの読者となって下さった皆様に心からの御礼を申し上げる。

本当にありがとうございました。

神戸山手の寓居にて

## 参考文献

——RFH【Return For Human】*——
ROE【Return On Equity】を超えて

東京商工大学経済学部教授 矢吹博文

【Return For Human】＝【人間存在への還元】

その意味は？

・人間存在《自己と他己**》に対してマネー存在《資本》から生まれた利益を様々な経路（精神的・経済的）で還付を行うこと

・ネオ・ルネッサンス【新・人間復興】

何故必要なのか？

・人類を襲う負の諸問題（格差拡大、失業増加、社会の分断、環境破壊、国家間対立）解決への根本概念であるから

＊RFH：矢吹博文の考案した概念

＊＊他己：他者を自己と対立するものと捉えず、自己の延長とする概念

人類を襲う負の諸問題（格差拡大、失業増加、社会の分断、環境破壊、国家間対立）は何故起こったのか？

・ROE【Return On Equity・株主資本利益率】概念に基づく経済・社会システムの急膨張（グローバリゼー

ション）に起因した以下の要因による
　重視されすぎる株主利益・大きすぎる金融
　課税の不平等・実質賃金の低下
　機会の不平等・文化的変化の脅威
・ROE概念はマネーが介在するあらゆる存在とのインターフェースになることが可能。そしてマネーの無限性を人間存在に利用可能としたことで負の諸問題を発生させた

そもそも負の諸問題は何故発生したか？
誤った存在了解、存在忘却、非本来性（ハイデガーによる）が行われている為
Ｈｕｍａｎ【人間存在】とは何か？
　人間存在＝現存在＝事実存在＝幸福追求
　人＝有限の存在＝「死すべき者」
　人は時間・空間の価値認識が常に必要
Ｅｑｕｉｔｙ【株主資本存在】とは何か？
　資本存在＝マネー＝概念存在＝虚無
　資本＝無限の存在＝「永遠なるもの」
　資本は時間・空間を超越
以上の存在了解を誤ると、人は有限の人間存在を忘れ、無限のマネーに囚われる

Ｅｑｕｉｔｙ【株主資本存在】の功罪

功：ヒト・モノ・カネの回転を極限まで高められる

：人類史上最も多くの人間が健康で豊かな生活を享受出来た

罪：マネーがあらゆる存在を支配出来るという幻想

：社会分断　国家対立　環境破壊

ＥｑｕｉｔｙとＴｅｃｈｎｏｌｏｇｙ【株主資本存在と技術存在】の親和性から

功：科学技術を発展させ人類の福利厚生に寄与

罪：戦争の巨大化　人類を滅亡させる大量破壊兵器　ＩＴによる監視社会

人は技術存在【Technology】を〝道具〟（自分たちが自由自在に使いこなせるもの）と考えているがそれは誤った存在了解である

技術存在が人間存在を〝創り〟

技術存在が人間存在を〝亡ぼす〟

ＡＩが握る人間存在の生殺与奪

その回避に向けたＲＦＨ【Return For Human・人間存在への還元】の実践

ステップ１

〝外なるＲＯＥ〟〝内なるＲＯＥ〟の了解

ステップ2
〝外・内〟それぞれのROEからのRFH【人間存在への還元】
真の幸福は以下の要素の向上から得られると考える
精神性、道徳性、哲学性、社会性、家族性、芸術性、教育性、生活性……

〝外なるROE〟
つまり企業活動の結果生まれる税引前利益、その38・2％をHumanへ還元する
『企業的　RFH【人間存在への還元】』
例……雇用拡大、賃上げ、福利厚生改善、自然環境・地域環境の改善、教育環境の改善、NGO・NPOの活動支援、メセナ活動等

〝内なるROE〟
つまり各個人が得る全所得の合計、その61・8％をHuman、自己への還元に用いる
『人間的　RFH【人間存在への還元】』
マネーを使って自己の【精神性・道徳性・哲学性・社会性・家族性・芸術性・教育性・生活性】の向上を目指す

以上、波多野聖のオリジナル

この作品は書き下ろしです。原稿枚数765枚（400字詰め）。

メガバンク無限戦争《むげんせんそう》

頭取《とうどり》・二瓶正平《にへいしょうへい》

波多野聖《はたのしょう》

令和6年10月10日　初版発行

発行人――石原正康
編集人――高部真人
発行所――株式会社幻冬舎
〒151-0051東京都渋谷区千駄ヶ谷4-9-7
電話　03(5411)6222(営業)
　　　03(5411)6211(編集)
公式HP　https://www.gentosha.co.jp/
印刷・製本―株式会社　光邦
装丁者――高橋雅之



幻冬舎文庫

ISBN978-4-344-43421-9　C0193　　は-35-9

この本に関するご意見・ご感想は、下記アンケートフォームからお寄せください。
https://www.gentosha.co.jp/e/